suite veinti

SUITE veintiuno

Mita Marco

©2014 Carmen Pilar Marco López

Portada: Racool Studio de Freepik
Diseño portada: Mita Marco
Maquetación: Mita Marco

Reservados todos los derechos. No se permite la reproducción total o parcial de esta obra, su incorporación a un sistema informático, ni su transmisión en cualquier forma o por cualquier medio (electrónico, mecánico, fotocopia, grabación u otros) sin autorización previa y por escrito de los titulares del Copyright. La infracción de dichos derechos puede constituir un delito contra la propiedad intelectual.

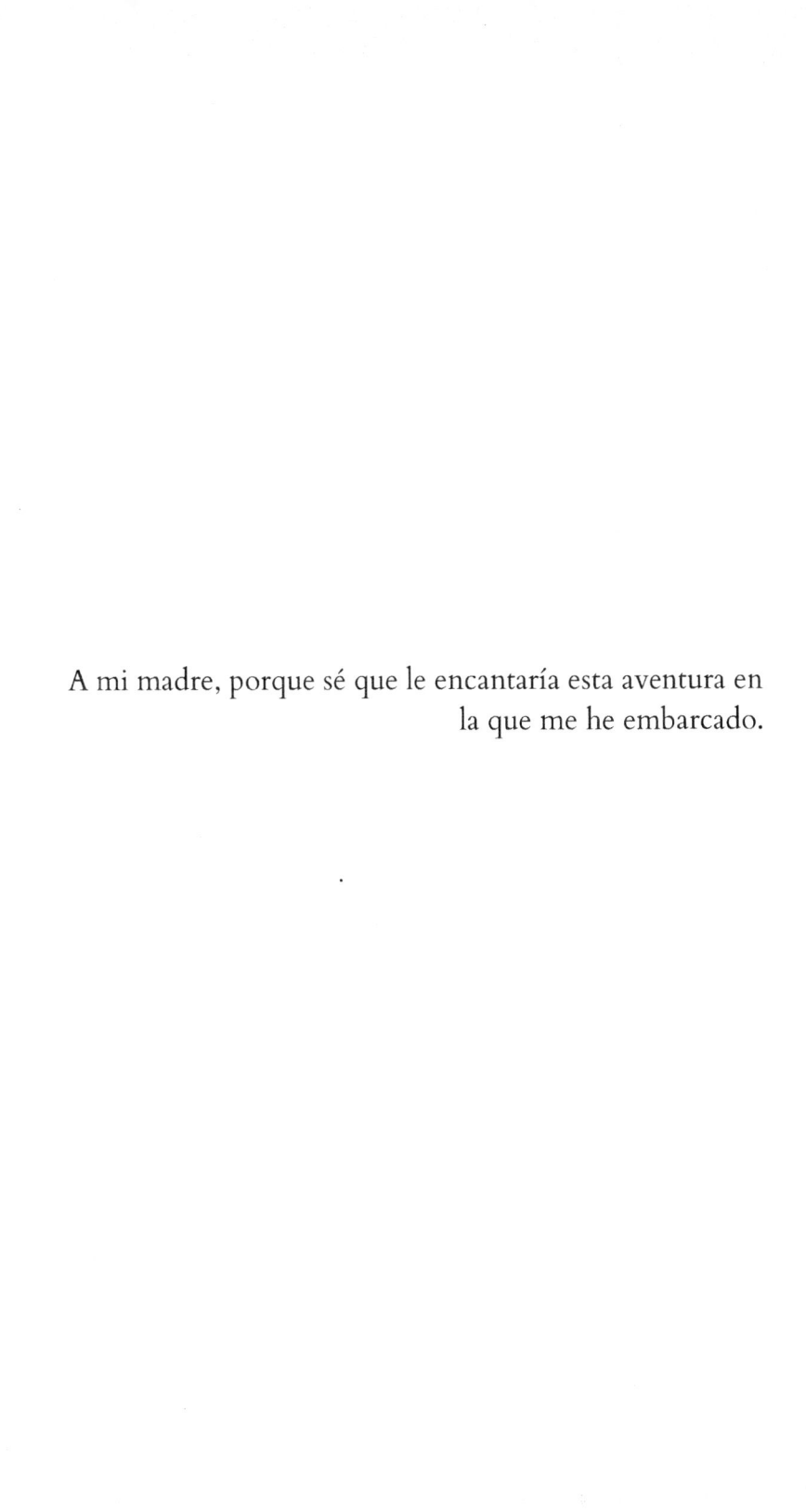

A mi madre, porque sé que le encantaría esta aventura en la que me he embarcado.

Índice

PRÓLOGO 1

CAMARERAS 5

TEMBLOR AMBARINO 17

PIRULETAS 43

TODA LA VERDAD 71

UNA SOLA VEZ 89

AGUA Y ZEN 113

MALOS RECUERDOS 137

CON NADIE MÁS 165

EN TU VENENO 201

PEDAZOS 225

UN SIMPLE ADIÓS 257

CAPRICHO DEL DESTINO 275

EPÍLOGO 299

AGRADECIMIENTOS 303

OTROS TÍTULOS 305

PRÓLOGO

Todo sucede por alguna razón. En ocasiones, para enseñarnos una lección, para descubrir quiénes somos en realidad y ayudarnos a alcanzar lo que deseamos. Hay quien lo llama *destino*.

Del mismo modo ocurre con las personas. Llegan a nosotros sin que nos demos cuenta, pero cuando fijas tus ojos en ellos sabes que afectarán a tu vida de una manera profunda. Al menos, de ese modo me ocurrió a mí.

Me llamo Miriam Álvarez y te voy a contar la historia del verano en el que cambió mi vida.

Acababa de terminar el último año de derecho, con unas notas inmejorables. Tenía veintisiete años, unas enormes ganas de comerme el mundo con mis logros y nada de dinero en los bolsillos con el que intentarlo.

Quería especializarme en derecho internacional y para ello debía asistir a un máster, durante todo un año, por el que tenía que pagar una cantidad estratosférica, a pesar de tener una beca que costeaba casi la mitad. Y claro, ni yo tenía ese dinero... ni en casa podían ayudarme a conseguirlo. Así que aceptaba un trabajo tras otro para intentar reunirlo y así cumplir mi sueño.

Fue gracias a una de mis dos mejores amigas que conseguimos trabajo en el complejo hotelero Atlántida, situado en la Ciutadella de Menorca, en una de las Islas Baleares. El sueldo estaba muy bien, teníamos contrato y disponíamos de una habitación para alojarnos, además de la dieta alimentaria incluida. En definitiva, una oportunidad que no podíamos dejar pasar.

La mañana que embarcamos en el avión, estábamos pletóricas. Nada más subir nos informaron de que, por un error con los ordenadores, habían vendido más plazas de las que realmente había. Así que nos tocó montar en primera clase. Los sillones eran comodísimos, podíamos estirar las piernas sin molestar a los de la fila de delante y teníamos una pequeña pantalla de televisión para cada una.

—Parecemos de la *jet set* —exclamó mi amiga Maite con una sonrisa enorme—. Ni la mismísima Carolina de Mónaco nos mete mano.

—Claro, sobre todo después de gritarle como una loca al piloto, y acordarte de toda su familia, cuando nos han dicho que no teníamos asientos —reí al recordar la escenita que había montado.

Mi amiga rio de muy buen humor. Cada vez que lo hacía se le marcaban a cada lado de la boca dos pequeños hoyuelos que, sumados a sus preciosos ojos avellana y su cabello castaño, la hacían parecer una niña traviesa que acababa de cometer alguna travesura.

—¡Esto hay que celebrarlo! ¡Azafata, un Larios con Coca-Cola! —exclamó.

—¡Maite, que eso tienes que pagarlo! Estás en primera clase pero no llevas una pulserita de *todo incluido* —la avise—. La bebida en los aviones cuesta un ojo de la cara.

—Un día es un día —declaró, mientras cogía el vaso que le tendía la mujer—. ¿Cómo está la zombie? ¿Sigue sin dar señales de vida?

Giré la cabeza hacia mi izquierda y observé a Bego. Estaba sentada muy tiesa, con los ojos cerrados con fuerza y una mueca angustiosa en los labios. La palidez de su cara, sumada a la espesa negrura de su cabello, la hacía parecer un espectro. En su estado normal era la más guapa de las tres. Tenía unos labios gruesos y sonrosados, un cuerpo esbelto y un culo que ni la mismísima Jennifer Lopez. Pero en esos momentos su rostro estaba deformado por el miedo, era su primera vez en avión y lo estaba pasando fatal.

—¿Te encuentras mejor? —dije, aun sabiendo que no era así.

—¿Cuánto falta para llegar? —preguntó con un hilo de voz.

—Diez minutos, ya casi estamos.

—Cuando aterricemos te juro que voy a besar el suelo.

—¡Y yo! ¡Esto es fantástico! —declaró sonriente Maite, después de darle un gran trago al cubata—. Va a ser un verano genial.

Mita Marco

1

CAMARERAS

Corre, Miriam, corre que no llego! —exclamó Bego con el rostro desencajado.

Cruzamos como rayos el larguísimo y estrecho pasillo, cargadas con una maleta cada una, hasta que llegamos a la habitación que teníamos asignada. Cuando conseguimos abrir la puerta, mi amiga dejó la maleta caer al suelo y se metió al pequeño cuarto de baño con el alivio reflejado en la cara.

El tiempo que tardó en salir del aseo, lo aproveché para explorar aquel diminuto dormitorio, el que sería nuestro hogar durante los siguientes dos meses. Los únicos muebles que allí había eran tres camas, sus respectivas mesillas de noche y un armario. Me senté en una de las estrechas camas y sonreí al recordar el impulso que nos había llevado a coger el primer avión para llegar hasta Ciutadella.

Bego salió cinco minutos después del aseo y cerró la puerta tras de sí.

—Yo que tú no entraría hasta dentro de un buen rato —me recomendó con una sonrisa en los labios—, ahora mismo el aseo es zona radiactiva.

—¡Qué poco has tardado en marcar tu territorio! Eres como los gatos —bromeé.

—¿Como los gatos? ¿Noble y juguetona?
—No, más bien arisca, cabezona y territorial.

Mi amiga cruzó los brazos sobre el pecho fingiendo enfado, pero a los pocos segundos estalló en carcajadas. Comenzamos a reírnos de nuestras ocurrencias hasta que la puerta volvió a abrirse. Por ella apareció Maite, cargada con su correspondiente maleta y unos cuantos mapas del hotel y la isla.

—Tomad —repartió los folletos—, me los acaba de dar el encargado de personal y me ha dicho que en quince minutos tenemos que presentarnos en el hall para que nos explique en qué va a consistir nuestro trabajo. —Dejó la maleta apoyada contra la pared con un suspiro de satisfacción. Observó la habitación con curiosidad y abrió la puerta del cuarto de baño para echarle un vistazo, pero cerró enseguida con una mueca de asco—. ¿Qué coño es ese olor?

—Bego ha plantado el primer pino de la temporada —dije muerta de risa al ver la cara de repulsión de mi amiga.

—¡Joder, tía, estás podrida! —exclamó Maite tapándose la nariz con la mano—. No has perdido el tiempo…

—¿Y yo qué quieres que haga? Son los nervios, es la primera vez que dejo mi casa tanto tiempo —se excusó abriendo los brazos en cruz—. Nunca antes había montado en avión y para colmo no voy a ver a mi Pichurrín en todo el verano.

—Pues cálmate, porque me niego a soportar este olor todos los días.

Mientras aquellas dos seguían discutiendo, sentí una vibración contra mi muslo. De forma mecánica introduje la mano en el bolsillo del pantalón y saqué mi teléfono móvil. Tenía un mensaje de texto de mi padre, me deseaba buena suerte y me advertía que llevase mucho cuidado.

—Eh, Miriam, ¿te falta mucho? —preguntó Maite mientras yo respondía al mensaje de mi progenitor—. Nos tenemos que ir ya.

—Ya he terminado, vámonos —le sonreí mientras guardaba el móvil.

En el lujoso hall esperamos con nerviosismo a que llegara el encargado de personal para que nos asignase un puesto de trabajo. Durante el tiempo que duró la espera, bombardeamos a preguntas a Maite sobre el hotel. Mi amiga no era novata como nosotras, venía todos los veranos a trabajar durante las vacaciones y de las tres era la que más calmada estaba.

La puerta que estaba situada tras el mostrador de recepción se abrió y de ella salió un tipo bajito y rechoncho. Resultó ser el encargado. Nos llamó para que acudiésemos a su lado y de inmediato repartió los uniformes de trabajo, pulcramente doblados y metidos en un plástico. Con desagrado, Bego y yo comprobamos que aquel hombre tenía tendencia a escupir cuando hablaba y en su cara no llegó a aparecer el mínimo amago de sonrisa en todo el tiempo que duró la charla.

—Hola, María Teresa, me alegro de volver a verte por aquí —saludó este a Maite. Estrechó su mano con rapidez y acto seguido se la limpió contra el pantalón, como si mi amiga pudiese pegarle alguna extraña enfermedad con su contacto. Después miró en nuestra dirección—. Begoña Alcántara Sánchez y Miriam Álvarez Moreno, ¿verdad? —

Pronunció nuestros nombres y asentimos en silencio—.Os encargareis, junto con otros seis empleados más, de servir el cóctel y la posterior cena. Después de que acabéis de dejar el salón recogido os encargareis, en turnos de dos en dos, de atender cada noche las llamadas que puedan hacer los huéspedes a la recepción para pedir lo que necesiten, ¿está claro?

Asentimos las tres a la misma vez.

—Cualquier duda que tengáis, no dudéis en preguntársela a ella. —Señaló a Maite.

Tras la primera toma de contacto, y de haber acabado bañadas por sus babas, nos llevó a conocer el hotel. Nos enseñó la cocina, el salón comedor y los cuartos donde se guardaban los botiquines de emergencia y los productos de limpieza.

—En estas tres estancias de aquí... —dijo el hombrecillo señalando con el dedo índice—, en el gimnasio, el casino y la sala de juegos, no se permite bebida ni comida, así que no hace falta que os las muestre pues no vais a llegar a entrar.

La visita terminó justo donde comenzó, en el hall. Antes de dejarnos marchar terminó con las explicaciones pertinentes.

—Debo recordaros que debéis aprender de memoria la información de los folletos donde se enumeran las distintas opciones de entretenimiento que disponemos. —Enseñó el folleto y señaló la parte que debíamos saber—. También recordaros que en el complejo hotelero Atlántida se hospedan personas muy importantes, con un alto poder adquisitivo. Debéis complacerlos en la medida de lo posible, no llevarles la contraria y lo más importante:

queda terminantemente prohibido cualquier relación entre los trabajadores, y muchísimo menos con los huéspedes. Por último, informaros de que no se pueden usar las instalaciones destinadas a los clientes, ¿entendido?

Asentimos al mismo tiempo por decimonovena vez. Sin nada más que decir, el hombre se retiró y al fin pudimos regresar a nuestra habitación y deshacer las maletas.

Varias horas después, todavía seguíamos en el dormitorio repasando el dichoso folletito, para intentar que se nos quedase grabado en la memoria.

—El complejo hotelero Atlántida le ofrece unas avanzadas instalaciones y actividades de lujo para su disfrute. Podrá degustar de una variada gastronomía local e internacional en nuestros buffets y restaurantes temáticos. Buceo, golf, pádel, tenis o futbol en césped son algunas de las actividades deportivas que podrá practicar, además de disfrutar de las instalaciones acuáticas. Relájese en la peluquería, en el centro de belleza o en el gimnasio. Disponemos de cibercafé, sala de juegos... ¿Qué más? —Me mordí el labio intentando recordar lo que seguía—. ¡Joder, no voy a conseguir aprendérmelo nunca!

—...una gran variedad de espectáculos, discoteca, música y casino. —Terminó Maite de recitar de memoria lo que me faltaba—. Solo te queda nombrar eso, ya casi lo tienes.

—¿Y no sería más fácil darles un folleto a las personas que pregunten? —sugerí con exasperación—. Seguro que cuando tenga que decirlo se me ha olvidado.

—Más te vale aprenderlo si no quieres una regañina cargada de babas del encargado —me advirtió Maite, sonriente.

Del cuarto de baño salió una sonora maldición.

—¡Chicas! ¿Habéis visto el uniforme? —gritó Bego desde el aseo.

Cuando la vi salir ataviada con él comencé a reír. Estaba compuesto por una horrible camisa blanca, con botones hasta la mitad del cuello, una falda negra que llegaba por debajo de las rodillas y zapatos negros planos.

—Pareces una monja —dije sin que la sonrisa abandonase mi cara.

—Y todavía me falta esto por ponerme —levantó la mano y nos enseñó un pequeño delantal blanco, con el borde de puntilla y tres bolsillos—. Si mi Pichurrín me viese con esto puesto no se lo creería, es horrible.

Miramos a Maite, que se divertía al ver nuestra expresión.

—A mí no me miréis así, esto es cosa del hotel.

—Yo no salgo de aquí vestida así —exclamó Bego consternada.

—¡No es para tanto! Qué exagerada por Dios… Nadie se va a fijar en nosotras, somos las camareras.

Bego y yo compartimos un cruce de miradas. En la bonita cara de mi amiga se reflejaba la aprensión por llevar esas prendas. Bego era una *fashion victim*, siempre iba vestida a la última y jamás se ponía ropa que no hubiese pasado por su feroz criterio. Pero Maite no tenía la culpa de que en el hotel nos hicieran ponernos aquello y gracias a ella ahora teníamos trabajo.

—Míralo por el lado bueno —le dije a mi amiga con la esperanza de que olvidase aquellos horribles uniformes—. Hubiera sido peor si nos hubiesen puesto pantalones largos, hace mucho calor.

—Bueno, eso es verdad... pero feos son un rato —continuó algo más convencida por mis palabras.

—Ya veréis como os acostumbráis rápido a él —dijo Maite guiñándonos un ojo con complicidad—. Ven aquí, Bego, te voy a poner el delantal.

Cuando lo hizo y vimos su aspecto final, estallamos en carcajadas. Desde luego, nadie nos confundiría con las cigarreras del Moulin Rouge.

Maite y yo nos pusimos el uniforme cuando quedaban veinte minutos para que empezase nuestra primera jornada laboral en aquel complejo hotelero. Recogí mi cabello en una coleta, me calcé aquellos feísimos zapatos y salimos de la habitación las tres juntas, para acudir a nuestro puesto de trabajo.

En la cocina nos esperaban una decena de mesas repletas de canapés y champagne. Aparte de nosotras, para servir esa noche en el salón, también se encontraba allí el resto de los camareros.

A las nueve en punto comenzaron a llegar los primeros huéspedes. Casi todo eran parejas, aunque de todo tipo de edades. Vestían impecablemente, con trajes muy elegantes y preciosos vestidos con puntillas y pedrería. Si lo que pretendía el hotel era que no les quitásemos protagonismo con nuestros uniformes, lo había conseguido. A nuestro lado, aquellas personas brillaban con luz propia.

En apenas diez minutos todos los huéspedes hicieron acto de presencia en el salón, por lo que estuvimos tan atareadas que nos fue imposible comentar nada. Repartí el último canapé y me dirigí a la cocina a rellenar la bandeja. Allí me encontré con Bego, que volvía a reponer la suya de copas con champagne. Me coloqué a su lado y, cuando me aseguré de que no había nadie más a nuestro alrededor, le susurré con disimulo:

—¡Qué gente más estirada!

—Ya te digo, como si tuviésemos que darles las gracias hasta por estar a su lado —exclamó mi amiga con los ojos muy abiertos.

—El dinero transforma a las personas. Pensarán que son el ombligo del mundo y que sin ellos se acabaría la vida tal y como la conocemos —sugerí con sorna.

—¡Hace un momento un señor me ha llamado mujerzuela!

—¿Si? Pues tienes suerte, a mí lo más bonito que me han dicho esta noche para llamarme ha sido: ¡Oye tú, mesonera!

—Ya entiendo por qué estaba tan bien pagado el trabajo —aseguró Bego mientras asentía con la cabeza.

Un escandaloso chirrido nos avisó de que la puerta de la cocina se abría y no pudimos seguir con nuestra conversación, porque en ese momento entró el encargado. Terminé de rellenar la bandeja y me fui antes de que nos viera de cháchara.

Mientras continuaba ofreciendo canapés a los huéspedes, y aguantando sus continuas exigencias, comencé a observar a Maite. Estaba coqueteando descaradamente con un hombre rubio de mediana edad. No tuve ocasión de poder acercarme a su lado pero, por lo poco que pude observarla, me daba cuenta de que parecía estar muy a gusto allí. La veteranía era un grado. No parecía molestarle el trato que nos dispensaba aquella gente, parecía estar acostumbrada e inmunizada a sus desprecios. Así que pensé que lo mejor de todo sería abrir la mente e intentar disfrutar de la experiencia que estábamos viviendo, para no pasar esos dos meses frustrada, y con ganas de estamparles la bandeja en la cabeza, cada vez que nos miraban por encima del hombro.

Una pareja de mediana edad se acercó a mi lado a coger una copa. La mujer me preguntó por las instalaciones del complejo, se las enumeré sin equivocarme y se marcharon, sin ni siquiera darme las gracias.

Comencé a recolocar las copas en la bandeja para que no estuvieran todas en un mismo lado y continuara teniendo estabilidad, pero fruncí el ceño al sentir una extraña inquietud en el estómago. Alcé la cabeza para comprobar qué era lo que me había provocado aquella sensación y encontré unos misteriosos ojos ambarinos que me observaban desde la distancia. Mis piernas temblaron cuando me fijé en el dueño de aquella mirada. Era un hombre bastante alto, de cabello negro, piel aceitunada y con una cara armoniosa de duras facciones. Por la forma en la que se le ajustaba la camisa, se podía adivinar que era de complexión fuerte, aunque sin llegar a ser el típico chulito híper musculado de gimnasio. En definitiva: un pedazo de *tiarrón* de los que quitaban el hipo.

Un jadeo escapó de mis labios al comprobar la forma en la que me miraba. Sus ojos me recorrían de arriba abajo. Provocaban en mí un intenso calor que hacía que mi cuerpo se incendiase y desease salir hacia el exterior a tomar un poco de aire fresco. Sin poder apartar la mirada de aquel hombre, contuve la respiración cuando me dedicó una sensual sonrisa y alzó la copa que llevaba en la mano en un brindis. Con rapidez giré ciento ochenta grados y me alejé hacia otro lugar, con el corazón latiéndome contra el pecho como loco. No entendía por qué actuaba así, simplemente me había sonreído... pero esa sonrisa había conseguido despertar en mi interior muchas sensaciones.

Decidí no mirarlo más e intentar serenarme. Mientras continuaba repartiendo champagne, mi cabeza, provista con vida propia, dobló para volver a observarlo, pero ya no me miraba, estaba hablando con el grupo de personas de su alrededor. En ese momento, llegó una preciosa mujer rubia a la que agarró por la cintura y besó en los labios. Tenía pareja. Arranqué a esos preciosos ojos ambarinos de mi cabeza y continué con mi trabajo, eso sí, obligándome a no mirar ni una vez más hacia aquel grupo de personas.

Una vez que todos los huéspedes cenaron y abandonaron sus sillas, cerramos las puertas correderas que separaban el comedor del hall. Nos tocaba recoger las mesas y barrer el suelo.

Después de casi dos horas, por fin pudimos dar por finalizada la tarea. Bego y yo nos dirigimos a ocupar nuestro siguiente puesto de trabajo detrás de la barra de recepción, para atender las posibles llamadas de los huéspedes desde las habitaciones. Tras una breve

Suite veintiuno

explicación de Maite, sobre el funcionamiento de las líneas telefónicas y el posterior procedimiento para encomendar los pedidos al barman o al cocinero, se despidió de nosotras porque su jornada laboral había terminado por esa noche.

—¿Seguro que lo entendéis todo bien? —repitió la susodicha por tercera vez.

—¡Que sí pesada, no te preocupes! —dije con una sonrisa.

—Pues entonces me voy ya, que me están esperando.

—¿Te esperan? ¿Quién, si puede saberse?

—Un superhéroe al que he conocido en el cóctel —contestó con una sonrisa pícara en los labios. Nuestra amiga llamaba a todos los hombres guapos de ese modo y, como ya estábamos del todo acostumbradas a ese término, no nos extrañó—. ¡Cómo está de bueno el colega!

Le sonreí a su vez. Tenía que ser el hombre rubio con el que la había visto coqueteando. La verdad es que aquel tipo no estaba nada mal y sabía que Maite no era de las que dejaba escapar las oportunidades.

—¡Pero tú estás loca! —exclamó Bego tapándose la boca con una mano—. ¡Como te pille el encargado te vas a cagar! Salir con huéspedes está prohibido.

—¿Salir? ¡No voy a salir con él! Pero algún que otro revolcón seguro que habrá —dijo entre agudas risillas.

—Más te vale llevar cuidado para que no te vean —la aconsejé. De sobra sabía que cuando a Maite se le metía algo en la cabeza no había nada ni nadie capaz de pararle los pies.

—Maite, por Dios, no hagas locuras que te estás buscando una sanción. Lo mejor es que vuelvas nuestra habitación —insistió Bego.

—¡Y una mierda! Que le den al encargado, yo quiero pasármelo bien, que la vida son dos días. —Nos lanzó un beso con la boca y comenzó a andar hacia el jardín para encontrarse con su cita—. No me esperéis levantadas.

Cuando giró por el pasillo y la perdimos de vista, Bego y yo nos miramos en silencio. Mi amiga tenía cara de preocupación, de las tres era la más sensata y responsable.

—No te preocupes —la intenté tranquilizar posando una mano sobre su hombro—. Maite sabe lo que hace.

—Yo que tú no estaría tan tranquila. Es tía piensa con la polla, aunque no tenga.

Solté una carcajada ante la contestación de Bego.

—¡Relax! Piensa que lleva haciendo lo mismo muchos años y no la han pillado…

Me observó negando con la cabeza y suspiró.

—Esperemos que la suerte la acompañe.

—¡Wow! Eso ha sonado a película —me burlé de ella para intentar que sonriera y dejara de preocuparse—. Anda, vamos a trabajar, que nos queda toda la madrugada por delante.

La noche fue bastante tranquila, apenas hubo quince llamadas para utilizar el servicio de habitaciones. A las ocho en punto de la mañana, dos guapísimas jóvenes ocuparon nuestros puestos y pudimos por fin marcharnos a dormir. Al llegar a nuestra habitación, nos percatamos de que Maite ya estaba en su cama, nos acostamos y en cuestión de segundos caímos agotadas por el sueño.

2

TEMBLOR AMBARINO

Cuando conseguí abrir los ojos, ya eran las cuatro y media de la tarde y las chicas seguían durmiendo a pierna suelta. Entré al aseo, para lavarme la cara y vestirme, y sin despertar a mis amigas salí de la habitación. Fui al comedor de empleados, un lugar totalmente diferente al lujoso salón de los huéspedes. Aparte de una hilera de mesas de madera colocadas en fila, la vieja televisión y la gran barra donde estaba expuesta la comida en sus respectivas fuentes, no había nada que pudiese delatar que aquello era un hotel de lujo. En el comedor apenas había sentadas un par de personas que comían en silencio. Vertí en un tazón una buena dosis de café solo y me lo tomé con satisfacción, acompañado por un par de rebanadas de pan con mermelada, sentada en una esquinita donde podía ver la tele. Terminé en un santiamén y como tenía un par de horas libres decidí regresar a la habitación para despertar a las chicas y marcharnos a visitar alguna playa de la isla. Lo poco que conocía de Menorca lo había visto en fotos por Google y estaba deseando recorrer con mis propios pies aquella maravillosa tierra.

Introduje la tarjeta que abría la puerta de la habitación por la ranura y las encontré ya despiertas, con los bañadores a medio poner.

—¿Dónde estabas? —me preguntó Maite con los ojos medio cerrados por el sueño.

—He ido a comer algo, estaba muerta de hambre.

—Pues podías haber avisado y hubiésemos ido las tres juntas.

—No quería despertaros —expliqué con una sonrisilla—, cuando no dormís todo lo que debéis, os ponéis insoportables.

—¡Mira quién habló... la que si no descansa como mínimo ocho horas se convierte en la bruja de Blancanieves —rio ésta mientras se ataba el biquini al cuello.

Les saqué la lengua y abrí el armario para coger mi bolso playero de color verde. En él puse todo lo necesario para pasar unas horas al sol.

—Bueno, pues yo ya estoy lista —anunció Bego colocándose unas gafas con los cristales polarizados—. Vámonos a disfrutar de Menorca el poco tiempo que tenemos libre.

—¡Eso! —gritó Maite—. Pero, antes vamos a comer algo, que el estómago me suena igual que si tuviera un oso pardo rugiendo dentro.

—Venga, os acompaño al comedor, aunque yo haya comido ya. A lo mejor me animo y me bebo otra tacita de café.

—¿Tacita? —exclamó Bego con los ojos abiertos como platos—. ¡Pero si tú te bebes el café por galones! Lo que no sé es como no te da un *yuyu* de los nervios.

—¿Pero es que no la ves? —continuó ahora Maite, burlona—, si se pasa todo el día como una moto, hay veces que solo veo el humo que desprende de la velocidad que lleva por culpa de la cafeína.

—Muy graciosa, me parto contigo —contesté con sarcasmo—. Lo que tienes que hacer, en vez de pasarte el día riéndote de tonterías, es contarnos qué tal tu cita con el rubio de anoche.

Maite se sentó en la cama y cruzó las piernas sin decir ni una palabra, para hacerse la interesante delante de nosotras.

—No pasó nada.

—¿Nada? —repitió Bego sin terminar de creérselo.

—Nada de nada —confirmó por segunda vez mi amiga.

Parpadeé un par de veces con cara de extrañeza. Aquello no era para nada normal en Maite. Mi amiga era una bala en cuanto a hombres, cuando quería tener a uno lo tenía sin ningún esfuerzo.

—Vamos a ver... ¿te vas con un tío a escondidas, arriesgándote a que te pille el encargado, y no pasa nada? —formulé por tercera vez la dichosa preguntita sin salir de mi asombro.

—Precisamente no pasó nada porque tuvimos que separarnos para que no nos viese. Dio la casualidad que a *Don Babas* le apeteció salir al jardín a tomar el aire y no nos quedó otra que posponer la cita.

—Vaya, vaya, vaya... así que te quedaste sin mojar —rio Bego con malicia.

—Mojaré mucho más que tú estos meses, eso tenlo por seguro —contestó Maite, picada—, yo no tengo a mi

Pichurrín esperándome en la península, estoy soltera y con ganas de marcha.

Bego, al saberse perdedora en aquella divertida pelea, le sacó la lengua y le dio un pequeño empujoncillo. Maite sonrió y haciéndose otra vez la interesante continuó:

—Para vuestra información, Izan es un hombre muy inteligente y sabe que valgo la pena, por eso hemos quedado de nuevo esta noche para volver a vernos —fanfarroneó con orgullo—. Nos vamos a ver a las doce en el atrio del hotel.

—Pues entonces tienes que aprovechar esta segunda oportunidad —la animé.

—Solo hay un problema —dijo con pesar, y se mordió el labio inferior—. ¡No sé qué coño es un atrio!

Mis ojos volaron hacia los de Bego y cuando nos miramos unos segundos, rompimos a reír con unas escandalosas carcajadas. Maite no tuvo otra salida que reír también con nosotras.

—Bueno, chicas —nos interrumpió—. Dejarse ya de cachondeo y decidme qué es un atrio.

—No tengo ni idea —admití entre lágrimas por el anterior ataque de risa.

—Yo tampoco —negó Bego después de mí—. Tu Izan es tan inteligente que se ha buscado a un ligue que no sabe ni dónde han quedado.

—Pues, más vale que te pongas las pilas y preguntes… o te quedas sin cita —la avisé mientras me hacía una coleta en mi lacio cabello negro.

—¡Ainnns, mira que tengo mala suerte! Yo no pido mucho, tan solo una noche para que un superhéroe guapo me haga el *spiderman*.

Suite veintiuno

Bego puso los ojos en blanco. Llevábamos casi dos meses escuchándola hablar sobre aquella postura sexual. Según nos explicó, consistía en que el hombre colocaba la mano de la misma forma en la que lo hacía el famoso superhéroe para lanzar las telas de araña, y con ella le proporcionaba a la mujer placer frotando los labios de la vagina con los dedos pulgar y meñique y el clítoris con el índice.

—Ya estamos otra vez con el dichoso *spiderman* —exclamó Bego con la cara desencajada por el aburrimiento—. ¿Es qué no habrá cosas más placenteras?

—¡Ay, Señor, cuánta ignorante suelta! Cuando lo pruebes hablamos.

—Estoy tan harta de oírtelo nombrar que no pienso hacerlo nunca —juró poniendo los ojos en blanco.

—Pues no sabes lo que pierdes.

—De momento, tú tampoco.

Yo no podía dejar de sonreír, cuando aquellas dos empezaban a discutir valía la pena quedarse a escucharlas. Miré mi reloj de muñeca y carraspeé para llamar su atención.

—Bueno, chicas, ¿por qué no dejáis este fantástico debate para cuando estemos en la playa? Allí podéis continuar discutiendo mientras yo me ahogo para no escucharos.

Salimos del hotel y cogimos un taxi para que nos llevase a nuestro destino. Maite, por haber trabajado algunos años en la isla y conocer más el lugar, nos sugirió que fuésemos a la Cala del Pilar. Una pequeña playa virgen situada entre Ciutadella y el municipio de Ferreries.

El taxi nos dejó en el aparcamiento y desde ahí tuvimos que comenzar a andar por un bosque de pinos hasta llegar a la playa. Tardamos casi media hora en divisar la cala, pero, cuando lo hicimos, todo el cansancio de la caminata se desvaneció en segundos.

Ante nosotras apareció una pequeña bahía de arena dorada y rojiza, con aguas cristalinas. Pese a que eran las cinco y media de la tarde, allí no había mucha gente, de hecho casi se podían contar con los dedos de las manos a todas las personas.

Colocamos las toallas, una junto a las otras, y lo primero que hicimos fue dirigirnos a la orilla a meter los pies en el agua. Al comprobar que estaba a una temperatura ideal, fresquita pero no helada, introdujimos nuestros cuerpos en por completo en ella para deshacernos de aquel pegajoso sudor.

Dejé mi cuerpo flotando en el agua y suspiré con satisfacción con los ojos cerrados. Las suaves olas me mecían a su antojo mientras que, en la distancia, escuchaba el sonido de las risas de mis amigas, que conversaban animadamente. Disfruté que cada segundo que permanecí en aquel estado de paz, flotando a la deriva por el mar Mediterráneo, hasta que de repente me hundí al ser empujada hacia abajo por unas pequeñas manos. Salí a la superficie tosiendo y escupiendo agua y miré con cara de pocos amigos a Bego, la culpable de que casi me bebiese toda el agua del mar de un solo trago.

—¿Tú estás loca o qué? —le grité todavía con la respiración agitada.

—No lo he podido remediar —se carcajeó mi amiga—. ¡Estabas tan mona!

Suite veintiuno

—Tienes suerte de que casi me has dejado fuera de combate que si no... —le contesté con dificultad—. Pero que sepas que esta te la guardo.

A nuestro lado llegó Maite, que venía buceando con unas gafas, para poder ver el fondo marino.

—¿Habéis visto todos los pececitos que hay a nuestro alrededor?

—¿Peces? ¡No jodas! —exclamó Bego con horror—. Vámonos para fuera a tomar el sol, me da grima que me toquen con esos cuerpos escamosos.

—Yo contigo alucino, ¿qué esperabas encontrar en el mar? ¿Osos panda?

—Claro que no, pero me imaginaba que los peces nadarían en las profundidades y no tan cerca de la orilla.

—¡Cómo se nota que tú a la playa vas poco!

—Poco o nada, a mí que me den una piscina y soy la tía más feliz del mundo.

Llegamos hasta donde habíamos dejado las toallas y nos acostamos en ellas para secarnos con la suave brisa. Con una gran sonrisa observé a mí alrededor, la pequeña cala era espectacular, tenía unas vistas divinas. Aquel lugar nada tenía que envidiar a otros lugares paradisiacos.

—Es una pena que no vayamos a poder conocer bien la isla —comenté de repente—. El trabajo no nos deja mucho tiempo para ir de excursión, tan solo un par de horas al día. —Suspiré con algo de tristeza—. Bueno, niñas, vamos a empezar a recoger los bártulos que son las siete.

—¡Qué rollo! Solo de pensar que otra vez nos toca quedarnos toda la noche sin dormir... —se quejó Bego.

—Eso dilo por ti, yo vuelvo a librar esta noche después de la cena —rio Maite.

—Y yo —anuncié.

—¡No me lo restreguéis más jodías u os asfixio con el delantal tan feo que llevamos en el uniforme.

—Bego, todavía te queda la satisfacción de saber que Maite no tiene ni puñetera idea de dónde ha quedado con su ligue —comenté con sorna, dándole suaves codazos en el brazo.

—¡Ay, joder con el atrio! —gruñó Maite—. Me tengo que enterar como sea… aunque tenga que preguntárselo a medio hotel. Y cuando lo sepa y pueda ir a la cita le voy a enseñar yo una palabra de mi cosecha: *spiderman*.

—¡Y dale! Anda, lo que tienes que hacer es llamar al taxista que como no nos demos prisa, esta noche nos despiden por llegar tarde.

Mi amiga sacó su teléfono y se apartó un poco de nuestro lado mientras conversaba con el hombre. Cuando colgó, se giró otra vez hacia nosotras.

—Ya está, nos espera en el aparcamiento en media hora, así que vamos a empezar a andar que el camino es largo.

Llegamos al complejo hotelero cuando solo quedaba media hora para que empezase nuestra jornada laboral. Entramos con rapidez en el hall, cargadas con los bolsos playeros, y nos dirigimos hacia el ascensor para subir a la primera planta, donde se encontraban nuestro dormitorio. Pero, a mitad de camino, escuché pronunciar mi nombre. Me detuve para ver de quién se trataba. Era el encargado de personal.

—Subid vosotras que ya voy yo luego—les indiqué a mis amigas.

Las chicas asintieron y continuaron hasta que llegaron al ascensor. Cuando desaparecieron de mi vista, cogí aire y recorrí la distancia que me separaba de aquel hombre. Conforme iba acercándome, notaba cómo los nervios se apretaban contra mi estómago de inquietud. ¿Qué querría? ¿Tendría alguna queja sobre mí?

—¿Me había llamado?

—Sí, Miriam, quería informarte de que esta noche cubrirás una baja.

—¿Esta noche? —pregunté con desgana. Era la única noche de la semana que libraba después de la cena.

El hombre confirmó mi cuestión con un contundente movimiento de cabeza.

—Una de nuestras camareras de la discoteca se ha intoxicado con algo que comió en la isla y está indispuesta —me explicó—. Ya sé que esta noche la tenías libre, así que cambiarás el descanso para mañana.

—De acuerdo —contesté con firmeza. Después de todo, no me iba a quedar sin descanso, lo tendría aunque tuviese que esperar un día más—. Cubriré su puesto. ¿Quería algo más?

—Sí, para la discoteca puedes ponerte lo que quieras, pero en color negro. —Asentí ante la información—. Y si no tienes ninguna pregunta al respecto, puedes ir a vestirte para la cena.

Le sonreí a modo de respuesta y no recibí sonrisa alguna por su parte. Ese hombre era el tío más serio con el que me había cruzado en mi vida, no se reía ni a la de tres…

Retomé mi camino hacia el ascensor. Entré y pulsé el botón con el número de la planta primera. Las puertas comenzaron a cerrarse cuando, de repente, una mano se coló entre ellas y el sensor, consiguiendo que volviesen a abrirse. En el quicio apareció un hombre alto y fornido de cabellos castaños y semblante amable.

—Buena tardes, señorita —me saludó al entrar.

—Hola, ¿qué hay? —le contesté con amabilidad—. ¿A qué planta va? —pregunté para pulsar el número en el cuadro de mando.

—Vamos a la sexta, pero espere un segundo —dijo mirando hacia el exterior, como si estuviese esperando la aparición de alguien más.

Crucé los brazos sobre el pecho, como no se apresuraran iba a llegar tarde al cóctel. El hombre me volvió a mirar y sonrió, haciendo una señal con la mano para que continuase aguardando. Chasqueé la lengua con disimulo, suspiré y miré mi reloj de muñeca. Al percatarse de que tenía prisa, sacó medio cuerpo del ascensor y se dirigió a alguien de fuera.

—¡Vamos, Johnny! ¡Que no estás solo en el hotel! Aquí hay gente que tiene prisa…

Desde el exterior, se escuchó una maldición y el tal Johnny entró al ascensor de muy mala leche.

—¡Joder, Víctor, pues que se espere! ¿Acaso también tengo que preocuparme de eso en mis putas vacaciones?

Mis ojos se centraron en aquel maleducado y cuando lo reconocí, me dio un vuelco en el corazón. ¡Era el hombre de los ojos ambarinos! ¡El que vi en el cóctel la pasada noche! El guapísimo hombre ni siquiera se dignó a mirar en mi dirección, estaba enfrascado en la lectura de un diario local, en la sección bursátil.

—Pero es que esta señorita tiene prisa —insistió el tal Víctor.

—Ese no es mi problema —gruñó sin despegar los ojos del periódico.

Fruncí el ceño ante tal respuesta. ¡Menudo estúpido! Podía ser todo lo guapo que quisiese, pero en educación dejaba mucho que desear. Me mordí la lengua para intentar que de mi boca no saliese una respuesta igual de mordaz que la suya, pero finalmente estallé.

—Me parece genial que esté usted de vacaciones, señor —escupí con sarcasmo—, pero también debe pensar que aquí hay gente trabajadora a la que tampoco nos gusta que nos jodan con comentarios estúpidos.

—¿Me está llamando estúpido, señorita? —dijo mientras levantaba la cabeza por primera vez del dichoso periódico. Cuando sus ojos me descubrieron, pude notar que los abría con sorpresa, irguió la espalda y creí vislumbrar en la comisura de sus labios un intento de... ¿sonrisa?

—¡Sí, estúpido! —continué, sin pensar en las consecuencias de mis palabras, con un cabreo cada vez más grande—. ¡Y maleducado! ¿Acaso piensa que nos gusta que nos hablen como si fuésemos basura? Porque si es así, a los adjetivos anteriores, tendré que sumarle además el de tonto.

El tal Johnny me observaba de arriba abajo, provocando que una ola de pulsantes temblores recorriese mi estómago, pero estaba tan cabreada que no me importó lo más mínimo. Sus felinos ojos exploraban con descaro mi cuerpo, desde los dedos de los pies hasta el último pelo de mi cabeza. A pesar de mis insultos, no parecía para nada molesto, al revés, si no fuera del todo imposible hubiese jurado que la situación le divertía.

—¿Entonces usted cree que mis palabras no han sido acertadas? ¿Le parece bien si le pido perdón? —comentó con burla, con una sonrisa ladeada, haciendo que mi furia aumentase de intensidad.

—¡Váyase a la mierda, señor!

En ese momento la puerta del ascensor se abrió cuando llegamos a la primera planta. Había llegado a mi destino y, sin despedirme de ninguno de los dos ocupantes, di media vuelta y salí del ascensor con andares orgullosos.

Por el pasillo que llevaba a la habitación, aminoré el paso. Inspiré en profundidad e intenté convencerme de que mis palabras habían sido las adecuadas. Se las había buscado él solito. Pero finalmente me llevé las manos a la cabeza, cuando conseguí deshacerme de la mayor parte del cabreo y pude pensar con claridad. ¡Había insultado a un cliente! Ahora mi futuro como empleada del hotel estaba en sus manos, si aquel hombre daba alguna queja sobre mi comportamiento, me pondrían de patitas en la calle en menos que cantaba un gallo. ¿Por qué no había podido quedarme calladita? Si ya me lo decía mi padre, siempre me aconsejaba que pensase primero antes de hablar.... Pero no, yo tuve que insultarlo. Estaba jodida, seguro que ese hombre se lo contaba al encargado.

Llegué hasta la puerta de la habitación y apoyé la frente en ella desde el exterior. Si Maite se enteraba de lo que acababa de pasar, iba a acabar muerta y descuartizada.

El motivo para que aceptasen que trabajásemos, Bego y yo, en el complejo hotelero Atlántida, fue la recomendación de nuestra amiga. Después de esto, si llegaba a descubrirse aquel incidente, seguro que no la volvían a llamar tampoco a ella.

Solo había una solución para arreglar ese entuerto: pedirle disculpas. Me arrastraría si hacía falta, le suplicaría perdón... aunque no se lo mereciera.

Entré en nuestra habitación con una falsa sonrisa en el rostro. No podía dejar que mis amigas se enterasen del incidente. Antes tenía que intentar arreglarlo como fuera.

Me puse el uniforme en silencio. Escuchaba la conversación de Bego y Maite pero no me apetecía entrar en ella. Ya tenía bastante con martirizarme mentalmente por tener que pedirle disculpas a aquel capullo.

Terminamos de ponernos la horrible vestimenta de trabajo y nos dirigimos hacia la cocina para comenzar a llenar bandejas con bebidas y canapés.

El cóctel y la posterior cena fueron de lo más tranquilos. Los huéspedes siguieron con sus habituales exigencias hacia el servicio, pero esa noche casi ni me enteré. Mi atención estaba centrada en buscar al tal Johnny. Le pediría disculpas y me quitaría ese calentamiento de cabeza.

Cuando al fin lo descubrí, no tuve ocasión de acercarme. Me encontraba súper liada entre repartir bebida y recitar el folleto, sobre las actividades del complejo Atlántida, de memoria. Si encontraba algún hueco para acercarme, descubría que no estaba solo. En todo momento estuvo acompañado por su novia, la espectacular rubia, y un numeroso grupo de personas con las que charlaba.

Un par de veces lo descubrí observándome, pero en ambas lo hizo con seriedad y enseguida apartaba la vista.

Así que decidí dejar las disculpas para otra ocasión, mientras rezaba para que no se fuera de la lengua y se quejase al encargado.

Al terminar la cena, el comedor se quedó vacío. Nos tocaba recogerlo todo. Ayudada por la escoba, recogía los restos de comida que habían ido cayendo al suelo mientras tarareaba una cancioncilla súper pegadiza, que había escuchado en la radio.

—¡Ya se lo que es un atrio!

Sonreí al escuchar la voz de Maite a mi espalda. Mi amiga estaba exultante, la sonrisa le llegaba desde un extremo a otro de la cara.

—A ver, sorpréndeme.

Por el rabillo del ojo vi a Bego correr a nuestro lado, con una esponja en la mano y la botella de jabón.

—Un atrio es un puñetero patio interior rodeado de columnas —nos informó Maite—. Ha quedado conmigo en el mismo lugar en el que nos vimos ayer.

—¡Qué fuerte! —exclamé tapándome la boca para no soltar una carcajada.

—¡Qué cabrón! —rio Bego—. Yo en tu lugar lo dejaba esta noche plantado.

—De eso nada, esta noche me merezco un premio por haber descubierto el misterio. Me debe un revolcón, como poco.

—¿Te debe? ¿Por qué? El hombre no tiene culpa de que tú seas una paleta sin un mínimo de cultura —la instigó Bego con malicia.

—¿Por qué no te vas un poquito a la mierda, guapa?

—Porque no tengo ganas de abrazarte, fea.

Resoplé y puse los ojos en blanco. Ya estaban otra vez discutiendo. Menudas eran esas dos, les encantaba ponerse a parir...

Las dejé varios minutos explayarse en la *pelea* y, cuando me cansé de escuchar tonterías, llamé su atención colocándome las manos en mi boca y pegué un fuerte silbido. Maite y Bego dejaron de hablar de inmediato y se quedaron mirándome.

—¿Habéis acabado ya? Cuando os ponéis así no hay quien os aguante.

—¡Ha empezado ella! —dijeron las dos a la vez.

—Parecéis dos crías —reí sin poder contenerme. Apoyé por segunda vez la escoba en el suelo y continué barriendo con una sonrisa en los labios. De pronto, levanté la cabeza cuando me acordé de algo—. ¿No tendréis algo de ropa negra para prestarme? He traído de todos los colores menos negra.

—¿Para qué la quieres? —se interesó Bego.

—Esta noche tengo que cubrir un puesto en la barra de la discoteca y el encargado me ha dicho que vaya de negro.

—¿Pero no era tu noche libre? —preguntó Maite con los ojos muy abiertos del asombro.

—Sí —asentí con pesar.

—Mira en mi lado del armario, tengo un vestido negro que te puede servir.

Enfundada en el vestido de Maite me dirigí hacia la discoteca, que se encontraba en un recinto aparte, muy cerca de las instalaciones acuáticas del complejo.

Ya dentro, contemplé con asombro aquella enorme sala de fiestas. Muy moderna y minimalista, en tonos blancos y plateados, con montones de luces de colores y neones que se reflejaban en el reluciente suelo de granito.

Cuando llegué a la barra se acercó a mí una joven camarera. Era una morenaza con un cuerpo exuberante que derrochaba salero a cada paso.

—¿Eres Miriam? —Asentí ante la pregunta. La chica sacó de su bolsillo una especie de cartulina y me la ofreció—. Toma, ponte la acreditación colgada del cuello. Los trabajadores del hotel debemos llevarla en la discoteca para reconocernos entre nosotros. Con las luces de neón se vuelve fluorescente.

—Gracias. —La prendí de mi cuello—. Por cierto, ¿tú eres?

—Gabriela, camarera del *Atlántida Garden* de noche y madre soltera de día —bromeó la joven estrechándome la mano.

—Encantada, Gabriela, yo soy ex universitaria y *curranta* a tiempo parcial... para servirte en lo que necesites.

La chica rio y me indicó con el dedo índice que la siguiera hasta el almacén donde guardaban las bebidas.

—Bueno, Miriam, te voy a explicar un poco cómo funciona esto. ¿Has trabajado alguna vez en un pub o algún bar?
—Sí, todos los fines de semana ayudo a un amigo en su tasca.
—Pues entonces no creo que tengas ningún problema. —Con la cabeza señaló hacia las bebidas apiladas en cajas—. Aquí guardamos todas las botellas y las latas de refrescos. Seguramente tengas que venir a por alguna botella de champagne, pero lo que más bebe esta gente son cócteles. Debajo de la barra hay un papel con los ingredientes y medidas de cada cóctel, por si no sabes cómo se hacen.
—Seguro que tendré que mirarlo un par de veces. Aparte de Margaritas y San Franciscos no sé preparar ninguno.
—Tranquila, ya verás que te salen bien. Además, esta gente se las da de sabiondos y entendidos pero no sabrían diferenciar un Bloody Mary de una Piña Colada —me tranquilizó, para después guiñarme un ojo—. ¡Ah, se me olvidaba! Que no te pille de sorpresa si hay alguno que después de un par de copas se pone algo baboso. La mayoría piensa que por tener dinero y ser importantes tenemos que caer rendidas a sus pies. Si eso pasa, lo rechazas con simpatía y adiós muy buenas.
—Tranquila, no es la primera vez que me las he tenido que ver con borrachos cariñosos.
—Y si en algún momento ves que no puedes controlarlo llama a Tony y Peter, los guardias de seguridad, y ellos se encargan.
—A Tony y Peter, vale, lo recordaré —contesté frunciendo el ceño.

—No pongas esa cara, mujer —se carcajeó la joven—, solo te digo eso por si acaso... pero, que yo recuerde, nunca ha llegado a pasar nada tan grave como para tener que llamar a los chicos. A pesar de ser una discoteca grande, nunca se llena del todo, es relativamente tranquila. La gente prefiere quedarse en la sala de juegos o el casino. ¿Tienes alguna pregunta? —Negué con la cabeza.

El disc jockey entró a la discoteca cargado con una gran maleta, donde presumiblemente llevaba los discos y vinilos, se metió en la cabina y en cuestión de segundos una modernísima música llenó la sala con su melodía. Los guardias de seguridad abrieron las puertas del recinto y poco a poco este se fue llenando de gente.

Tal y como me dijo Gabriela, no hubo un gran bullicio en la discoteca. Sí que había bastantes personas bailando, pero por norma general se encontraban en un estado bastante bueno, con las copas justas en el cuerpo como para disfrutar sin que se les fuera la situación de las manos.

La mitad de la noche se me pasó volando. El ambiente era fantástico, la música buenísima y aquellos estirados huéspedes mucho más simpáticos con un par de chupitos en el estómago.

A las cuatro y cuarto de la madrugada nos tomamos, por turnos, un descanso de media hora. Lo primero que hice fue ir al servicio, llevaba toda la noche aguantando y tenía la vejiga a reventar. Decidí salir al exterior, me apetecía tomar un poco el aire después de casi toda la jornada dentro del recinto. En el jardín del complejo también había bastante gente, de la que salía a descansar y

Suite veintiuno

a echar algún que otro cigarro antes de regresar otra vez al interior de la discoteca, para seguir moviendo el esqueleto. En uno de los laterales de la discoteca, junto a una palmera, encontré un banco de piedra. Me senté con satisfacción y descansé unos minutos disfrutando del airecillo que corría esa noche. Unas carcajadas llamaron mi atención y cuando volví la vista descubrí, a unos diez metros de distancia, un pequeño grupo de amigos que se divertía de lo lindo. Al fijarme mejor, mi corazón se aceleró cuando reconocí al hombre de los ojos ambarinos, estaba apoyado contra la pared y reía de algo que decía otro miembro del grupillo. Al encontrarse mi banco en penumbra, pude fijarme en la escena sin peligro a ser descubierta. Mis ojos recorrieron al tal Johnny de arriba abajo. Esa noche vestía con ropa informal, pantalones vaqueros y un polo de color oscuro. Le sentaba como un guante, las prendas se ajustaban a la perfección a su musculoso y bien formado cuerpo. Y luego estaba su sonrisa, me tenía embobada. Desprendía tal erotismo que me quedé mirándolo con fijeza mucho más tiempo del que permitían los buenos modales, pero como nadie podía verme no me importó.

Metió la mano al bolsillo de sus pantalones, sacó una cajetilla de tabaco y se encendió un cigarrillo. Al verlo expulsar el humo de su boca sentí una deliciosa agitación en mi interior, mi cuerpo reaccionó a esa simple acción, y noté que mis pezones se endurecían. Aparté la mirada con el ceño fruncido y maldije en silencio. ¡Como si no tuviese ya suficientes problemas! ¡Por nada del mundo debía encapricharme de aquel hombre! Podía ser el tío más guapo y más atrayente del mundo, pero debía recordar que era un huésped y estaba prohibido cualquier acercamiento. Además, tenía que acordarme de la escenita del ascensor, era un chulo, un creído y un estúpido, con muy poca consideración hacia los trabajadores del hotel.

Una sensual carcajada femenina hizo que volviese a fijar la vista en aquel grupo. Entonces mis ojos se posaron sobre la rubia que lo besó en el cóctel la pasada velada. Se encontraba junto a un hombre de pelo castaño y coqueteaba con él, sin importarle que su *pareja* estuviese delante.

Miré mi reloj de muñeca para comprobar el tiempo que me quedaba para volver al trabajo. Cinco minutos nada más.

Me incorporé del banco y cuando alcé la vista por tercera vez, el grupo ya se había ido, solo quedaba uno de los integrantes que apuraba las últimas caladas de su cigarro.

¡Esa era mi oportunidad! Tenía que ir y disculparme por mis palabras en el ascensor. Aunque mi orgullo me dijera que no lo hiciese, el sentido común me empujaba a pedirle disculpas. Mi permanencia en el hotel y, posiblemente, la de mis amigas dependía de que ese tío no se fuera de la lengua y delatase mis malos modos con un cliente al encargado. Tomé una gran bocanada de aire, calmé los nervios y me dirigí a paso decidido hasta su lado.

Se percató de mi presencia cuando salí de la oscuridad que rodeaba aquel banco de piedra. Dio la última calada al cigarro, sin dejar de observarme con una mirada enigmática, y lo tiró al suelo donde pisó la colilla sin demasiado interés.

Al sentir sus ojos clavados en mí se me aceleró el corazón, no entendía por qué reaccionaba de esa forma por una simple mirada, pero no podía evitar que mi cuerpo se revolucionase al estar delante de aquellos sensuales ojos.

—Hola —le dije cuando nos separaba apenas un metro de distancia.

Durante un par de segundos continuó callado, sin dejar de examinarme, y eso me puso todavía más nerviosa, si fuese posible. Me humedecí los labios, repentinamente secos, y me removí en mi sitio con incomodidad mientras me retorcía las manos, bañadas en un inoportuno sudor frío.

—Hola —respondió una eternidad después con su grave voz. Su semblante era serio, pero sin ninguna emoción en el rostro que pudiese alertarme de su estado de ánimo.

—Siento mucho mis palabras en el ascensor, estuvieron fuera de lugar —continué para acabar de una vez con aquella situación. Ya no estaba nerviosa, ¡estaba atacada!

—¿Lo sientes? ¿Por qué?

Aquellas preguntas me descolocaron. Puse cara de extrañeza y me mordí el labio sin estar muy segura de qué contestar.

—Pu... pues... porque no es correcto hablarle de ese modo a un cliente.

—Pero, en ese momento... ¿era lo que pensabas de mí?

—Yo... yo de verdad que lo siento, no volverá a ocurrir nada...

—Te he preguntado si pensabas todo lo que dijiste —me interrumpió a mitad de la frase—. ¿Crees que merecí esos calificativos?

Fruncí el ceño en su totalidad. ¿Me pedía sinceridad? ¿Quería saber mi opinión? ¡Pues entonces la tendría! Yo podía ser muchas cosas, pero mentirosa y cobarde no.

—Sí, señor, mereció todas y cada una de las palabras que le dije. Incluso alguna más que decidí callarme por respeto a su amigo. —En su boca se comenzó a dibujar una débil sonrisa y eso fue lo que consiguió confundirme del todo—. ¿Se...se ríe?

—Me río porque tienes agallas —asintió sonriendo ahora abiertamente—, me gustan las personas que dicen lo que piensan.

—De todas formas quiero que me perdone.

Entornó un poco los ojos y se cogió la barbilla con la mano mientras su mirada no se apartaba de mi cara. Si antes estaba nerviosísima en esos momentos me sentía al borde del colapso. No estaba acostumbrada a que me observasen con tanta intensidad, y menos aún ese pedazo de hombre. ¡Guapo a rabiar!

—Vamos a hacer algo —dijo al fin después de una pequeña pausa—, yo me olvido de todo este incidente si tú aceptas pasar una noche conmigo.

Si me hubiesen pegado un puñetazo en el estómago en ese momento no me hubiera enterado. Me quedé boquiabierta.

—¿Perdón? —exclamé sin apenas voz con los ojos abiertos todo lo que era posible que estuviesen.

—Te estoy pidiendo una noche, los dos solos, en mi suite.

Parpadeé un par de veces más para conseguir salir del asombro. Tal era mi estado que él soltó una carcajada. En mi garganta empezó a formarse una enorme pelota que me impedía tragar. Un nudo de rabia se abrió paso desde la boca de mi estómago y el embotamiento se comenzó a esfumar sustituido por una ola de mala leche. ¿Qué me estaba sugiriendo aquel imbécil? ¿Sexo a cambio de su silencio? ¡Y para colmo estaba muerto de risa!

—¿Cómo se atreve? —susurré con odio—. Es despreciable y asqueroso... ¡no piense ni por un momento que voy a aceptar su proposición, cabrón!

La sonrisa desapareció de su cara, en sus ojos se percibía el arrepentimiento pero yo ya no veía nada, lo único que sentía era la ira crecer y crecer hasta convertirse en una bomba a punto de estallar.

—Espera, no te pongas así...yo solo...

—¿Usted qué? —grité sin importarme que las personas que estuviesen por allí se quedasen mirando la escena—. ¡Más le vale no volver a acercarse a mí menos de veinte metros, porque si lo veo a mi lado le juro que soy capaz de patearle las pelotas!

Giré igual de rápido que un tornado y comencé a caminar con rapidez hacia la discoteca.

—¡Ey, espera! —me llamó alzando la voz—. ¡Era una broma! ¡No te vayas así! —Frené en seco y lo miré de nuevo con dos llamas en lugar de las pupilas. Se acercó un poco y al hacerlo retrocedí para seguir guardando las distancias—. Era broma, de verdad. Lo siento, tengo un humor un tanto extraño. No pretendía insultarte, estaba de coña.

—¿Una broma? ¡Puede irse a la mierda, capullo! No se acerque más a mí. —Levanté el brazo derecho y con el puño cerrado alcé el dedo corazón dedicándole una peineta en toda regla, mientras lo fulminaba con la mirada.

Volví a darle la espalda y continué con mi camino hasta introducirme en la gran sala donde sonaba la música de moda de ese verano. Pasé al interior de la barra donde me esperaba Gabriela, que bailaba al son de la música. La chica me dejó allí y fue a descansar su media hora. Respiré con intensidad varias veces e intenté relajarme para poder continuar con mi trabajo lo mejor posible.

Poco a poco me fui calmando. Decidí que no merecía la pena ponerme hecha una furia por un indeseable como aquel, pero cada vez que volvía a recordar sus palabras mis dientes rechinaban. ¿Qué clase de broma era aquella? ¿Cómo podía jugar de esa forma con otras personas? Ya me daba igual todo, incluso me importaba bien poco que decidiese irle con el cuento al encargado. ¡Se merecía todos y cada uno de los insultos que le proferí!

Al regresar Gabriela, se percató de mi cambio de actitud pero lo achacó a los nervios del primer día de trabajo en la discoteca. Si hubiese sabido que se equivocaba por completo...

El tal Johnny entró en la sala poco después que yo y se juntó con su grupo de amigos. ¡Ahí era donde debía quedarse! De vez en cuando notaba el peso de sus ojos en mí, pero yo no le hacía ni caso, continuaba sirviendo copas e ignorándolo a conciencia.

—Tú eres nueva, ¿no?

Una agradable voz masculina me alejó de mis elucubraciones sobre un capullo de ojos ambarinos. Miré a la persona que me hablaba. Era un hombre bastante joven, tendría más o menos mi edad, muy agradable a la vista y con una sonrisa bondadosa.

—Sí, soy nueva, estoy cubriendo una baja. —Me fijé que llevaba prendida en el cuello la identificación de trabajador del local—. ¿Trabajas también aquí? No te he visto en toda la noche.

—Normal, es la primera vez que me muevo de mi puesto. Soy el DJ. —Alargó el brazo para estrecharme la mano—. Me llamo Jordi.

—Miriam.

—¿Eres de por aquí?

—No, solo estoy en la isla por el trabajo, de hecho ni siquiera conozco Menorca.

—Yo sí que soy de Ciutadella. Cuando quieras puedo enseñarte mi preciosa tierra, no debes marcharte sin conocerla.

—Gracias, acepto tu ofrecimiento —reí relajada. Me parecía un hombre muy simpático, no tan impresionante como el idiota de Johnny, pero con su amabilidad le daba mil vueltas. Al acordarme de aquel indeseable levanté la vista de forma mecánica en su dirección y lo descubrí observándonos con curiosidad. Desvié la cara con orgullo y volví a prestarle atención al agradable pinchadiscos—. Algún día tienes que hacernos de guía a mí y a mis amigas.

—Trato hecho —asintió guiñándome un ojo—. ¿Tus amigas también trabajan en el hotel?

—Sí, de hecho a Maite seguro que la has visto alguna vez por aquí. Viene a trabajar todos los veranos.

—¿Eres amiga de Maite? —preguntó asombrado—. ¿De Maite la loca?

Solté una carcajada ante la cara de asombro de aquel hombre.

—La misma. Veo que su fama la acompaña a todas partes... —respondí.

—Es una tía genial. Me alegro que este año hayas decidido acompañarla, tú también pareces enrollada. —Me guiñó por segunda vez el ojo—. Bueno, Miriam, me tengo que ir antes de que se den cuenta de que el DJ les ha puesto un disco ya grabado y decidan lincharme. Me ha encantado conocerte, espero que volvamos a vernos pronto.

—Claro que nos volveremos a ver, recuerda que has prometido enseñarme la isla, ahora no te quieras escapar —le avisé con fingida seriedad.

Jordi se marchó a su cabina y yo lo seguí con la mirada. Era muy simpático, me había encantado conocerlo. Sin poder remediarlo, mis ojos volaron hacia donde se encontraba Johnny. Hablaba con la guapísima rubia, pero en ese instante su miraba cambió de dirección y se posó en mí. Mi corazón bamboleó como un loco dentro de mi caja torácica y maldije por la reacción tan poco apropiada de mi cuerpo ante aquel estúpido. Fui al almacén donde se encontraban las bebidas para despejarme. Bebí un trago de agua y regresé con Gabriela, con la esperanza de que aquella eterna noche pasase de una puñetera vez.

3

PIRULETAS

A las doce y cuarto del mediodía siguiente ya estaba en pie. Apenas había dormido cinco horas pero mis ojos se negaban a continuar cerrados. La noche en la discoteca fue agotadora y sentía cansancio en todos y cada uno de los músculos de mi cuerpo. A pesar de ello las ganas de conocer la isla pudieron contra el sueño.

De un salto me incorporé de la cama y zarandeé a Bego para que se despertase. Resopló y escondió la cabeza debajo de la almohada.

—Bego, levanta y vámonos a ver Ciutadella.

—Mmmmm…. —gruñó a modo de respuesta.

—Venga, vamos a aprovechar el tiempo, durmiendo no hacemos nada.

—Sí que lo hacemos, descansar —respondió con un resoplido—. Déjame dormir un par de horas más…

—¿Seguro que no quieres venir?

—Mmmmm….

Viendo que no conseguiría nada con ella decidí probar suerte con Maite, pero suponía que ella me respondería de igual modo. Mi amiga había pasado la noche con Izan y apenas hacía un par de horas que había llegado a la habitación.

—Maite, ¿te vienes conmigo a ver Ciutadella?

—No, ya la he visto.

—Por eso quiero que vengas…así me la enseñas y me ahorro el perderme.

—No hay pérdida, tú pregunta y ya está.

Chasqueé la lengua ruidosamente y me levanté algo mosqueada con ellas por dejarme sola. Abrí el armario y me coloqué un fresco vestido de tirantes con estampado floral, unas sandalias blancas con un poco de cuña y un bolso blanco estilo hippie. Me peiné el cabello y decidí dejarlo suelto.

Al acabar, me planté de nuevo delante de sus camas, crucé los brazos sobre el pecho y volví a preguntarles:

—¿Seguro que no queréis venir?

—Mmmmm… —gruñeron las dos a la vez.

Suspiré negando con la cabeza y salí de la habitación con la decisión de ver yo sola la ciudad.

Cogí un taxi en la puerta del complejo hotelero y en unos diez minutos me dejó en el casco antiguo de Ciutadella.

Empecé a andar, sin saber hacia dónde me dirigía, y me quedé impresionada por todos los caserones de estilo renacentista que allí había. Me situé junto a la fachada de uno y descubrí un escudo de armas, señal de la nobleza de sus antiguos dueños. Tan ensimismada estaba observando aquella fantástica arquitectura que llegué a la catedral sin buscarla si quiera.

De inmediato entré en ella y lo primero que hice fue sacar la cámara de fotos para inmortalizar aquella maravillosa construcción. Salí de allí encantada y sobrecogida por la Capilla de las Ánimas, era impresionante.

Suite veintiuno

Desde allí tomé el Carrer de Ses Voltes y disfruté como una niña entrando a todos los comercios. Desde la típica tienda de ultramarinos, pasando por zapaterías, donde le compré a mi padre unas abarcas, que eran las sandalias típicas de Menorca. Me relamí los labios ante la cristalera de una pequeña panadería donde estaban expuestas unas riquísimas ensaimadas y una bandeja llena de carquinyols, que eran unas galletitas dulces. Tomé nota mental de comprar algunas de aquellas delicias antes de marcharme de la isla, para que las degustaran en casa.

Cuando terminé de ver todas las tiendas de la calle, intenté situarme para saber por dónde regresar. Pero no tenía ni idea, así que lo mejor que se me ocurrió fue seguir a un grupo de turistas que, acompañados por un guía, visitaba la ciudad.

Dejé de seguir al grupo cerca del muelle, y en la escalera que bajaba encontré un mercadillo multicolor con puestos llenos de adornos hechos a mano y recuerdos de la isla.

Me detuve en uno de los puestos y abrí los ojos como platos ante el asombro. No me lo podía creer... ¡Piruletas! Me encantaban, moría por ellas desde que era niña. Y las que habían no eran normales y corrientes, sino enormes, gigantes. Tenían casi el tamaño de una cabeza humana, con todos los colores del arco iris y un palo larguísimo para cogerlas. No me lo pensé y compré una.

Continué viendo el mercadillo mientras me comía mi piruleta. Paré en otro puesto y observé con deleite las famosas Perlas de Manacor. ¡Eran preciosas! Me encantaron unos pendientes que llevaban un par de ellas engastadas. Me aseguré mentalmente que cuando recibiera mi sueldo los compraría.

—Volvemos a encontrarnos.

Al escuchar aquella voz en mi oído, pegué tal sobresalto que se me cayó de las manos la piruleta y acabó estrellada contra el suelo, hecha trizas. No hizo falta que diese la vuelta para conocer la identidad de la persona responsable de que casi me diese un ataque al corazón. Reconocí su voz de inmediato.

Giré hecha una furia y encaré a aquel hombre, que estaba situado muy cerca de mí. Me observaba con la diversión dibujada en sus sensuales ojos ambarinos.

—¿Otra vez usted? —escupí enfadada—. Le dije que no se me volviese a acercar… ¿qué parte no entendió? Porque con gusto se lo vuelvo a explicar.

—Solo quería pedirte perdón —me informó con el semblante solemne.

—Ahórreselo.

—Lo que te dije ayer no iba en serio. No quiero que pienses que me quería aprovechar de la situación, era una broma.

—Por su bien espero que sus bromas no sean todas de ese tipo —le increpé muy molesta.

—Admito que no fue la más adecuada —reconoció con una media sonrisa en los labios. Crucé los brazos sobre el pecho y lo fulminé con la mirada. Sonrió—. Venga, no te pongas así, ¿acaso no tienes sentido del humor?

—¡Yo tengo un gran sentido del humor! —le grité.

—Ya veo —rio con los ojos muy abiertos.

Nos quedamos observándonos un momento.

—Señor, es usted insufrible —dije negando con la cabeza—. Y por si todo eso fuera poco, me ha asustado y se me ha roto la piruleta.

Miramos los dos hacia el suelo, donde millones de pequeños trozos de colorines adornaban la acera. Me agaché para comenzar a recogerlos y tirarlos a la basura, no quería dejar el suelo de aquel bonito mercadillo pringoso por el caramelo.

—Espera un momento, no te muevas de aquí —exclamó, mientras echaba a andar y me dejaba sola con todo aquel tenderete en el suelo.

¡Genial, él era el culpable de que mi riquísima piruleta hubiese quedado destrozada y se iba! ¡Me dejaba todo el marrón!

Cuando terminé de coger los trozos los llevé a la papelera más cercana y con un mohín de tristeza los tiré.

—Ya estoy aquí, toma —anunció mientras me ofrecía algo.

Me quedé impresionada por lo que llevaba en su mano. Doce piruletas idénticas a la mía unidas por un bonito lazo rojo. Abrí la boca por el asombro.

—¿Un ramo de piruletas?

—Como no sabía qué flores te gustaban he optado por la opción segura. Siento lo que pasó ayer...y lo de la piruleta. —Acercó su mano para que tomase aquel original ramo y cuando lo hice volvió a sonreír—. Hasta ahora no hemos empezado con muy buen pie.

—Yo más bien diría que no hemos podido empezar peor.

Reímos los dos. Miré las piruletas con una sonrisa, después de todo no parecía tan capullo.

—¿Cómo te llamas?
—Miriam… ¿y usted? —pregunté, aunque ya lo sabía.
—Jonathan Navarro, para servirte —bromeó haciendo una pequeña reverencia.
—Mucho gusto, señor Navarro. Espero que a partir de ahora nuestro trato sea más cordial.
—Eso espero yo también —asintió—. Y no me llames de usted, haces que parezca un abuelo de cien años.
—Pero es que usted es un huésped del hotel y no me parece correcto tutearle.
—Eso es una chorrada, no acepto un no por respuesta —insistió con seriedad—. Llámame Jonathan o Johnny, que es como lo hacen mis amigos.
Valoré si aceptar llamarle de ese modo. Pensé en las palabras del encargado del hotel, nos dijo que estaban prohibidas las relaciones entre huéspedes y empleados… pero, ¿qué había de la amistad?
Lo observé un instante. Me miraba con atención, esperando una respuesta de mi parte. Y al final asentí.
—Está bien, Johnny.
Me regaló una mirada pícara por haberse salido con la suya y yo casi me puse a babear… ¡Cómo podía estar tan bueno el condenado!
—Me encanta cómo suena mi nombre en tus labios. —Con esa frase me remató, en mi cara se plantó una inmensa sonrisa de boba que permaneció allí una eternidad.
Comenzó a caminar, con elegancia y seguridad, y me hizo una señal con la cabeza para que lo siguiese. Sin pensarlo dos veces me coloqué a su lado mientras recorríamos con lentitud los últimos puestos que quedaban

de aquel pequeño mercadillo. No podía evitar sentir una gran excitación al tener a aquel irresistible hombre a mi lado. Desde la primera vez que lo vi no pude controlar la atracción que mi cuerpo parecía sentir hacia él. Era verlo y notar martillazos en vez de latidos. Paramos un par de veces para ojear con más detenimiento algún objeto de los que allí había y sin darnos cuenta llegamos al final.

Al percatarme de que no quedaba nada más por ver, me volví hacia él y le sonreí con la intención de despedirme. Johnny también me miraba, pero con seriedad, como intentando decidir qué hacer.

—Vamos, te invito a comer algo —dijo por fin.

—No, gracias, no tengo hambre, he ido probando de la comida del mercadillo y estoy llena —rechacé la propuesta, necesitaba despejarme y librarme de aquel atontamiento que me producía su proximidad.

—Pues entonces un helado o un café.

—No sé… —contesté dudosa. Me apetecía muchísimo un café, desde que me levanté y me bebí un tazón y medio, con una docena de galletas, no había tomado más—. ¿No te espera nadie? ¿Has venido solo?

Me acordé de su novia. ¡Uff, la rubia! Por nada del mundo quería que nos viese juntos y se armase un escándalo. Me pondrían de patitas en la calle en milésimas de segundos.

—He venido con unos amigos, pero ellos decidieron regresar al hotel hace un par de horas.

—La verdad es que yo también debería volver ya, no quiero que se me haga muy tarde —contesté poniendo una débil excusa.

—Entonces te llevo, yo también voy para allá.

—No, gracias, no quiero que me vean llegar con un cliente al hotel.

—Al menos déjame que te acompañe a coger un taxi.

—Eso sí que te lo agradecería —asentí con una sonrisa—. No tengo ni idea de dónde estoy ni de cómo encontrar uno.

Caminamos por calles que no recordaba haber pasado antes, pero eso no me preocupaba. Jamás había sido muy buena memorizando rutas y por extraño que pareciese confiaba en Johnny. Se movía por la ciudad sin titubeos, como si viviese allí toda la vida.

—¿Habías venido ya antes a Ciutadella? —le pregunté con curiosidad mientras esperábamos que el semáforo de peatones cambiara de color.

—Sí, vine hace un par de años por trabajo. ¿Y tú? ¿De dónde eres?

—Soy de Alicante —respondí con una sonrisa—. Una amiga me propuso venir para trabajar durante el verano... y aquí estoy.

—¿Habías trabajado antes en hoteles de este tipo?

Fruncí el ceño ante la cuestión. ¿A qué se referiría con eso de *este tipo*? ¿A hoteles de lujo?

—Es la primera vez —dije titubeante.

—¿Te sientes cómoda trabajando allí? ¿Eres afín a la ideología del hotel?

Mi cara era un poema. ¿Pero a qué coño se estaba refiriendo este hombre? ¿Afín a la ideología? ¿Qué ideología? ¿A vivir con todo tipo de lujos?

Una vez más contesté sin estar segura de qué era lo que me preguntaba.

—Claro que soy afín, ¿y quién no?

—No todo el mundo está de acuerdo.

—Porque no saben lo que se están perdiendo —declaré.

La ambarina mirada de Johnny cambió en milésimas de segundos y se tornó sensual. En su cara asomó una lenta sonrisa que hizo que sintiese un placentero alboroto en el estómago. Tragué saliva inconscientemente, necesitaba un abanico. ¡Qué calor! Mi cuerpo se empezaba a revolucionar por una simple mirada, esto era de locos. No entendía qué había ocurrido para que se obrase ese cambio entre nosotros dos, que yo recordase estábamos hablando del hotel, pero percibía que si no hacía algo al respecto la cosa iría a más.

—¿Falta mucho para llegar a la parada de taxis?

Con mis palabras rompí el embrujo del momento y Johnny reaccionó de inmediato desvinculando nuestros ojos.

—Enseguida llegamos, está en la siguiente calle.

Una vez allí le dije la dirección del hotel al taxista y nos despedimos.

—Gracias por las piruletas, han sido un detalle muy bonito.

—Te las debía por todos los malentendidos. —Se pasó una mano por el cabello y me miró a los ojos de nuevo—. Supongo que nos volveremos a ver en el hotel.

Asentí en silencio, incapaz de dejar de mirarlo. Era guapísimo. Lástima que tuviese novia, pero yo no era de las que iban metiéndose entre las parejas por una simple atracción física, por muy fuerte que ésta pudiese llegar a ser.

Abrí la puerta del vehículo y me introduje en él. El hombre arrancó y el taxi comenzó a moverse por la carretera dirección al complejo hotelero. Sin poder aguantar mis ganas, miré por el cristal trasero para observar por última vez a Johnny. Permanecía quieto en el mismo sitio mientras se encendía un cigarrillo. Era fantástico, demasiado fantástico para mi bien.

Cuando abrí la puerta de la pequeña habitación en la que dormíamos, encontré a Maite tirada en su cama ojeando una revista de cotilleos. Sonrió al verme y palmeó con la mano sobre el diminuto lecho para que me sentase a su lado. Al hacerlo me abrazó con fuerza y me dio un beso en la mejilla. Se fijó en lo que llevaba en las manos y silbó asombrada.

—¡Oye, menudas piruletas! ¡Eres una golosa! —rio, pues conocía la pasión que tenía desde niña por aquellas chuches—. ¿Has visto ya Ciutadella?

—El casco antiguo. ¡Pero ya os vale a las dos! Menudas amigas tengo que me dejan tirada —le reproché con una mueca de disgusto en los labios. Me levanté y fui al armario para guardar los enormes dulces en mi maleta—. Podríais haberme acompañado.

—Estaba reventada y no tenía ganas de ir a pasar calor. Además, ya he visto la ciudad millones de veces.

—¿Entonces me vais a dejar sola cada vez que quiera ir a visitar algo?

—Ainns, cielo…te prometo que a la próxima voy. Y Bego también.

Suite veintiuno

—Por cierto, hablando de la reina de Roma, ¿dónde está Bego? —pregunté al no ver a mi otra amiga por allí.
—Está en el aseo sentada en el trono.
—¿Otra vez? ¡Joder! ¿qué come esta mujer?
—Ni idea, últimamente se pasa la vida en el váter.
La puerta del cuarto de baño se abrió y por ella salió Bego con cara de felicidad. Cerró tras de sí y con el dedo índice señaló hacia atrás.
—Os aconsejo no entrar sin máscara antigás, bajo peligro de asfixia —nos advirtió guiñándonos un ojo.
—Lo tuyo es increíble guapa, tienes que tener a tu novio anestesiado.
—Ahora ya entiendo por qué veo a tu Pichurrín con la piel cada vez más verde —dije con sorna y nos echamos todas a reír.
—Tiene que ser por la comida… o los nervios… ¡yo qué sé! La cuestión es que ya no me tengo que hinchar a comer galletas con fibra —se carcajeó Bego.
—Bueno, dejemos de hablar de guarradas que tengo algo mejor que contaros —anunció Maite. La miramos con atención y esperamos a que comenzara—. ¿A qué no sabéis dónde dormí anoche?
—Sorpréndenos, pero presiento que las guarradas no se han acabado —exclamó Bego con los ojos en blanco.
—¡Pasé la noche en la suite de Izan! Aunque hicimos de todo menos dormir. ¡Ese hombre es una máquina! Si no fuese por las palabras tan raras que dice le pondría un ocho de nota media.
—¿Solo un ocho? ¿No decías que era una máquina? —la interrogué con curiosidad.

—Miriam, cielo, para que le ponga el diez tiene que hacerme el *spiderman*... y de eso todavía nada de nada. Me da a mí que este tío ha visto pocas pelis de superhéroes.

—Pues sugiéreselo tú —dijo Bego con aburrimiento.

—¡No! Si lo hiciera ya no tendría gracia, mujer. Además, a Izan se lo puedo perdonar todo —aseguró sonriendo con picardía. Cogió una botella vacía de Fanta, de medio litro, de encima de su mesita de noche, y señalándola continuó—. Tiene la polla así de grande, ¡impresionante!

—¿Pero tú te has tirado a un hombre o a un caballo? —pregunté con incredulidad, intentando no echarme a reír al igual que Bego.

—Pues de vez en cuando tenía que mirarlo a la cara para asegurarme, aquello era tan enorme que se podían hacer nudos marineros. Lo único que conseguía sacarme de mi asombro fueron sus palabrejas. Mientras que estábamos en medio de la faena me soltaba cosas como: *Eres una belleza arrebolada* o, también, *cuando te toco me vuelvo un hidrópico insaciable de tu cuerpo*. ¿Qué coño significa todo eso?

Maite continuó haciéndonos reír narrando, con pelos y señales, sus aventuras sexuales. Mientras tanto nos colocábamos de nuevo aquel horrible uniforme de trabajo. A la vez que escuchaba la incesante cháchara de mi amiga no pude remediar que unos sensuales ojos ambarinos se colaran en mi mente. Sonreí al recordar a Johnny. Rememoré el original detalle de las piruletas y el agradable paseo con él por las callejuelas de Ciutadella.

A las ocho y veinticinco de la tarde ya estábamos en el salón con una bandeja en la mano, esperando a que hicieran su aparición los primeros huéspedes.

En media hora el salón estaba a reventar, las bandejas no duraban llenas ni diez minutos y teníamos que ir a la cocina a por más.

Al mirar hacia la esquina derecha del salón descubrí a Johnny con su habitual grupo de amigos y su novia, la guapísima rubia. Se le veía relajado, mientras conversaba con Víctor, el hombre que subió al ascensor con nosotros el pasado día. Repartí un par de copas de champagne a una pareja y otra vez miré, con disimulo, en su dirección. Parecía tan distante e inalcanzable que me resultaba imposible que esa misma tarde la hubiese pasado acompañada por aquel magnífico espécimen masculino. De hecho, en mi armario tenía la prueba de ello en forma de piruletas. Pero aun así parecía irreal, como si hubiese sido todo un sueño.

Johnny alzó la cabeza y me sonrió, para después guiñarme un ojo. Le devolví la sonrisa y sentí que un intenso rubor cubría mis mejillas, así que giré antes de permitir que me viese roja cual sandía. Resoplé con fastidio y me reprendí por aquel infantil comportamiento. ¡Parecía tonta de remate! Yo, colorada sin poder evitarlo por un tío con novia.

La cena terminó a las once y media de la noche. Los huéspedes se marchaban poco a poco hacia las zonas lúdicas, pero yo apenas me di cuenta por la cantidad de trabajo que tenía recogiendo todos los utensilios de las mesas, para llevarlos a la cocina y meterlos en los fregaderos. Al terminar me despedí de las chicas, que se iban a seguir con su jornada en la recepción del hotel. Me retiré a la habitación porque esa era mi noche libre. Después de una rápida ducha, me coloqué el pijama y me acosté a dormir de inmediato. Estaba reventada.

Un molesto rayo de sol me pegaba directamente en los ojos. Salté de la cama para bajar del todo la persiana y me metí de nuevo en el diminuto lecho para seguir durmiendo un par de horas más. Pero fui incapaz, me había desvelado y ya no hubo forma de que mis párpados permaneciesen cerrados. Resoplé y maldije, era tempranísimo, tanto que Maite y Bego todavía no habían vuelto de su jornada en la recepción. Eso quería decir que ni siquiera eran las ocho. Me arrastré hacia el armario y me puse lo primero que pillé. Decidí, ya que no podía pegar ojo, ir al comedor para desayunar. Me calcé unas deportivas y cuando fui a abrir la puerta, para marcharme de la habitación, me encontré en el umbral a mis amigas con cara de muertos vivientes.

—¿Dónde vas a estas horas? —me preguntó Bego mientras contenía un bostezo.

—A desayunar, me es imposible seguir en la cama.

—Pues que te aproveche —dijo Maite a la misma vez que me empujaba hacia un lado, para que la dejase pasar, y se tiraba a la cama a dormir con el uniforme puesto.

—Ha sido una noche movidita así que, si no te importa, yo también me voy a meter en el sobre.

Asentí y le dejé paso también a Bego, que antes de acostarse miró su teléfono móvil para ver si tenía alguna llamada perdida de su Pichurrín. Al no haberla, se despojó de los tacones con dos patadas y se acomodó en su cama abrazada a la almohada.

—Descansad, que luego vengo por vosotras para irnos un rato a la playa.

—Mmmmmm —contestaron las dos con los ojos cerrados.

Llegué a la gran sala donde comíamos los empleados del hotel y lo primero que hice fue coger una bandeja, pasearme por toda la barra del bufet y llenarla con un montón de dulces y magdalenas, que seguro no iba a comer en su totalidad. Cogí la jarra del café y llené un tazón enorme, al que le añadí un poquito de leche tibia.

Con el arsenal preparado para ser devorado me dirigí a una mesa para sentarme. Al fondo de la sala vi a Gabriela, la camarera del *Atlántida Garden*, y me encaminé hacia allá con la intención de desayunar junto a ella.

—Buenos días, Gabriela —la saludé alegremente mientras me acomodaba en la silla de enfrente.

—Hola cariño, buenos días —me contestó la joven limpiándose con rapidez la cara.

Cuando la miré, mi sonrisa se desvaneció. Gabriela tenía el semblante pálido, con unas oscuras ojeras y los ojos rojos por haber estado llorando.

—¿Qué te pasa? —pregunté con preocupación. No conocía a aquella mujer de nada, quitando la única jornada que pasé trabajando junto a ella, pero desde que la vi me dio la sensación de que era una chica muy fuerte y con mucho carácter. Así que el verla de esa guisa, llorosa y desinflada, me resultó muy extraño.

—Nada, esto no es nada, tonterías mías —se excusó forzando una sonrisa.

—¿De verdad? Ya sé que apenas nos conocemos pero quiero que sepas que puedes contar conmigo para lo que sea.
—Gracias, perla. —Me agarró la mano y le dio un apretón amistoso—. De verdad que no me pasa nada, hay días que me pongo muy tontorrona y me da por llorar.
Asentí sin tragarme lo que me estaba contando, pero como no quería forzarla a que me confesase algo sin querer, dejé el tema aparcado.
Comencé a dar buena cuenta de mi desayuno, pero por el rabillo del ojo podía ver como la chica ni siquiera probaba el suyo, simplemente removía sin parar su café con la cucharilla, con la mirada perdida hacia ninguna parte. Cinco minutos después, Gabriela se levantó de su silla, cogió la bandeja con su desayuno sin tocar y se despidió de mí con otra sonrisa forzada.
Otra taza de café más tarde salí del comedor y regresé a la habitación, donde las chicas dormían a pierna suelta. No sabía qué hacer para ocupar mi tiempo hasta que Maite y Bego se despertasen. Con aburrimiento me recosté en mi cama y saqué del interior de la mesita de noche mi teléfono móvil. De forma mecánica marqué el número de mi casa. Empezó a dar señal y al cuarto pitido una voz muy familiar contestó.
—Hola, papá.
—¡Miriam! ¿Cómo estás, hija? —preguntó mi padre con su característica voz de tenor.
—Pues ahora mismo aburrida, las chicas llegaron de trabajar hace un par de horas y están durmiendo.
—¿Te tratan bien en ese hotel? ¿Comes como mínimo tres veces al día?

Suite veintiuno

—Sí, papá —reí ante la permanente preocupación de mi padre. Para él seguía siendo su niña pequeña, a pesar de tener veintisiete años—. ¿Y tú? ¿Cómo estás de lo tuyo?

—Pues ya sabes cómo es esto de la esclerosis, voy a ratos. Menos mal que la Juani viene todos los días, es un sol de mujer —comentó refiriéndose a nuestra vecina.

—Sí que lo es, te dejé en buenas manos. Vamos a tener que ponerle una estatua de mármol en su honor por todos los favores que nos hace.

—Con lo práctica que es seguro que, en vez de mirarla la convertía en algún mueble donde guardar enredos —exclamó con una carcajada.

—Sí, seguro —asentí dándole la razón a mi progenitor. Pero mi mente voló de inmediato a un tema de más importancia—. Oye, papá, ¿sabes algo de Rober?

—Ayer precisamente hablé con él —me contó con seriedad—. Está bien, al menos eso es lo que me dice siempre que conversamos. Pero ya sabes cómo es tu hermano, no le gusta que nos preocupemos por él.

—Tengo unas ganas locas de verlo, desde la última vez han pasado casi tres años. —Rememoré con tristeza el último recuerdo que tenía junto a mi hermano mellizo.

—No te pongas triste, cariño, ya sabes que Rober es un cabezón y no quiere que vayamos a verlo. Pero piensa que una semana después de que vuelvas de Menorca lo tendremos aquí, otra vez con nosotros.

—Estoy deseándolo, papá. —Me enjugué una lágrima rebelde y suspiré de tristeza—. Bueno, te dejo que sigas con lo que quiera que estuvieses haciendo.

—Estaba viendo la repetición del partido de futbol de ayer. Ganó nuestro Hércules dos a cero.

—¡No me digas! ¡Y yo me lo perdí!
—Te lo he grabado para cuando vuelvas a casa.
—Gracias, papi —exclamé con cariño—. Ya te llamo yo en un par de días, y si sucediese algo dímelo y vuelvo en menos que canta un gallo.
—Vale, no te preocupes, hasta pronto.

Dejé el móvil guardado en el mismo lugar en el que estaba antes de llamar a mi padre y me quedé acostaba miranda el techo de la habitación. Gracias a Dios, todo estaba relativamente bien en casa.

Chasqueé la lengua y miré a mis amigas dormir. Necesitaba moverme, no podía quedarme todo el día en la cama.

Con determinación, fui al armario y me coloqué el biquini verde. Iría a la playa, porque conocía a las chicas y me imaginaba que cuando se despertasen no tendrían ganas de ir.

Pregunté en recepción, a una de mis compañeras, y me informó de que a pocos minutos a pie de allí se encontraba la Cala'n Bosch.

Al llegar a aquella pintoresca playa silbé de asombro. De arena blanca y aguas color turquesa, parecía la típica estampa que se compraba en las tiendas de recuerdos para regalar a algún pariente. Pero a diferencia de aquellas estampas, esa cala estaba a reventar de gente, no cabía un alma. Montones de niños jugaban en la orilla, sobre la arena, mientras que sus padres se tostaban vuelta y vuelta al sol. Ofrecía muchísimas más comodidades que la Cala del Pilar. Había duchas, servicios públicos y hasta un chiringuito donde refrescarse.

Saqué de mi bolso la cámara de fotos y, como pude, me inmortalicé con aquella preciosa cala de fondo. Al mirar la foto descubrí que solo aparecía media cara y bastante desenfocada, así que me coloqué de nuevo para volver a intentarlo, pero esa vez mi brazo me ensombreció el rostro y salió muy oscuro.

—¡Mierda! ¡Solo pido una foto medio decente!

—Si quieres te la hago yo.

Casi se me cae la cámara del salto que metí al escuchar aquella familiar voz en mi oído. Con la mirada, fulminé a Johnny que sonreía al ver mi reacción.

Al posar la vista en él comprobé que llevaba el torso al descubierto, dejando en evidencia sus fuertes brazos, su bien formado pecho y el seductor estómago, con unos marcados abdominales. Desde el omblilgo se percibía una línea de vello que descendía hasta quedar oculta bajo las holgadas bermudas, todavía húmedas por haberse bañado en el mar. Me humedecí los labios, repentinamente secos por aquella erótica visión, y sentí unas pequeñas descargas eléctricas en los senos ante la excitación de verlo frente a mí. De golpe, caí en la cuenta de que lo estaba observando igual que al más jugoso chuletón de ternera y reaccioné con rapidez.

—¿Tienes por costumbre ir asustando a la gente? —pregunté poniéndome a la defensiva, aunque sin saber por qué.

—Me encanta escuchar a las mujeres gritar por mí, no lo puedo evitar —bromeó mientras me guiñaba un ojo. Con decisión, cogió la cámara de fotos de mi mano—. ¡Sonríe!

Y me echó una foto antes de que pudiese reaccionar y me diese tiempo a colocarme. La miró divertido y negó con la cabeza—. Has salido con los ojos cerrados. ¡Otra! —Disparó por segunda vez con la misma rapidez y volvió a reír por la expresión de mi cara—. No eres muy fotogénica, ¿verdad? Quizás con un poco de maquillaje…

Le arranqué el aparato de entre las manos, lo miré con enfado y comencé a alejarme de su lado con andares orgullosos. ¡Menudo idiota era ese tío! Un capullo de campeonato.

—Miriam, espera, que era una broma. —Agarró con fuerza mi brazo para que no pudiese alejarme más.

—¿Te han dicho alguna vez que tus bromas no tienen ni puñetera gracia? —exclamé tirando con fuerza, intentando que me liberase de su agarre.

—Me lo han dicho millones de veces. —Sin que pudiese hacer nada para impedirlo, me condujo hacia el chiringuito y señaló una silla para que me sentase.

Lo miré con el ceño fruncido y negué con la cabeza. No esperaría que ahora me pusiese a conversar con él como si nada…

—Toma asiento que te invito a lo que quieras.

—No tengo ganas, gracias —dije con tono cortante.

—¿Voy a tener que ir a por otras doce piruletas para que me perdones?

—Si no hicieras el ganso, no haría falta que me pidieses perdón cada vez que nos vemos —le reproché.

—Pues tienes razón, desde que nos conocemos he pasado más tiempo disculpándome que intentando conocerte. Pero eso se puede arreglar ya mismo. —Señaló con su mano la silla para volver a ofrecerme asiento—.

Suite veintiuno

Vamos, no me dejes beber solo, prefiero hacerlo en tu compañía.

—¿Has venido solo aquí? —pregunté todavía con algo de reticencia.

—No, de hecho mis amigos están sentados allí, junto a la caseta de vigilancia.

Desvié la vista hacia donde me señalaba y pude comprobar que decía la verdad. Allí se encontraban todos, incluso la guapísima rubia, que llevaba un escueto bikini fucsia. La espectacular mujer nos miraba con curiosidad.

—No creo que a tu novia le agrade mucho que estés aquí conmigo.

—¿Mi novia? ¿Por qué supones que es mi novia? —me cuestionó con sorpresa.

—Pues... —Me quedé sin habla, sin saber qué decir. La primera noche en el hotel, durante la cena, los había visto besarse y supuse que eran pareja—. Yo pensaba que vosotros...

—No, Damaris es solo una amiga —me explicó con paciencia—. Y ahora, ¿me dejas que te invite a beber algo? Me lo debes, ayer también te negaste cuando nos encontramos en el mercadillo de Ciutadella.

Lo observé unos segundos, barajé mis posibilidades y asentí. Tomé asiento mientras Johnny hacía lo propio en la silla de enfrente. Llamó al camarero levantando el brazo y cuando llegó hasta nosotros pedimos las bebidas, una cerveza para él y un granizado de limón para mí. Del bolsillo de su pantalón sacó la cajetilla del tabaco, me ofreció un cigarro y cuando me negué se encendió él uno.

—No fumas, no bebes cerveza… ahora también me dirás que eres estudiante —rio mientras le daba un pequeño sorbo a su cerveza.

—Pues sí, estoy estudiando —asentí con orgullo, dejándolo asombrado—. ¿Te parece mal?

—No, ni mucho menos. Pero te hacía más mayor, si estás estudiando no tendrás más de…

—Tengo veintisiete años.

—¿Qué estudias? Yo con veintisiete ya tenía la carrera, a no ser que seas de esas personas que no se toman en serio los estudios —dijo con un cierto tono de reproche, como si me estuviese reprendiendo.

—¡Me los tomo muy en serio! —contesté mosqueada—. Para tu información te diré que no todo el mundo hemos nacido con billetes a raudales. Yo tengo que trabajar hasta conseguir el dinero suficiente para poder pagar las matrículas y los libros del curso. ¿Por qué piensas que estoy trabajando este verano aquí? ¿Por amor al arte? ¡Me han concedido una beca para un máster de derecho internacional, empiezo en octubre, y tengo que reunir el dinero para la inscripción, tío listo!

—No te pongas así, no quería ofenderte. ¿Por qué te pones a la defensiva con cada cosa que digo?

Fui a contestar pero antes de conseguirlo empezó a sonar su teléfono móvil. Lo miró con fastidio y me hizo una señal con el brazo para que aguardase mientras él hablaba. Se levantó de su asiento y caminó unos metros para poder conversar sin el bullicio del chiringuito.

Di un sorbito a mi granizado y con disimulo lo observé mientras respondía a la llamada. Yo tampoco entendía el porqué de mi mal carácter cuando me encontraba junto a Johnny, a veces sí que era un poco brusco en sus preguntas, pero yo siempre me había caracterizado por mi paciencia con la gente y mi amable forma de ser. Mis ojos volaron hasta su cara, ahora en tensión y con seriedad.

—Quizás si no fuese tan guapo y no me atrajese tanto, podría tomarme sus palabras de otro modo —pensé en voz alta sin percatarme.

Me mordí el labio inferior con fuerza cuando se dio la vuelta, la panorámica de su culo era una delicia. Ese hombre estaba hecho para tentar y seducir. Me hice aire con un folleto que había encima de la mesa. Si al calor del verano le sumabas a Johnny... se convertían en una combinación peligrosísima.

Me bebí el granizado de un solo trago y me levanté de la silla con la intención de marcharme de allí. Me encontraba en la playa, el mejor sitio para ahuyentar el bochorno, y estaba sudando la gota gorda con la visión de aquel hombre.

—¿Adónde vas? —preguntó mientras guardaba el teléfono en el bolsillo de sus bermudas.

—Acabo de recordar que tengo algo que hacer —mentí para que no intentase detenerme.

—Pues espera, voy a pagar y te acompaño.

Asentí. Conocía muy poco a ese hombre, pero sabía que no iba a aceptar una negativa.

Regresó de la barra del chiringuito y se puso la camiseta para cubrir su torso. Comenzamos a caminar sobre la arena y salimos de la cala para tomar dirección hacia el complejo hotelero.

—¿No avisas a tus amigos de que te vas?

—No hace falta, ellos saben que voy a mi aire —rio al contestar y me apartó un mechón rebelde de cabello que se empeñaba a pegarse en mi cara.

Lo miré y sonreí por el gesto. Con un dedo me acarició la nariz haciendo que me sonrojase y tuviese que bajar la mirada al suelo.

—¿Vais a quedaros mucho tiempo en Menorca? —pregunté, para acabar con aquel íntimo silencio. Mi cerebro deseaba que se fuera pronto de la isla, porque si pasaba mucho tiempo junto a él podía ser capaz de cometer alguna locura. Con una sola sonrisa me desarmaba.

—Veinte días. Queremos disfrutar al máximo de Menorca.

Lo observé con los ojos muy abiertos. ¡Veinte días! No quería ni imaginar el coste que supondría todo ese tiempo alojados en el hotel. Con eso me daba para pagar una decena de matrículas universitarias, incluso más. Tenían que estar forrados si podían permitirse el lujo de derrochar tanto dinero.

—Te has quedado pensativa...

—Sí, bueno, es que estaba pensando que es mucho tiempo —le confesé mis pensamientos—. Yo las pocas veces que he estado de vacaciones no he podido quedarme más de tres o cuatro días, y eso contando que tuviésemos la suerte de pillar la estancia en oferta.

—Éstas son mis primeras vacaciones desde que comencé a trabajar en mi empresa. Mi puesto no me permite demasiados descansos, tengo treinta y cuatro años y llevo seis sin parar ni un día. Incluso ahora sigo recibiendo llamadas de trabajo —sonrió.

—¿Dónde trabajas? —me interesé. Pero en seguida me arrepentí de la pregunta—. Lo siento, no me contestes si no quieres, esas cosas no me incumben.

Se carcajeó al escuchar mi voz avergonzada y arrepentida.

—Soy socio fundador de una empresa de tecnología aeronáutica. Comenzamos mi hermano y yo, después de sacarnos la carrera de ingeniería, con pequeños pedidos y poco a poco fuimos creciendo. Ahora contamos con una plantilla de más de quinientos trabajadores y exportamos motores de aviones a Alemania, Francia y U.S.A. entre otros países.

—¡Joder! —Me quedé con la boca abierta.

—Sí, todos reaccionan del mismo modo —rio—. Debe ser que tengo cara de cabronazo y no aparento mi profesión.

Solté una carcajada por sus palabras y los dos comenzamos a desternillarnos de risa. Llegamos a la esquina del hotel y me detuve justo ahí. Johnny me miró con extrañeza al verme quieta, sin avanzar.

—Gracias por acompañarme, pero ya sigo yo sola. No quiero que nos vean juntos, nos tienen prohibido salir con clientes.

Asintió. Se quedó mirándome a los ojos, como queriendo decirme algo y no encontrara las palabras.

—Oye, Miriam, me gustaría que...

—¡Ostras, mi encargado! —exclamé tapándome la boca con las manos y dejando a Johnny a mitad—. Viene por allí y me va a ver contigo, joder, ¿dónde me escondo?

El orondo hombre caminaba por la acera de nuestra misma calle. A nuestro alrededor no había ninguna salida posible por la que pudiese escabullirme. ¡Nos iba a pillar! Y lo peor de todo era que nosotros no habíamos hecho nada, no estábamos liados ni nada por el estilo. Pero, ¿quién se iba a creer eso? ¡Me iban a echar! ¡Y yo necesitaba el dinero!

Estaba poniéndome muy nerviosa, no sabía cómo salvar aquella situación, en cambio a Johnny se lo veía tranquilo. ¡Claro, él no tenía nada que perder!

Miró unos segundos en la dirección por donde se acercaba el susodicho y después me volvió a observar a mí con una ceja alzada y una sonrisa pícara. Con decisión me empujó hacia atrás, hasta que quedé aprisionada entre la pared que había detrás y su cuerpo, y acercó su cara a milímetros de la mía.

—Johnny... ¿qué haces? —susurré con sorpresa y mucho nerviosismo al tenerlo tan cerca. Mis piernas comenzaron a temblar de anticipación.

—Te estoy tapando —me informó mientras su cálido aliento golpeaba contra mi cara—, así pensará que somos una pareja cualquiera que se está besando.

Asentí con contundencia sin poder apartar la vista de sus labios. Mi pulso se aceleró y la respiración se volvió pesada. El varonil perfume de Johnny entraba por mis fosas nasales, me envolvía como una ligera estela y provocaba que en mi cuerpo se produjesen miles de agradables sensaciones. Me humedecí los labios y alcé la mirada hasta sus ojos que parecían oscurecerse más con cada segundo que pasábamos pegados. La sonrisa desapareció de su rostro y en él solo se podía percibir la tensión. Porque eso era lo que había entre nosotros, tensión a raudales. Un suspiro escapó de entre mis labios y

Suite veintiuno

me removí para intentar que desapareciese la electricidad que sentía en mi cintura, justo donde él tenía las manos apoyadas.

—Ya se ha ido, no te ha visto.

Tardé más de lo habitual en comprender sus palabras por la bruma que ocupaba mi mente y cuando, al final, mi cerebro reaccionó, subí las manos hasta su duro pecho y lo empujé, con desgana, para que me dejase sitio para moverme.

—Gracias —le dije con la voz ronca.

Me observaba con intensidad, su sola mirada era capaz de traspasar mi cuerpo y hacerlo bullir.

—No hay de qué.

—Yo…ya voy a entrar —le informé, aunque quizás también me estaba intentando convencer a mí misma de que eso era lo que tenía que hacer, entrar de una vez por todas y alejarme de la peligrosa atracción de aquel hombre—. Su… supongo que ya nos veremos otra vez.

Johnny asintió con la cabeza, sin decir ni una palabra, tenía la mandíbula muy apretada y la respiración alterada.

Me di la vuelta y comencé a caminar hacia el hotel, pero de repente sentí que una mano agarraba mi brazo y tiraba de él hacia atrás. En décimas de segundos mi posición volvió a ser la misma de antes, acorralada entre la pared y Johnny, pero esta vez también sentí sus labios sobre los míos. Eran suaves y exigentes, reclamaban una respuesta por mi parte y yo se la brindé de buena gana. Deseaba aquel beso igual o con más ansias que él.

Su sabor era dulce y picante a la vez, placentero y doloroso por las ganas de que aquello continuase y pudiese sentir a aquel hombre al completo. Notar su juguetona lengua en mi interior, explorando y exigiendo a placer, era una sensación tan fuerte como subir al firmamento y tirarse desde allí en caída libre, sin paracaídas. Miles de espasmos se adueñaron de mi clítoris cuando se apretó todavía más a mi cuerpo y pude sentir contra mi estómago su erecto pene, que palpitaba de excitación. Me agarré con fuerza a su camiseta para no caerme al suelo, notaba las piernas flojas.

Apartó sus labios y, con los ojos cerrados, apoyó su frente contra la mía.

—Vamos a mi suite.

—No —le contesté sin fuerzas, intentando que la poca cordura que me quedaba no me abandonase.

—Te deseo y quiero tenerte.

—No puedo —negué con más ímpetu, no podía permitir que aquello se descubriese y quedarme sin empleo. Desenlacé nuestros cuerpos y me alejé varios pasos de él—. Éste trabajo es muy importante para mí y no quiero perderlo, lo siento.

—No tiene por qué enterarse nadie —insistió por tercera vez.

Le sonreí mientras continuaba negando con la cabeza. Giré con rapidez y me introduje en el hotel, por la puerta de empleados. Mientras caminaba en dirección a mi habitación, intenté convencerme de que estaba haciendo lo correcto.

4

TODA LA VERDAD

Tal y como imaginé, Maite y Bego no tuvieron ganas de ir a la playa cuando despertaron de su reparador sueño. La verdad era que a mí ya me daba igual, después de lo sucedido con Johnny en la puerta del hotel, lo que más me apetecía era quedarme en la habitación e intentar deshacerme de los nervios. Bueno, eso no era del todo cierto, lo que más me apetecía era buscarlo de nuevo y aceptar la oferta de vernos en su suite o, lo más sensato, meterme en la ducha y pegarme un buen remojón de agua fría para el calentón.

Pero no hice ni lo uno ni lo otro, sino que continué tirada en mi cama, mientras ojeaba una revista, con la cabeza en otra parte; o más bien en otra persona ¡Johnny! No podía dejar de pensar en él, en las veces que nos habíamos visto, en el beso… Su recuerdo no me dejaba en paz, una y otra vez rememoraba la forma en la que me cogió por la cintura para apretarme contra su cuerpo, recordaba su suave y cálido aliento junto a mi boca y aquel erótico beso. Fue la sensación más intensa que había sentido en muchos años, quizás la que más deseo había conseguido despertar en mi interior.

Tenía que reconocer que ese hombre me volvía loca con una simple mirada, podía encenderme con una sonrisa y derretirme con un pequeño roce. Era único, todo en él me gustaba. Menos sus bromas, que no tenían ninguna gracia, aunque eso era una nimiedad si lo valorabas en conjunto. Si el trabajo me lo hubiese permitido, lo habría convertido en mi ligue de verano, en mi superhéroe, como decía Maite. ¡Era una lástima desperdiciar a un hombre con un cuerpo así por trabajo! Pero lo primero era lo primero.

Desde mi cama observé a las chicas moverse por la habitación. Todavía no les había hablado de Johnny, pero la verdad era que me apetecía reservármelo un poco más para mí, era mi secreto.

Bego abrió el armario por cuarta vez resoplando y eso logró sacarme de mi ensoñación. Buscaba por todos lados algo y maldecía al mismo tiempo. Maite me miró con sorna y continuó observando los movimientos de la otra en silencio.

—¿Qué buscas? —le pregunté sin poder contenerme al notar que su frustración iba en aumento.

—¡El puto delantal! —contestó con rabia—. ¿Dónde coño lo he guardado?

Se puso de rodillas y miró por décima vez por debajo de las camas sin resultado. Dio un golpe en el suelo con el pie y se dirigió al armario para buscar en su maleta.

—Bego. —Mi amiga no me prestó atención y continuó con la búsqueda—. ¡Bego!

—¿Qué? —gritó ante mi insistencia.

—Lo llevas puesto.

Suite veintiuno

Maite empezó a reírse apoyada en la pared, rompiendo el silencio con sus fuertes carcajadas.

—¡Miriam! ¿Por qué se lo has dicho? Tendrías que haberla dejado buscar un poco más —dijo ella, que sabía desde el principio dónde estaba la prenda.

—¿Tú lo sabías y no me has dicho nada? —la increpó Bego con el rostro rojo de rabia—. ¡Si te dijese arpía sería muy benevolente contigo! ¡Menuda zorra!

Y tras insultar a Maite se metió en el cuarto de baño dando un fuerte portazo al cerrar. Con los ojos muy abiertos, giré la cabeza hacia mi otra amiga que seguía riéndose de Bego. No entendía lo que le pasaba. Que no encontrase el delantal no era razón para que se pusiese así, ni tampoco para insultar a Maite. Vale, estábamos de acuerdo en que a ésta le gustaba picar a la gente, pero nosotras ya la conocíamos lo suficiente como para que no nos molestasen sus bromitas.

—Está de mala leche desde anoche —me informó.

—¿Por qué?

—Lleva dos día sin hablar con su Pichurrín. Supuestamente la tendría que haber llamado ayer, antes de la cena.

—¿Por eso se pone así? A lo mejor está ocupado y no ha podido —intenté buscar una solución lógica.

—Eso le dije yo anoche, pero ya conoces a Bego, es una exagerada, está convencida de que pasa algo.

—¿Estáis hablando de mí? —gritó la susodicha desde el cuarto de baño.

—¡No! —dijimos las dos a la vez.

A Maite le dio otra vez la risa y se tiró en la cama junto a mí sin parar de sacudirse por las carcajadas. Sin poder evitarlo acabé contagiada de su musical risa y nos pasamos un buen rato intentando no hacer demasiado ruido para que Bego no nos oyese. Acabamos exhaustas, mirando al techo en silencio con la sonrisa todavía en los labios.

—¿Tú hoy no ves a Izan? —le pregunté por curiosidad.

—No, se ha ido del hotel esta mañana.

—¿Y no estás histérica pegando portazos como Bego?

—¿Por qué iba a hacer eso? Desde el principio tenía claro que solo era un rollete de unos días. Además, ya estaba cansada de tener que buscar en el diccionario todas las palabrejas raras que me decía —me aseguró con los ojos en blanco—. Ahora a por otro superhéroe que sepa lo que es un *spiderman*.

—¿No te da miedo que acaben descubriéndote y te echen?

—No. Si vas con cuidado no tienen por qué saberlo. Yo llevo haciéndolo con clientes desde el primer año... y tan divinamente —me explicó con frescura.

Me quedé pensativa. Maite, a pesar de estar más loca que una cabra, tenía razón. Con discreción no debía de haber ningún problema para que pudiese verme con Johnny. Me moría de ganas por pasar una noche en su cama y saber si la química que existía entre los dos era tan explosiva como parecía. Los calores regresaron al imaginar la imagen de nuestros cuerpos desnudos y entrelazados. Resoplé con fuerza y me levanté con rapidez, para pedirle a Bego que saliese del aseo. ¡Necesitaba una ducha de agua fría urgente!

Suite veintiuno

Después de toda la tarde soportando el pésimo humor de Bego, la convencimos para que llamase a su novio. Pichurrín se disculpó con ella, había estado muy liado en la oficina porque era el único becario que no estaba de vacaciones y tenía trabajo acumulado. Mi amiga se relajó y volvió la relativa calma a nuestro dormitorio.

Cuando solo faltaban quince minutos para comenzar nuestra jornada laboral, nos dirigimos hacia la cocina para organizar el trabajo, junto con los restantes camareros. Llené mi bandeja de copas de champagne, para repartirlas en el cóctel anterior a la cena, esperamos unos minutos a que los primeros huéspedes hiciesen acto de presencia y entramos al salón comedor bien provistos con aquellos deliciosos manjares.

La sala se abarrotó de gente en un abrir y cerrar de ojos y nuestro ritmo de trabajo se volvió frenético. Las bandejas duraban llenas apenas diez minutos y pasaba más tiempo yendo y viniendo de la cocina que en el comedor. No había podido levantar la vista de la bandeja en toda la noche, así que, cuando tuve un segundo de respiro, desentumecí el cuello con suaves movimientos circulares.

A varios metros vislumbré a Bego que me observaba sonriente. Con mucha discreción, mi amiga se acercó y comenzó a susurrarme al oído.

—Disimula un poco y mira a tu derecha. Hay un pedazo de tío bueno que no te quita ojo.

El corazón ya me golpeteaba con fuerza antes de llegar a mirar hacia donde me indicaba, pero cuando al fin lo hice, comenzó a palpitar con muchísima más rapidez. Allí estaba Johnny apoyado contra un pilar, guapísimo, con unos pantalones vaqueros y una camisa negra que marcaba a la perfección su musculoso cuerpo. Cuando nuestros ojos se encontraron, me sonrió con sensualidad. Una ola de fuego líquido atravesó mi estómago y se instaló en mi pecho, provocando que los pezones se me endureciesen. Le sonreí con timidez durante la eternidad que duró nuestro cruce de miradas. Desvié la vista con nerviosismo, era verlo y... derretirme. Recompuse mi expresión para aparentar indiferencia, no podía seguir comportándome así y menos delante de todas aquellas personas.

Ofrecí champagne a un grupo que reía de forma ruidosa. Después me acerqué a otra pareja que conversaba sentada en unos mullidos divanes de terciopelo rojo y miré con disimulo hacia donde se encontraba Johnny, pero fruncí el ceño al comprobar que ya no estaba allí. Lo busqué por todo el salón sin resultado, se había ido. Así que terminé de repartir las tres copas que me quedaban en la bandeja y me retiré hacia la cocina para rellenarla.

A cada paso que daba por el pasillo, sentía cómo bajaba la intensidad de la música, interpretada por una orquesta, y las incesantes charlas de los pasajeros. Iba pensando en la larguísima noche que me esperaba en la recepción cuando de repente sentí una mano que me agarraba del brazo y me metía de un tirón al diminuto cuarto donde guardaban los productos de limpieza. Intenté deshacerme de aquel férreo agarre y me preparé para gritar con todas mis fuerzas, pero antes de que la voz llegase a salir de mi garganta otra mano me tapó la boca. Forcejeé contra aquel desconocido intentando arañarlo y pegarle para que me dejase salir de aquel cuarto oscuro.

—Miriam, para, soy yo.

Suite veintiuno

Me quedé de piedra al reconocer su voz. Palpé con la mano por la pared hasta que encontré la llave de la luz, la pulsé y una bombillita iluminó aquella pequeña habitación.

—Johnny, ¿qué estás haciendo aquí? —pregunté algo confundida.

—¿Y tú qué crees? —Rozó mi mejilla con su fuerte mano—. Quería estar contigo a solas.

En aquel diminuto cuarto apenas quedaba espacio para los dos así que estábamos muy juntos, tanto que notaba contra mi busto el subir y bajar de su pecho con cada respiración. Aquel hombre era letal en las distancias cortas, su sensualidad se multiplicaba por veinte. No podía pensar con claridad al tener aquellos gruesos labios tan cerca y al percibir su embriagador aroma penetrando en mis fosas nasales. Las piernas me empezaron a temblar igual que si fuesen de gelatina y me mordí el labio inferior de forma inconsciente, por la excitación.

—Tengo trabajo, si se enteran de que estoy aquí me...

—Shshshs. —Puso un dedo sobre mis labios para hacerme callar, y en vez de apartarlo de mi boca comenzó a recorrerla con delicadeza—. Dime que te voy a ver después y dejo que te vayas.

—Pero tú sabes que yo...

—Yo solo sé que quiero besarte.

Tomó mis labios entre los suyos impidiendo que volviese a hablar. Me besó con ardor, introduciendo su caliente lengua, explorando mi boca con glotonería y provocando que consiguiera olvidar los contras. Ahora solo podía pensar en Johnny, en cómo sus manos me apretaban contra su cuerpo, en la abultada erección que sentía contra mi estómago, en la humedad de mi vagina que empapó por completo mis bragas. Entrelacé mis brazos en su cuello y me apreté todo lo que pude contra él. Aquello era como pasear sobre las nubes.

—Te deseo con locura desde que te vi —susurró contra mi boca—. Necesito tenerte en mi cama, follarte toda la noche una y otra vez. Dime que sí, Miriam, te prometo que será inolvidable.

Gemí contra su boca al escuchar aquella irresistible invitación pero, antes de que pudiese contestar, sus labios encontraron mi cuello. Lo recorrieron en toda su longitud y al llegar a la oreja atrapó el lóbulo con los dientes y le dio suaves bocaditos haciéndome cerrar los ojos de placer.

—¿Qué dices? ¿Vendrás conmigo? —susurró contra mi oído.

—No puedo —acerté a contestar haciendo un mayúsculo esfuerzo—. Esta noche trabajo en la recepción y no termino hasta por la mañana.

—¡Mierda! —exclamó con fastidio—. ¿No hay ninguna posibilidad de que te escapes?

—Imposible.

—¿Y mañana? —Me miró a los ojos—. Más vale que digas que sí, porque soy capaz de raptarte y atarte a mi cama el tiempo que me queda aquí.

Sonreí al escuchar aquella declaración de intenciones y asentí con la cabeza.

—Vale, mañana por la noche…

—No, no creo que pueda aguantar tanto tiempo. Te espero las cinco de la tarde. Mi suite es la número veintiuno.

—Intentaré ir.

Suite veintiuno

—No intentarás, irás —puntualizó Johnny con ahínco.
—Iré.

Atrapó mis labios y me besó de nuevo, esta vez en un frenético ataque que dejaba a la vista su ardor, el cual se podía equiparar con el mío. Con una mano agarró mis brazos y los colocó sobre mi cabeza. Sin perder ni un segundo apoyó la mano que le quedaba libre sobre mi muslo y con delicadeza fue subiéndome la falda, hasta que llegó a tocar la tela de mis bragas. Contuve la respiración cuando sentí sus dedos acariciar mi pubis, sobre la tela ya empapada de mi ropa interior. Un jadeo escapó de mis labios y mi cuello se arqueó hasta tocar la pared con la cabeza.

—Imagina si estuviésemos en mi cama, todo lo que podría hacerte...

—Hazme lo que quieras —Asentí como una autómata y, bajando los brazos, le rodeé por segunda vez el cuello con ellos para tenerle todo lo cerca posible.

Sin ninguna delicadeza me apartó las bragas hacia un lado y buscó con los dedos índice y corazón mi clítoris. Trazó, sobre el hinchado y duro botón, demoledores círculos con su mano, transportándome a un estado de locura y desenfreno del que no quería salir. Aumentó la velocidad, alternando suaves pellizcos y rápidas caricias a su alrededor. Mis jadeos se convirtieron en gritos y Johnny, para evitar que nadie me oyese, devoró mi boca para silenciarlos. Aquel bullicio de placer me catapultó a un fantástico orgasmo que me dejó temblorosa y satisfecha. Abrí los ojos para mirarlo, en su cara se podía apreciar toda la fuerza de voluntad que estaba teniendo para lograr contenerse y no poseerme allí mismo.

—Esto es solo una pequeña parte de todo lo que voy a hacerte mañana en mi suite —dijo contra mis labios. De nuevo se apoderó de mi boca con su lengua y la arrasó con frenesí. Recolocó mi ropa con cuidado y después de otro ardiente beso salimos del cuarto con sigilo, mirando a ambos lados por si a alguien se le ocurría aparecer en ese momento. Nos separamos en el pasillo y cada uno echó para un lado. Empujé la puerta para entrar a la cocina y, al hacerlo, apoyé mi frente contra ella con un suspiro. Cerré los ojos maravillada.

—Después de esto ya no hay vuelta a atrás. Esta te la pienso devolver, Johnny —Cargué la bandeja de bebida y me dirigí de nuevo hacia el salón para terminar de servir en el cóctel.

Al regresar de la cocina, con la bandeja llena, continué con mi trabajo. El coctel dio paso a una copiosa cena, a base de marisco y moluscos. Por más que busqué y rebusqué no volví a ver a Johnny por allí. Mis ojos volaron hacia su grupo de amigos, que charlaban como si nada en su habitual mesa, y al hacerlo descubrí a Damaris, la guapísima rubia, mirándome con una enigmática sonrisa mientras se llevaba su copa de vino a los labios. La saludé con educación y continué con mi trabajo.

La cena acabó y él no apareció. Los huéspedes dejaron sus cómodos asientos y se marcharon a divertirse a las instalaciones del hotel. Mientras tanto, los camareros recogíamos los desperdicios de las mesas y la vajilla usada para llevarla a la cocina, donde esperaba el servicio de limpieza para comenzar con su trabajo.

Bego se plantó a mi lado con disimulo y, después de darme un codazo, me preguntó:

Suite veintiuno

—¿Quién era el tío bueno que te estaba mirando antes de esa forma?

—¿Quién? ¿De qué tío bueno hablas? —saltó Maite desde la otra punta de la sala, provocando con sus gritos que las demás personas que recogían junto a nosotras se quedasen mirándome. Con una carrerita, a la máxima velocidad que le permitieron las piernas, se plantó a nuestro lado. Muerta de vergüenza me llevé la mano a la frente para taparme los ojos y entendí por qué no había querido hablarles todavía de Johnny a esas dos escandalosas.

Mis amigas me miraban expectantes esperando una respuesta y yo comencé a sonreír al verlas tan interesadas.

—Se llama Jonathan Navarro, lo conocí hace un par de días cuando coincidimos en el ascensor de recepción.

—¿Y ya está? —preguntó Bego frunciendo el ceño.

—Nos hemos visto un par de veces más por Ciutadella. Es un hombre muy... amable —comenté dándoles largas—. Me regaló las piruletas.

—¡Así que fue él! —Chasqueó los dedos Maite—. Ya decía yo que me extrañaba mucho el lazo rojo atado a ellas, como si fuese un ramo de flores.

—¡Es un detalle precioso! —exclamó Bego entrelazando las manos—. Pero... ¿no habéis vuelto a quedar? ¿Vas a dejar que se escape un tío así?

Me mordí el labio inferior mientras decidía si contarles toda la información a las chicas. Por un lado sentía que era un tema muy personal, solo de Johnny y mío, pero también necesitaba sus opiniones al respecto. Éramos amigas desde niñas y nunca habíamos tenido ningún secreto, ni siquiera cuando ocurrió un horrible incidente con mi ex novio. Ellas siempre estuvieron para ayudarme, se lo debía.

—No, Bego, no voy a dejar que se escape. —Sonreí con picardía—. La verdad es que entre nosotros ha habido algo más que palabras y… hace un rato me pidió que nos viésemos en su suite.

—Le dirías que no, ¿verdad? —preguntó Maite muy seria.

—Le dije que sí, hemos quedado en vernos mañana por la tarde.

—¡Miriam no vayas a esa cita, ese hombre no te conviene! —continuó advirtiéndome.

—¡Y me lo dices tú, la que todos los años se folla a tres o cuatro clientes del hotel a los que no conoce de nada! —dije entornando los ojos—. ¿Dónde está mi amiga y qué has hecho con ella? Ahora me vienes con remilgos…

—Vamos a ver, te lo digo por tu bien. Conozco la forma de ser que tienen los hombres de su clase, él no es lo que tú piensas.

—Pues venga, acláramelo —la animé a continuar.

—Son…son… —no le salían las palabras—, no son para ti y punto.

—Eso tendré que decidirlo yo, ¿no te parece? No entiendo qué puede haber de malo en un polvo de una noche.

—¡Bueno, haz lo que quieras! Luego no digas que no te avisé.

—No exageres Maite —rio Bego—. Ya es mayorcita y tiene más conocimiento que tú. Solo debe llevar cuidado para que no la vea el encargado. Si has podido conseguir

Suite veintiuno

tú que no te descubran, que tienes el cerebro de un mosquito, Miriam no va a tener ningún problema.

Después de aquella extraña charla continuamos recogiendo el salón comedor hasta que quedó sin mácula. En la puerta del mismo nos despedimos de Maite, que tenía que cubrir esa noche la vacante de la discoteca, mientras que a nosotras nos tocaba quedarnos en la recepción para estar al tanto de las posibles llamadas desde las habitaciones.

Entre risas, Bego y yo, comenzamos a caminar por aquel largo pasillo que conducía hasta la recepción. De frente, nos encontramos a tres personas que entraban en la sala de juegos y el corazón me dio un vuelco al reconocer a Johnny, a Víctor y a su amiga, la preciosa rubia, la cual me saludó con un movimiento de cabeza. Cuando mi mirada se cruzó con la del hombre de ojos ambarinos, recibí una sonrisa sensual que me hizo estremecer. Yo también le sonreí con coquetería y continué con mi camino hasta la recepción acompañada por Bego, que rio al ver mi reacción ante su presencia.

Aquella noche fue más movidita que las anteriores. El teléfono no dejaba de sonar para pedir bebidas, que después debíamos subir a las habitaciones. Apenas nos dio tiempo a descansar diez minutos seguidos. Las llamadas fueron menguando sobre las cinco de la madrugada. Con satisfacción cogimos un refresco para cada una y nos sentamos, después de toda la noche en danza.

A las ocho de la mañana, con absoluta puntualidad, las dos chicas que ocupaban nuestro puesto en la recepción nos relevaron. Bego y yo comenzamos a caminar, arrastrando los pies y con unas ojeras que nos llegaban hasta las rodillas, hacia nuestra habitación para acostarnos a dormir.

Pasamos por delante del gimnasio, allí ya había gente haciendo deporte; también por el casino, cerrado ahora a cal y canto, y por último pasamos por delante de la sala de juegos que tenía la puerta abierta. De forma mecánica miramos hacia el interior. Frenamos de golpe y nos quedamos patidifusas al ver lo que allí había.

—¿Pero qué coño es esto? —dije con aprensión.

—No...puede...ser...verdad... —negó mi amiga con la boca abierta del asombro.

Como si nuestras piernas tuviesen vida propia, nos dirigimos al interior. Allí dentro, el corazón amenazó con salírseme por la boca. Era una gran sala con las paredes forradas con cuero negro y el suelo cubierto de moqueta de color rojo. En cada una de las cuatro esquinas unas enormes camas de las que colgaban cadenas. Contra la pared del fondo una hilera con cinco enormes cruces de madera de las que pendían esposas de hierro y, expuestas en un gran estante, decenas de esposas, fustas y látigos además de toda clase de juguetes sexuales.

Comencé a temblar. En mi piel se instaló un desagradable sudor frío y no pude evitar que mi mente evocara horribles recuerdos, lo cuales me hicieron sentir náuseas y un fortísimo malestar.

En mi cabeza apareció la imagen de Johnny, Víctor y su amiguita entrando a aquel lugar. Un nudo de rabia se instaló en mi estómago y me dieron ganas de destrozar todos y cada uno de aquellos artilugios. ¡El muy cabrón había tenido el valor de follarse a su amiguita después de nuestro encuentro en aquel cuarto de la limpieza! Y lo que

Suite veintiuno

era todavía peor, esperaba que yo fuese la próxima en su lista con la que utilizar todos estos elementos de tortura.

—Voy a matar a Maite —susurró Bego con una expresión aterradora en la cara—. Seguro que ella sabía de esto y no nos ha dicho nada la muy zorra.

—De eso nada, a esa me la cargo yo antes, a mí no me quitas el gustazo.

Tomamos las escaleras hasta la planta donde se encontraba nuestra habitación y recorrimos los cien metros que nos separaba de ella casi volando. Abrimos la puerta de un empujón y cerramos con un portazo sobresaltando a nuestra amiga, que dormía plácidamente en su cama.

—¿Queréis no hacer ruido? Joder, ni dormir puede una ya...

—Levántate ahora misma o te levanto yo de los pelos —ladró Bego, más enfadada de lo que había estado jamás.

Se incorporó con rapidez del lecho y nos miró con el ceño fruncido al ver la furia dibujada en nuestros rostros.

—¿Qué ha pasado?

—¿Dónde coño nos has metido? —grité sin poder contenerme ni un segundo más—. ¿Cómo has tenido el valor de ocultarnos la clase de hotel que es este?

—Os habéis enterado ya, ¿verdad? —preguntó con cansancio en la voz—. A ver, dejadme que os explique...

—¡Me vas a explicar una mierda! —explotó Bego—. ¿No te paraste a pensar que tengo novio? Imagínate lo que puede pasar si se entera del tipo sitio en el que estoy trabajando. Me puede costar la ruptura y como eso ocurriese yo te mato...

—Tranquilízate, no os dije nada porque os conozco y sé que no hubieseis querido venir aunque os hiciera falta el dinero con urgencia. —Se sentó en la cama, suspiró y continuó con su discurso—. Éste es un hotel para personas que practican del sadomasoquismo, el bondage y para swingers. Aparte de eso, es un buen trabajo, estamos aquí para trabajar, solo para trabajar, y me da rabia que por vuestra cabezonería dejaseis pasar esta oportunidad. Yo soy vuestra amiga y jamás haría nada para perjudicaros.

—¿Amiga? Permíteme que lo dude —escupió Bego con el móvil en la mano para llamar a su Pichurrín y contarle el engaño.

—¡Joder, Maite! —grité sin poder ni querer contenerme—. ¿Cómo has sido capaz de hacerme esto? ¡Tú sabes lo que me hizo el desgraciado de Nelson, sabes todo lo que sufrí por ello…y ahora me traes aquí!

—Perdóname, yo… no quiero que lo pases mal, perla. Nelson se portó como un desgraciado contigo y sé que aquello te traumatizó, pero esto es solo un trabajo, no tienes porqué entrar ahí dentro bajo ningún concepto.

—Es una locura —dije negando con la cabeza—. He sido una tonta por no darme cuenta antes. ¡He estado todos estos días preguntándome como una idiota por la diferencia entre la sala de juegos y el casino!

—Os lo pido por favor —suplicó Maite entrelazando las manos—. No dejéis el trabajo por esto, a pesar de todo es un buen trabajo. Lo único que tenéis que recordar es que solo debéis intimar con los clientes si estáis dispuestas a seguir con sus juegos.

Suite veintiuno

—Por eso me dijiste anoche que me apartase de Johnny... —repetí sus palabras comprendiéndolo todo al fin—. Es como ellos.

—Sí, cariño.

—Mira, vamos a dejarlo por ahora —sugerí exhausta, por todas las fortísimas emociones y decepciones—. Necesito acostarme y meditar sobre todo.

Maite asintió y, con el reflejo del arrepentimiento en su rostro, me pidió perdón por última vez. Tumbada en el lecho, podía escuchar la conversación de Bego con su novio. Le explicó todo lo ocurrido y maldijo miles de veces a Maite por teléfono, mientras la susodicha escuchaba aguatando el tipo, porque sabía que había cometido un error.

Todos los recuerdos del paseo por Ciutadella junto a él llenaron mi mente. Ahora comprendía a qué se quería referir Johnny cuando me preguntó si compartía la filosofía del hotel. Me estaba preguntando si practicaba el sado, el intercambio de parejas, el bondaje... Y yo, tonta de mí, le respondí afirmativamente al pensar que me preguntaba algo muy diferente. Me lo imaginé con un látigo en la mano y no pude reprimir una arcada de repulsión. Jamás iba a volver a permitir que me golpeasen para que otros obtuviesen placer.

Todo me daba vueltas, intentaba mirar desde otra perspectiva aquella situación, pero por más que lo intentaba, no conseguía abrir la mente. Unos sensuales ojos ambarinos aparecieron en mis recuerdos, pero los desterré de inmediato de mi cabeza. Para mí, Johnny ya no existía, no quería volver a verlo.

Mita Marco

5

UNA SOLA VEZ

Había dormido fatal, apenas pude descansar porque en mi cabeza se repetían una y otra vez los acontecimientos de la pasada noche. Esperé a que las chicas se despertasen y fuimos juntas a comer algo al comedor de los trabajadores. Fue una comida muy tensa, Bego no miraba a Maite, la ignoraba como si su simple imagen fuese capaz de arruinarle el resto del día. Yo tampoco ponía de mi parte para iniciar ninguna conversación, también estaba molesta con ella. Lo que peor llevaba, y lo que me carcomía por dentro, eran los recuerdos. Aquellas terribles imágenes que tanto tiempo tardé en olvidar campaban a sus anchas y me obligaban a revivir, una y otra vez, aquel oscuro episodio. Y luego estaba Maite, que intentaba por todos los medios que las cosas se normalizasen entre nosotras.

Regresamos a la habitación juntas. Instantes después, Bego se marchó a la lavandería con una bolsa llena de ropa y Maite al supermercado más cercano, que se encontraba a varias manzanas del hotel, para comprar algunas cosillas que necesitaba. Así que me quedé yo sola allí, sin parar de mirar el reloj. Faltaban cinco minutos para la cita con Johnny en su suite, pero no pensaba ir ni de broma.

Abrí el armario ropero y saqué el ramo de piruletas para observarlo con detenimiento. El regalo de Johnny me hizo fruncir el ceño. ¿De verdad él sería capaz de golpearme? Recordé el ardor con el que me masturbó en el pequeño cuarto de almacenaje. No fue tierno, ni suave, pero tampoco me hizo daño. De hecho aquella experiencia había sido con diferencia la más morbosa, excitante y placentera de mi vida. Mi cuerpo vibraba al recordar el tacto de sus grandes manos sobre mi pubis, al recordar su sensual voz, susurrándome al oído todo lo que pensaba hacerme. Me hubiese encantado acudir a esa cita y probar una única noche aquello que me ofrecía. Pero acto seguido negaba con rotundidad aquellos deseos. No podía olvidar la imagen de Damaris, muy sonriente, entrando al cuarto de juegos acompañada por Víctor y Johnny. La verdad es que reconocía que aquello fue una desilusión. No pretendía que me esperase toda la vida, de hecho lo nuestro hubiese sido un polvo de una sola noche, pero… ¿no había podido aguardar ni unas pocas horas hasta que me pudiese reunir con él? Desde luego, yo en lo último en lo que podía pensar, después de nuestro encuentro en el cuartito, era en buscar a otro para terminar lo que habíamos empezado.

 Sacudí la cabeza con rabia y decidí que debía alegrarme por haber descubierto el pastel antes de que fuese demasiado tarde y me encontrase en su suite con el trasero lleno de rojeces. Tenía que recordar que en ese sitio se jugaba duro y yo aborrecía esa clase de juegos, en los que una persona terminaba siendo lastimada para que los otros pudiesen obtener placer.

 Permanecí encerrada en nuestra habitación hasta que dieron las seis, pero ya no aguantaba dentro de aquel cuarto ni un segundo más. Con decisión, salí del hotel y me fui a pasear por los alrededores para airear mis ideas.

Esa tarde no era de las que invitasen a caminar tranquilamente, hacía mucho viento y las olas eran de un tamaño considerable, aunque la playa seguía estando a reventar. Me senté sin preocuparme de que la arena se me introdujese hasta por los ojos, a causa del fuerte aire. Dejé vagar mis pensamientos con la mirada perdida en el mar. Nuestra estancia en Menorca no se estaba desarrollando para nada como imaginamos, ahora mismo cada una estábamos en sitio distinto, enfadadas y dolidas por secretos que nunca tuvieron que existir. Y yo, para rematar, me sentía atraída sexualmente por alguien con quien jamás iba a tener nada.

Tan absorta me encontraba en mis pensamientos que apenas me di cuenta de que la playa comenzaba a quedarse desierta. Ojeé mi reloj de muñeca y, con un fuerte suspiro, me levanté para regresar y comenzar a prepararme para otra noche detrás del mostrador de recepción. Antes de marcharme, no resistí la tentación de meter mis pies en el agua. Estaba fresquita, ideal para ahuyentar aquel intenso calor. Iba a darme la vuelta para marcharme cuando sentí que una mano agarraba mi brazo. Me sobresalté y pegué un grito. Me deshice con rapidez de su contacto y encaré a la persona que tenía a mi espalda, con la mirada cargada de recelo.

—Miriam, ¿qué ha pasado? ¿Por qué no has venido a mi suite? —dijo Johnny, mientras me observaba sin saber muy bien cómo reaccionar—. Te he estado esperando.

Esa tarde estaba guapísimo, sus fantásticos ojos me recorrieron con calidez y tuve que recurrir a toda mi fuerza de voluntad para no ponerme a temblar ante su presencia, pero cuando recordé lo ocurrido mi expresión se heló.

—He decidido que lo mejor será que dejemos de vernos —le contesté con la voz carente de emoción.

—No lo entiendo, anoche…

—Anoche no sabía qué clase de persona eras.

—¿Qué clase de persona soy? Explícate. —En sus ojos se leía la frustración, al no comprender qué era lo que me ocurría.

—Mira, yo no tengo los mismos gustos sexuales que tú, no me gusta que me peguen mientras follo—respondí con desprecio.

—¿Cómo? —dijo sin salir de su asombro—. ¿De qué coño estás hablando?

—¡Que no me va todo ese rollo del sadomasoquismo!

—¡Yo no practico el sado, Miriam! — se defendió—. Bueno, reconozco que sí lo he probado, y no me desagrada del todo… pero no es algo que me guste hacer con asiduidad.

—Ahora va a resultar que te alojas en un hotel de este tipo y no practicas el bondage, el sado, ni tampoco te van los intercambios de parejas y los tríos —reí con falsedad.

—Yo no he dicho eso. —Suspiró, se pasó la mano por su pelo y me miró con frustración—. Lo que más me va es el rollo swinger. No intercambio pareja porque no tengo, pero no rechazo los tríos. Si tengo ocasión de hacerlos los hago. Que a ti no te guste esa clase de sexo, no es un motivo para que desprecies a las personas que sí lo practican, cada uno es libre de elegir lo que le quiere hacer.

Suite veintiuno

—Un discurso genial —aplaudí con sarcasmo—. ¿Por qué no se lo explicas a tu amiguita? Seguro que a ella le interesa más que a mí. Ayer te faltó tiempo para ir a desfogarte con ella. —lo acusé. Fruncí el ceño al escuchar cómo salían de mi boca aquellas palabras. Había sonado igual que si fuese una novia en pleno ataque de celos... y aquello no podía distar más de la realidad. No me importaba con cuántas se acostase, lo que ocurría era que sentía mi orgullo pisoteado al ver que no le había costado nada sustituirme por otra, cuando yo había estado toda la velada sin dejar de pensar en él.

—Puedo hacer lo que me dé la gana, no tengo por qué darle explicaciones a nadie de mi vida sexual. Y Damaris, *mi amiguita,* como tú la llamas, es una mujer de los pies a la cabeza, a la que no le da miedo descubrir facetas nuevas de su sexualidad.

—Perfecto, pues ya sabes lo que tienes que hacer, seguir ayudándola a que las descubra todas —contesté con rabia y comencé a caminar hacia el hotel, dejando a Johnny plantado a mi espalda.

—¡Miriam, no te vayas y escúchame! —dijo con seriedad, a la vez que volvía a cogerme del brazo.

—No me toques —siseé con furia. Pegué un tirón para liberarme de su mano y, sin querer mirarlo de nuevo, regresé al hotel yo sola.

Crucé el lujoso hall con la mirada en el suelo y despotricando contra Johnny. Estaba enfadada, muy enfadada. Me hubiese encantado coger el primer avión y regresar a la península para olvidarme para siempre de aquel horrible hotel y de sus depravados huéspedes, que utilizaban el dolor para llegar a alcanzar el placer. Si tan solo tuviese el dinero que necesitaba para el máster... Pero no, me tocaba aguantar como una leona y seguir allí casi dos meses hasta que terminase nuestro contrato. De esos dos meses lo que más me agobiaba era tener que seguir viendo a Johnny en la cena. Encontrarme noche tras noche con esos sensuales ojos que me recorrían con lujuria, con esa boca que cuando besaba me hacía alcanzar el espacio exterior, con su cuerpo duro como el acero y sus manos, que tanto placer me dieron en aquel diminuto cuartito. Cerré los ojos con fuerza para expulsar su imagen de mi cerebro y maldije entre susurros. Iba a ser un verano horrible.

—¡Condenado musculitos, picha brava! Tenías que ser como los demás...

—Espero que todo eso no vaya dirigido a mí.

Jordi, el disc jockey del *Atlántida Garden*, se posicionó a mi lado. En su apuesto rostro asomó una sonrisa al verme sorprendida por su presencia. Le devolví la sonrisa, me alegraba de ver una cara amable que a la que no le interesaba darme latigazos para disfrutar.

—¡No, por supuesto que no es para ti! Es para un capullo que se aloja en el hotel y se cree el rey del mundo.

—Buf, qué me vas a contar, este sitio está lleno de gente así —rio con simpatía—. Pero tú ni caso, a lo tuyo, cuando se dé cuenta de que no te interesa te dejará en paz. Todos hacen lo mismo con las empleadas.

—Tienes razón, que le den. —Pulsé el botón del ascensor y esperé a que bajase—. Y tú, ¿qué haces por aquí tan temprano? La discoteca no abre hasta las doce y media.

Suite veintiuno

—Tengo una reunión con el director del hotel, parece que me van a hacer trabajar más horas por el mismo dinero —dijo suspirando—. Con la crisis, si quiero trabajar tengo que aguantar esa clase de cosas.

Asentí al comprender su situación. Todos teníamos que aguantar una cruz, aunque no fuese la misma. La puerta del ascensor se abrió y entramos al interior. Pulsé el número de mi planta y Jordi hizo lo propio. Antes de que se cerrase la puerta metálica, entró con nosotros otro huésped, que se apoyó contra el otro extremo de la cabina. Contuve un segundo la respiración al reconocer a Johnny.

—Oye, Miriam, ¿te apetecería quedar un día para comer algo? —me preguntó Jordi—. Conozco un local donde sirven unas hamburguesas de vicio.

Lo miré indecisa un instante, sin saber qué responder. Los ojos se me fueron hasta el otro ocupante del ascensor, que nos observaba con atención, con una mueca burlona en sus atrayentes labios.

—Claro, algún día tenemos que ir a ese lugar —contesté mecánicamente, bastante picada por el semblante de Johnny, aunque tenía que reconocer que después de todas las emociones vividas ests pasados días lo último que me apetecía era otra cita.

—Si quieres, te recojo mañana a las dos —continuó Jordi, animado por mi respuesta.

—¿Por qué no lo dejamos para otra ocasión? Estoy bastante liada —mentí—. Dame un poco de tiempo para acostumbrarme a mis horarios de trabajo y te prometo que iremos.

—Amm vale, como quieras —respondió algo menos alegre. Me apuntó su número de teléfono en un trozo de papel y lo guardé en el bolsillo trasero de mi pantalón—. Cuando te apetezca, llámame.

Asentí sonriente. Gracias a Dios no había insistido porque si hubiese llegado a hacerlo no respondía de mis actos. Estaba saturada y necesitaba un respiro.

Mis traidores ojos regresaron hacia Johnny, el cuál ahora sonreía abiertamente después de haber escuchado mi negativa a aquella cita. Lo fulminé con la mirada y, como respuesta, recibí un guiño travieso. Puse los ojos en blanco negando con la cabeza. ¡Menudo idiota! Un idiota que hacía que mi cuerpo entrase en erupción con una simple sonrisa.

La puerta del ascensor se abrió y Johnny avanzó hacia el exterior con andares elegantes. Se volvió hacia nosotros y se despidió con educación, sin despegar los ojos de mi cara.

—Que pasen una buena tarde.

—Igualmente, señor —respondió Jordi con cortesía, sin tener ni idea de lo que ese guapísimo hombre de ambarina mirada y yo habíamos compartido.

Cuando el ascensor llegó a su siguiente destino, me tocó a mí despedirme, con la promesa de vernos más adelante para comer juntos.

Llegué a mi habitación y me senté en la cama. Otra vez sola, las chicas no habían vuelto y el mal rollo se respiraba por todos los rincones de aquel pequeño dormitorio. Ni dos segundos llevaba allí cuando sonó la puerta con tres suaves golpes. Me extrañó que alguna de las chicas fuese la responsable, pues ellas tenían la llave. Con el ceño fruncido agarré el picaporte y abrí. Apoyado en el marco descubrí al responsable de mis dolores de cabeza.

—¡Johnny! ¿Qué estás haciendo aquí? —exclamé enfadada y excitada a la vez, con el corazón a mil por hora—. ¿Acaso quieres que nos vean y me echen? ¡Deja de seguirme!

Asomé la cabeza al pasillo y comprobé que no había nadie allí. Acto seguido, y con mucha rapidez, empecé a cerrarle la puerta en sus mismísimas narices, pero colocó la mano entre medio y no pude continuar. Sin ningún esfuerzo volvió a abrir.

—Antes, en la playa, no hemos terminado con nuestra conversación.

—Te equivocas, ya no queda nada por decir —le informé con seriedad. Aparté la mirada de su cara y me fijé en un punto cualquiera de la pared que se encontraba enfrente. Cuanto menos viese ese rostro y ese monumental cuerpo, mejor. Bastante tenía ya con aguantarme las ganas de saltarle encima y pegar mi cuerpo al suyo, a ese duro y caliente hombre que me enloquecía por momentos.

—¿Me vas a dejar hablar? —preguntó con la voz cansada.

—¡No! Vete de aquí, no quiero volver a verte.

—¿Por qué eres tan obtusa? Yo jamás he lastimado a nadie, nunca haría nada que no quisieras…

—¡Genial! Porque no quiero hablar contigo, adiós.

Y cerré la puerta antes que pudiese impedirlo de nuevo. Apoyé la frente sobre la fría madera y suspiré. Con el oído pegado a la puerta lo escuché resoplar.

—Miriam…

—¡Como no te vayas de aquí, juro que llamo a los de seguridad! ¡Olvídame! —grité sin pensar en que nos podían estar escuchando.

Desde el exterior se oyeron sus pasos alejándose, hasta que el sonido desapareció cuando entró al ascensor. Apreté los ojos con fuerza. Había hecho lo correcto, éramos demasiado diferentes en todos los aspectos.

Mis amigas llegaron una hora después, por separado, y no se miraron ni a la cara. Mejor dicho, Bego ignoró a Maite como si ésta fuese una colilla tirada en el suelo. Cansada de aquella situación, las hice sentarse junto a mí y las obligué a que hablásemos de aquello que nos estaba separando. Maite nos pidió perdón por enésima vez con arrepentimiento y nosotras la perdonamos con la condición de que jamás tenía que repetirse una situación similar. Después de aquello, la normalidad volvió a nuestra habitación, hicimos borrón y cuenta nueva, y nuestros habituales piques y risas regresaron.

Esa noche en la cena, Johnny no intentó acercarse a mí. Permaneció en todo momento con su grupo de amigos. Pasé toda la velada ignorándolo a conciencia, aunque siempre lo acababa mirando de reojo por mucho que no quisiera hacerlo. Tras la cena nos quedamos de guardia en la recepción Bego y yo. Empezó siendo una jornada bastante tranquila, pero pronto comenzamos a recibir llamadas procedentes de las habitaciones y no pudimos parar hasta pasadas las cuatro de la madrugada.

Con los bolsos repletos hasta arriba cogimos un taxi que nos llevase a la cala Turqueta, uno de los lugares más turísticos de Menorca, para darnos un baño y disfrutar las pocas horas que teníamos libres. Al llegar, comprobamos que aquel sitio estaba a reventar y no nos quedó otra que colocar nuestras toallas en el extremo más alejado de la orilla.

—Aquí estamos igual que si fuésemos sardinas enlatadas —se quejó Bego mientras se ponía la protección solar.

—Mejor, a ver si tenemos suerte y algún superhéroe buenorro se nos cae encima —rio Maite.

Sonreí al escuchar las palabras de mi amiga, era un caso. Estaba tumbada sobre mi toalla releyendo un libro romántico, que me traje desde casa, y a pesar de encontrarme en unas de las mejores playas españolas no conseguía disfrutar. Mi cabeza se proponía a arruinarme el día con millones de imágenes del hombre de los ojos ambarinos. Ya no podía ni leer tranquila, no conseguía desconectar.

Maite comenzó a rebuscar en su bolso y con una sonrisilla traviesa sacó algo del interior.

—Mirad lo que me dio Izan antes de marcharse del hotel.

—¿Un porro? —pregunté levantando las cejas.

—No, hija, no es solo un porro —negó mi amiga con la cabeza—. ¡Es un pedazo de porro de marihuana, de la mejor! Ainns, la verdad es que era un tío muy majo el Izan, aunque no entendiese casi nada de lo que decía.

—¿No pensarás fumarte eso? —exclamó Bego con un resoplido—. ¡Que ya no tenemos quince años!

—No me lo voy a fumar yo. Nos lo vamos a fumar todas. —Se lo puso en la boca y sacando un mechero del bolso lo encendió. Dio una gran calada y expulsó el humo con placer—. Ya no me acordaba de lo bien que sabía.

—¡Ay, señor, ahora nos va a tocar aguantarte fumada! —dijo Bego mientras se llevaba las manos a la cabeza.

Maite me pasó el porro, lo cogí y le di otra calada. Me dio un poco de carraspera, pero disfruté con su dulce sabor.

—¿Tú también, Miriam? Pensaba que eras algo más inteligente.

—Mira, Bego, puedes fumar o no, pero deja ya de joder —la increpé con cansancio.

—Es que eres muy pesada hija —me secundó Maite, quitándome el porro para darle otra calada. Se lo ofreció a ella—. ¿Quieres o no?

Mi amiga nos miró con el ceño fruncido y al final cogió el fino cigarrillo de marihuana entre los dedos.

—Que conste que voy a darle una calada para no quedarme excluida. En vuestra conciencia queda.

—¡Sí, claro! Lo haces por obligación —reí a carcajadas algo colocada ya por los efectos del porro.

Maite también empezó a reírse sin parar y así estuvimos casi cinco minutos. A Bego también le entró la risilla floja y nos acompañó con sus musicales carcajadas.

—¡Bendito Izan! Voy a construirle un altar —exclamó Maite, con las manos en el estómago, el cual ya le dolía de tanto reír—. Ese superhéroe solo me ha dado alegrías. Entre el pedazo pollón de tres metros y el porro… sería capaz de casarme con él.

—Pues ya sabes, lo buscamos y te declaras —le seguí el juego.

—Uf, pero es que después me acuerdo de su forma de hablar... y se me quitan las ganas.

La cara de Bego cambió y se llevó las manos al estómago.

—Ay, señor, ¿no habrá por aquí ningún baño público? Creo que me está dando un apretón por culpa del porro —voceó con la cara contraída.

—Ya estamos otra vez... bonita, te has empeñado en darle de comer al mundo tú sola —se burló Maite.

—Mira, allí tienes unos servicios, junto a las duchas —señalé con el dedo.

Bego se levantó de una carrera y tomó rumbo a los servicios a la velocidad del viento. Nos quedamos mirando cómo se alejaba y cuando al final giré la cabeza encontré a Maite observándome.

—¿Qué pasa?

—Te voy a preguntar algo, pero no te lo tomes a mal —me avisó con seriedad—. Vamos a ver, Miriam, ¿por qué no te dejas de gilipolleces y te tiras de una vez al tal Johnny?

—¿Estás tonta ¿o qué? —repliqué con el ceño fruncido—. Tú fuiste la primera que me aconsejó no acercarme a él.

—Eso fue antes de que supieses la verdad sobre el hotel.

—Pero tú sabes que Nelson...

—Deja ya de atormentarte con eso, Nelson es un hijo de puta —lo insultó mi amiga.

—Maite, aborrezco esa clase de sexo, no soporto ni oírlo nombrar.

—Mira, ya sabes cómo juega Johnny, o te lo puedes imaginar. Así que, yo pienso que deberías hablar claro con él y exponerle tu propio juego, con tus reglas.

—No sé, la verdad es que me pongo cardíaca cada vez que lo veo.

—Creo que deberías darte un homenaje con ese superhéroe —continuó Maite dándome ánimos—. Se nota a la legua que te pone, tíratelo y disfruta.

La miré sin saber lo que contestar, aunque reconocía que tenía bastante razón, a mí me encantaba Johnny y yo también le gustaba. Tenía un lío terrible en la cabeza.

—Ya veremos. De todas formas, no creo que quiera nada conmigo después de la forma en la que lo traté.

Bego regresó del aseo más relajada y tras pasar unas horas disfrutando a remojo, volvimos al hotel, para prepararnos para trabajar.

La cena transcurrió con tranquilidad. La mayor parte de los huéspedes no apareció por el comedor, pues se celebraba la fiesta del Dissabte de San Joan, una de las más importantes de Ciutadella. Ese día els caixers, jinetes que realizaban cabriolas con sus caballos, eran los protagonistas y a la puesta de sol recorrían a galope el trayecto desde la Plaça de la Catedral a la Plaça Nova. No podía dejar de resoplar cada vez que recordaba que allí estaban en fiestas y yo me las iba a perder. Me hubiese encantado ver aquel espectáculo en vivo, tenía que ser una pasada.

Continué llevando platos a las mesas y al mirar hacia donde siempre se sentaba Johnny y sus amigos, descubrí que estaba vacía. Ellos también habían ido a verlo.

No dejaba de recordar las palabras que Maite me había dicho en la playa, aunque no tenía claro qué hacer al respecto. Por ganas no sería, eso segurísimo. Me derretía por volver a estar junto a él, pero después Nelson aparecía en mi cabeza, junto con todos los malos recuerdos, y me convencía de que estar lejos de aquel hombre era lo mejor.

Esa noche todo estuvo muy sereno en la recepción. Maite y yo éramos las encargadas de la guardia, pues la que libraba era Bego. Pasamos buena parte de la jornada de cháchara porque las únicas llamadas que llegaban sucedían muy de vez en cuando, para hacer uso del servicio de habitaciones.

A la una y media de la madrugada el teléfono volvió a sonar. Quien contestó fue Maite y tras asentir un par de veces y apuntar el pedido en la libreta colgó.

—De verdad, que gente más rara, pues no me pide el tío un plato de pollo asado a estas horas... —dijo marcando el número de teléfono de la cocina para que preparasen la comida—. Hola Andrés, llamo desde recepción para pasarte una comanda de pollo asado y una botella de agua para la suite veintiuno, gracias guapo.

Pegué un sobresalto al escuchar el número de habitación. Que yo recordase, esa era la de...

—¿Has dicho la suite veintiuno? —pregunté para asegurarme de que los oídos no me engañaban.

—Sí, esa misma. —Mi amiga asintió con una sonrisa, comprendiendo lo que ocurría.

Un remolino de pensamientos pasaron por mi cabeza. Johnny estaba en su suite, no había ido a las fiestas. El sentido común me decía que no hiciese ninguna locura, pero quería verlo, tocarlo... necesitaba saber si lo que sentía cuando estaba a su lado era tan fuerte como recordaba. Aunque solo de pensarlo ya comenzaba a notar un agradable cosquilleo por todas y cada una de las partes de mi cuerpo.

El cocinero trajo el pedido, con una gran tapadera metálica por encima, en un carrito con ruedas. Lo dejó a nuestro lado y, después de desearnos buenas noches, desapareció. Maite, que no dejaba de mirarme sonriente, empujó el carrito hasta que quedó a mi lado. Lo agarré con decisión y le devolví la sonrisa a mi amiga. ¡A la mierda los temores y las dudas, quería ver a Johnny!

—¡A por él, leona! —me animó dándome un pequeño empujoncito—. No te preocupes por la recepción, puedo pasar sin ti un par de horas.

—Maite, te debo una. —La abracé con fuerza y le di un sonoro beso en la mejilla—. ¡Que se prepare ese superhéroe, ahora jugaremos a mi manera!

—Esa es mi chica, joder… qué orgullosa estoy de ti.

Subí por el ascensor de servicio muy nerviosa, pero decidida. Intentaba pensar en lo que le diría cuando abriese la puerta y me encontrase allí. No se me ocurría nada, solo sabía que debía disculparme por mi comportamiento, no había sido la persona más comunicativa y comprensiva del mundo.

También intentaba mentalizarme de que existía la posibilidad de que se encontrase acompañado en la suite por Damaris, o alguna otra… Pero en ese caso volvería a la recepción con la certeza que lo nuestro no podía ser, el destino así lo había querido. Me recoloqué la falda y desabroché un par de botones de la camisa, dejando algo de canalillo a la vista. Me mordí el labio inferior, tan solo de pensar en los ojos de Johnny sobre mi escote ya me excitaba. Traqueé la puerta con suavidad con dos golpes y

Suite veintiuno

a los pocos segundos se escuchó el sonido del picaporte. Ante mí apareció él, vestía unos comodísimos pantalones de chándal y una camiseta blanca que se ajustaba a la perfección a su fuerte torso. Ese hombre debía estar impresionante hasta vestido con una bolsa de basura.

—¡Miriam! —En su cara se podía apreciar el asombro de verme allí y se apartó hacia un lado para dejarme pasar.

Entré en aquella lujosa estancia y caminé por ella como si toda mi vida hubiese vivido en lugares de ese tipo. En su habitación reinaba el orden por encima de cualquier cosa. Con una imperceptible sonrisa comprobé que se encontraba solo, ni rastro de Damaris, ni de otras mujeres.

—¿Dónde quieres que te deje la cena? —pregunté con fingida indiferencia, aunque en realidad el corazón me golpeteaba contra el pecho a un ritmo frenético.

—Junto al portátil, en la mesa.

Dejé el plato sobre la mesita, junto con la botella de agua, y me giré para dejar la tapadera en el carrito. Pero en mi camino estaba Johnny cortándome el paso.

—Espera, antes de que te vayas... —Pero no pudo terminar de explicarse, porque lo interrumpí a mitad silenciándolo con un inesperado beso.

Al juntar nuestras bocas y sentir aquellos carnosos labios sobre los míos, no pude reprimir un estremecimiento en la piel. La sorpresa inicial de Johnny se evaporo en milésimas de segundos y reaccionó tal y como deseé que lo hiciese. Me devolvió el beso con brío, con desesperación y erotismo. Sus dientes atraparon mi labio inferior dándole sensuales tirones, volviéndome loca de deseo. Enlacé mis brazos a su cuello y me apreté contra su fuerte torso, sintiendo cómo posaba las manos sobre mi trasero y lo masajeaba con suavidad. Nuestras lenguas se enlazaron y jugaron entre sí dentro de nuestras bocas, peleaban por el control de la situación, exigían placer a la vez que lo brindaban. Una de las manos de Johnny abandonó mi culo y subió hasta mi camisa, se posó sobre uno de los botones y comenzó a abrirlos para liberar mis pechos. Pero de un manotazo la aparté y me separé de él, temblorosa y jadeante. No iba a dejar que me desnudase, todavía no. Tenía muchas cosas que decirle, cosas de vital importancia, sin las cuales el sexo entre nosotros no podía existir.

Se quedó observándome con confusión. Sabía que no comprendía el porqué de mis actos. Llevaba varios días evitándolo, y de buenas a primeras lo besaba sin mediar palabra. Debía de tener un lio tremendo en la cabeza. Para confirmar mis sospechas, frunció el ceño y me miró con extrañeza.

—¿A qué estás jugando, Miriam? ¿Pretendes volverme loco?

—Shshshsh —lo silencié colocando mi dedo índice sobre sus labios—. Ahora vas a ser tú el que escuche —dije mirándolo a sus inconfundibles ojos—. He intentado alejarme de ti, pero te deseo, te deseo muchísimo y no quiero marcharme de aquí con esa espinita. También quiero que me perdones por todo lo que te dije, fui muy injusta contigo.

Johnny, al escuchar mis palabras, me cogió por la cintura y levantándome del suelo me llevó junto a la cama. Allí devoró mi boca con ansia y cogiendo un mechón de mi cabello entre su mano estiró hacia atrás para que levantase la cabeza y lo mirase.

Suite veintiuno

—Desde que te conocí he querido tenerte aquí, en mi suite, para disfrutar de tu precioso cuerpo. Con una simple mirada me pones caliente y ya no puedo aguantar más, quiero follarte hasta que los únicos sonidos que salgan de tu boca sean gritos de placer.

—Solo te pongo un par de condiciones —le informé, consiguiendo llamar su atención por completo—. Nada de golpes, de vendas en los ojos, ni tampoco te permito que me ates.

—Me parece bien.

—Así que, vamos hacer lo siguiente: nos quitaremos la ropa, follaremos y después si te he visto no me acuerdo, esto es un polvo de una noche y no se va a repetir. ¿Estás de acuerdo?

—Completamente.

—Genial. —Sonreí con picardía y mirándole a los ojos comencé a subirle la camiseta, deleitándome con la dureza de su torso.

Con su ayuda terminé de sacarle la prenda por la cabeza y pude contemplar ese cuerpo moreno y musculoso. Doblé las rodillas y coloqué mi boca a la altura de su estómago. Lo lamí y, entre besos y pequeños bocaditos, recorrí la distancia hasta que de nuevo me puse a su altura. Miré Johnny y descubrí que tenía los párpados entornados y la cabeza ligeramente hacia atrás. Me observaba, con la respiración más rápida de lo normal y la mandíbula apretada. Me rodeó con sus brazos y me besó con frenesí, apretando mi culo contra su erección, que se alzaba orgullosa y enorme contra mi estómago.

Intenté quitarme los botones de la camisa, pero al momento se desesperó y comenzó a tirar e ellos. Aparté sus manos y los desabroché con lentitud, disfrutando al ver cómo me devorada con sus ojos. La camisa cayó al suelo y me quedé únicamente con el fino sujetador de encaje cubriendo mis senos. Me giró con maestría, me soltó la prenda y la tiró junto a la camisa. Apoyó mi espalda sobre su pecho y cogió entre sus manos mi busto, mientras que su boca me besaba el cuello. Excitó mis pezones con sus dedos y un suspiro de gozo escapó de mis labios. Me tumbó en la cama con rapidez y se quedó observándome con las pupilas convertidas en llamaradas de fuego. Con un dedo dibujó el contorno de un pezón.

—Son perfectos, tal y como me los imaginaba —susurró—. Pequeños, tersos y sonrosados.

—Pues son todo tuyos.

Introdujo en su caliente boca el pezón, lo lamió y mordisqueó, provocando que gimiese por el placer. Trazaba enloquecedores círculos con su lengua alrededor de la rosada areola, para después succionarla con fuerza y conseguir que mis bragas se mojasen. Puse las manos sobre su cabeza y la apreté contra mi pecho para que no se apartara y continuase con aquello tan maravilloso de me hacía.

—Eres preciosa, no puedes imaginarte cómo te deseo —dijo con un sensual susurro, haciendo que se me erizase la piel.

—No me lo imagino, lo sé, porque yo lo siento igual.

Capturó mis labios con frenesí mientras que nos deshacíamos de la restante ropa a estirones. Entre mis piernas podía sentir su gran pene que, ya preparado para entrar en acción, se frotaba con movimientos circulares contra los delicados y mojados pliegues de mi sexo. Sin

Suite veintiuno

poder contenerme, lo abarqué con la mano, era grueso, largo, caliente y esa noche era solo para mí. Comencé a acariciarlo de arriba abajo, cada vez más rápido, mientras escuchaba sus gemidos. Cuando ya no pudo aguantar más, apartó mi mano de su miembro y sacó del cajón de la mesilla de noche un condón. Rasgó el envoltorio y se lo puso con rapidez. Al comprender que me iba a penetrar, lo empujé para quitármelo de encima, consiguiendo que frunciese el ceño.

—Así no, vamos a jugar a mi manera —le informé con una sonrisa traviesa.

Lo tumbé con la espalda sobre la cama y me coloqué encima de él, a horcajadas. Con la mano acomodé su polla justo en la entrada de mi vagina y, al estar tan húmeda, entró sin problemas, llenándome con su grosor hasta casi alcanzar mi matriz. Al estar situada encima de él era yo la que poseía el control de la situación. Mis caderas empezaron a moverse, adelante y hacia atrás, sacando de mi interior su pene, para después, volver a introducirlo con fuerza. Nuestros jadeos se escuchaban por toda aquella silenciosa suite, iban subiendo de intensidad conforme el ritmo de las embestidas también lo hacía. Un enorme nudo de sensaciones se concentró en mi clítoris, un delirante hormigueo que crecía y se hacía más intenso con cada penetración. Nos escuché gritar cuando nos sorprendió un gigantesco orgasmo, mayor que ninguno de los que hubiera llegado a experimentar nunca. Caí sobre el pecho de Johnny desmadejada y agotada. Cuando me recuperé de aquel tremendo torbellino, abrí los ojos y pude observar a Johnny mirarme con asombro. Él también había experimentado lo mismo que yo, esa explosión descomunal. Con delicadeza me levantó de encima y me acomodó a su lado, con la cabeza apoyada sobre su pecho. Exhaustos y saciados, con nuestros cuerpos perlados en sudor permanecimos en esa posición hasta que finamente pude tomar el control sobre mis piernas y conseguí incorporarme del lecho para buscar mi ropa, que estaba esparcida por el suelo.

—¿Qué haces? —dijo Johnny, mientras me observaba desnudo desde la cama.

—Voy a vestirme, tengo que seguir trabajando.

—¿Ya? ¿Por qué no te escabulles y te quedas a pasar la noche aquí conmigo?

—Imposible —contesté, intentando que no se me notasen las ganas de hacer lo que pedía—, no puedo dejar sola a Maite en la recepción, además, lo nuestro acaba aquí. Hemos tenido lo que queríamos, sexo, y ha sido fantástico pero... se acabó.

Terminé de ponerme el uniforme, sintiendo que me miraba con el ceño fruncido y en silencio. Cogí el carrito, abrí la puerta y con un simple *adiós* me despedí de él.

Cuando regresé a la recepción, encontré a Maite aguardando con una gran sonrisa en el rostro y esperó el tiempo justo y necesario a que me sentase a su lado para preguntarme.

—¡Habla, habla! —me instó con curiosidad—. ¿Cómo ha sido? ¿Ha estado bien?

La miré muy seria, sin decir una palabra, pero de repente apareció en mis labios una enorme sonrisa.

—Del uno al diez, le pongo un mil.

—¡Joder! ¿Un mil? —exclamó mi amiga alucinada—. ¿Acaso te ha hecho el *spiderman* para que le pongas esa nota?

—No ha hecho falta —le aclaré, sin borrar de mis labios la sonrisa de satisfacción.

—¿No ha habido *spiderman*? Entonces tampoco habrá sido para tanto.

—Lo que tú digas —contesté, a sabiendas que a pesar de lo pensase mi amiga, aquella había sido una experiencia que no podría olvidar en la vida.

La noche pasó relativamente rápida y a las siete y media de la mañana, cuando faltaba media hora para terminar con nuestro turno, animé a Maite para que se fuera a dormir y me dejase a mí terminar de ordenar el papeleo de las comandas, para así agradecerle el favor de la pasada noche, por ayudarme con lo de Johnny.

Mita Marco

6

AGUA Y ZEN

—¿Al final te lo tiraste? —me interrogó Bego con asombro. Asentí con una traviesa sonrisa y me concentré de nuevo en terminar de peinarme con una altísima coleta—. ¡Qué fuerte! La única que no va a mojar en Menorca voy a ser yo, y eso que tengo pareja y debería ser al revés.

—Pues dile a tu Pichurrín que venga a hacerte una visita y de paso aprovechas.

—Calla, calla... pero si está el pobre liadísimo con el trabajo, llevo dos días que no sé nada de él —puso morritos tristes y suspiró con pesar—. Y tampoco quiero llamarlo, no vaya a ser que lo atrase todavía más.

Maite, que estaba escuchando toda la conversación, se acercó a nosotras con una mueca divertida.

—Si quieres nos pasamos por un sex shop y te compras algún juguetito para sustituir a tu novio.

—No gracias, puedo esperar.

—De hecho yo pensaba ir esta mañana para buscar algo de lo que me han hablado.

—Pues vamos, pero yo solo voy a mirar —aseguró Bego.

—Y tú Miriam, ¿vienes con nosotras? ¿O prefieres el juguete de Johnny? —se burló Maite.

—Mírala que graciosa —le saqué la lengua—, pues claro que voy. Además, ya sabes que lo de Johnny solo fue un polvo sin mayor importancia, a partir de ahora cada uno irá por su lado.

¿Solo un polvo sin mayor importancia? Ni yo misma me lo creía. Desde que abandoné su suite había estado pensando en él. Era incapaz de sacarlo de mi cabeza, por mucho que me empeñase en ello. La pasada noche fue apoteósica y estaba segura que si no estuviese allí trabajando ese tío tendría muchas más noticias mías. Pero las cosas eran así y yo no podía cambiarlas. No pensaba arriesgarme ni una vez más a que nos descubriesen y perder el trabajo, por muy bueno que fuese en la cama y por mucho que me atrajera.

Dejé el peine en el cuarto de baño y me apoyé en la baranda del balcón a esperar a que mis amigas terminasen de vestirse. Desde nuestra habitación teníamos unas vistas bastantes bonitas, el mar parecía perderse en el horizonte.

—Miriam, si ya has terminado acércate a recepción y pídele a Inma la dirección del sex shop más cercano —me pidió Maite—. Espéranos en el hall, bajamos ya.

Asentí y salí del cuarto. Cuando la puerta del ascensor se abrió y puse un pie en el lujosísimo hall comprobé que todo estaba bastante tranquilo por allí esa mañana. Al ser casi medio día, los huéspedes debían de estar de excursión por la isla y no regresarían hasta unas horas antes de la cena, para ducharse y vestirse para la ocasión. Me apoyé en el mostrador y saludé a Inma, que enseguida sacó de su bolso una pequeña tarjetita con el nombre de la tienda erótica y su dirección. Le di las gracias y empezamos a hablar, mientras esperaba a que apareciesen las pesadas de mis amigas. Una sombra apareció a mi lado y giré la cabeza de forma mecánica. Me sorprendí al encontrarme con Damaris, la amiga de Johnny, mirándome con una simpática sonrisa.

—Tú eres Miriam, ¿verdad? —preguntó con su melosa voz—. Tenía muchas ganas de conocerte, nuestro Johnny es bastante reservado con sus ligues.

—Yo no soy su ligue —respondí con cautela. No sabía qué les había contado sobre mí.

—¿No lo eres? —alzó las cejas con asombro—. Ainns, pues perdona, pero como os he visto juntos en varias ocasiones, lo supuse.

—Solo soy una empleada del hotel, nada más.

—Bueno, pues de todas formas tenía ganas de conocerte —sonrió—. Me llamo Damaris. —Estrechó mi mano con un apretón contundente, asombrándome de que un cuerpo tan menudo pudiese tener tanta fuerza—. ¿Por qué no te unes un día de estos a nosotros? Hacemos unas fiestas sensacionales, estoy segura de que disfrutarías.

Fruncí un poco el ceño ante aquella invitación. Sabía de sobra qué clase de fiestas celebraban y no me interesaban lo más mínimo. En sus ojos creí reconocer un atisbo de burla, pero al no estar segura continué como si nada.

—Eres muy amable, pero ya te he dicho que solo soy una camarera. A los empleados no nos permiten mezclarnos con los huéspedes.

—Es una pena... —dijo con una falsa tristeza en la voz, pues de sus labios no se borró la sonrisa—. Ya sabes que si cambias de opinión puedes venir. Nos encantaría montar una fiestecita en tu honor. —Me recorrió con sus preciosos ojos de arriba abajo, mordiéndose el labio inferior con coquetería. Aquello me pareció una insinuación en toda regla.

—Imposible, pero gracias de nuevo.

Se miró el carísimo reloj que llevaba en la muñeca y chasqueó la lengua. Con un sensual movimiento de cuello apartó su melena dorada y me sonrió enseñando los dientes.

—Me tengo que ir, ha sido un placer conocerte, Miriam, espero que éste no sea nuestro último encuentro. Ciao, preciosa —Se llevó el dedo índice a su boca y me lanzó un beso con él mientras caminaba hacia el ascensor.

Parpadeé incrédula un par de veces y sacudí la cabeza. ¿Se me acababa de insinuar la amiga de Johnny? De mi boca escapó una musical carcajada y me tapé los labios con las manos para no llamar la atención de las personas que había allí. Mis amigas me encontraron muerta de risa y me miraron como si estuviese loca.

—¿Qué te pasa? ¿Te has fumado otro porro? —se burló Bego.

—No, todavía mejor. Creo que se me ha insinuado una tía.

—Joder, estás triunfando este verano —rio Maite—. ¿Estaba buenorra?

—La verdad es que sí.

—Oye, pues no lo había pensado... a lo mejor no estoy buscando en el sexo correcto para que me hagan el *spiderman* —bromeó Maite—. Recordadme que a la próxima vez pruebe con una superheroína.

Salimos del hotel entre risas y bromas. Pasamos unas horas muy agradables por Ciutadella. Encontramos sin problema la tienda erótica y entramos para echar un vistazo a todos los juguetes que tenían.

Maite se acercó a la dependienta, una joven con varios piercings en el labio inferior, y le preguntó por aquello que buscaba. Al poco tiempo apareció a nuestro lado con una cosa muy extraña en la mano.

—Mirad, esto es un *Sqweel.*

Me dejó aquel raro objeto y comprobé que parecía un molinillo provisto con múltiples lenguas giratorias, en vez de aspas. Se lo pasé a Bego, que frunció el ceño ante el juguete.

—¿Vas a comprarlo? —le pregunté a Maite, que miraba encantada su nuevo descubrimiento.

—Sí.

—¿Vas a usar esta cosa? —dijo Bego con la cara dudosa.

—¿Usarlo?¡No! Me lo voy a comprar para pegarlo en el álbum de recuerdos de Menorca. ¡Pues claro que me lo compro para usarlo! A veces tienes unas cosas...

—Ay, hija, pues yo qué sé.

—A ver si te piensas que soy igual de antigua que tú en la cama —se burló—. Hay muchísimas más posturas aparte de la del misionero, por si no lo sabías.

—Pues como las practiques todas con la misma frecuencia que la del *spiderman* vas arreglada, guapa —se defendió Bego atacándola a su vez.

—Lo practicaré, puedes estar segura. De hecho ayer conocí a un madurito que está para comérselo, es poco hablador y serio, pero cuando me lo vuelva a cruzar no se me escapa; y entonces tendrás que cerrar esa boquita de *monjamalfollada.*

—Mira quien habló, la señorita *mefolloacualquiera*.

Ya estaban otra vez las dos locas, discutiendo por tonterías. Aunque no lo reconocieran en el fondo les encantaba estar siempre peleándose. Crucé los brazos sobre el pecho, mirándolas con aburrimiento y resoplé. Las dejé allí con sus broncas y me fui yo sola a ojear el resto de la tienda. Llegué a la zona de lencería y encontré unos estantes repletos de conjuntos de ropa interior, hechos de pequeñas cuentas de caramelos. En esas llegaron mis amigas a mi lado y cogieron un par de tangas comestibles cada una.

—Son una pasada, ¿verdad? —exclamé, sin dejar de mirar todos y cada uno de ellos, admirando sus vivos colores—. Me encantan, creo que voy comprar uno.

—Ey, vamos a comprarnos uno cada una y los estrenamos esta noche en la cena —sugirió Maite encantada con su idea—. Aunque no los usemos con nadie en particular, puede ser divertido, una broma entre nosotras.

—¿Y si se dan cuenta que llevamos algo raro? —preguntó Bego algo reacia.

—¿Cómo se van a dar cuenta? ¡Alma de cántaro! A no ser que te levantes la falda del uniforme y lo vayas enseñando, es imposible que se vea.

—Bego, relájate, es solo un juego entre nosotras, nadie se va a enterar —la tranquilicé.

—Miriam, tú no deberías comprarlo —rio Maite—. Con lo golosa que eres, te vas a quedar sin tanga a mitad de la noche.

Reímos de la ocurrencia de mi amiga y de repente me acorde algo.

Suite veintiuno

—¡Se me olvidaba deciros que pasado mañana, por la tarde, juega el Hércules un partido amistoso! Me lo ha dicho mi padre cuando hemos hablado por teléfono.

—Ainns, bendito hombre, menos mal que tu padre se acuerda de nosotras —exclamó Maite—. Pues hay que ir a ver a nuestro equipo.

—¿Habrá algún sitio donde se retransmita aquí en Ciutadella?

—Supongo que en algún bar deben tener el canal de deporte por donde lo ponen. La única pena que me queda es que no me he traído la camiseta del equipo.

En cuanto llegamos al hotel, nos pegamos una ducha y nos pusimos el uniforme, con el tanga debajo. Era una sensación extraña llevar una prenda tan rígida en el pubis, tenía que reconocer que era muy sexy pero nada cómodo. Las chicas tampoco se sentían muy cómodas con él y más sabiendo que nos tocaba permanecer toda la noche sin parar, pero como habíamos decidido llevarlo, lo llevaríamos y punto.

Al llegar a la cocina y coger una bandeja repleta de copas de champagne me empecé a poner algo nerviosa. Iba a volver a ver a Johnny después de que la pasada noche me largase de su suite, tras una sesión de sexo del bueno. Era una estupidez que me alterase por eso, después de todo aquella experiencia no se iba a repetir. Pero era acordarme de sus manos acariciando cada rincón de mi cuerpo y me comenzaban a entrar los calores. Inspiré para expulsar los nervios, no debía ponerme así, intuía que él ya ni se acordaría de mí, al haber obtenido lo que quería desde el principio. Sexo sin ataduras. Así que yo tenía que conseguir lo mismo, sacarlo de una puñetera vez de mis pensamientos.

El coctel y la posterior cena fueron moviditos. Esa noche sí se encontraban en el hotel la mayoría de los huéspedes y el ritmo de trabajo aumentó considerablemente. Por más que intentase no hacerlo siempre acababa mirando hacia la habitual mesa donde se sentaba el hombre de los sensuales ojos ambarinos. Pero no apareció esa noche por el comedor y eso me deprimió un poco. Quien sí que estaban eran Víctor y Damaris, la que aprovechaba cualquier ocasión en la que nuestras miradas se encontraban, para sonreírme y guiñarme el ojo.

Recogimos todas las mesas y ordenamos el salón cuando se marchó el último comensal. Al llegar a la cocina nos sorprendió el encargado, pues a esas horas era muy raro encontrarlo por allí. Se colocó a mi lado y me informó de que había surgido un cambio de planes y me tocaba cubrir la baja de la discoteca esa noche.

Me alegré al poder cambiar un poco de aires. La discoteca era un lugar muchísimo más agradable que la recepción. La música era muy buena, había un ambiente genial e iba a volver a ver a Gabriela y a Jordi. Lo único que me estaba jodiendo viva era aquel tanga, me estaba haciendo una rozadura en las ingles con los dichosos caramelos. ¡Maldita la hora en la que lo compré!

Después de ponerme el vestido negro de Maite, color que exigían para los empleados de la disco, me encaminé hacia la marchosa *Atlántida Garden*. Encontré a Gabriela detrás de la barra, como de costumbre, ordenando las bebidas. La saludé con un abrazo y me coloqué la tarjeta

Suite veintiuno

identificativa en el pecho. Las primeras horas pasaron volando, entre preparar cócteles y hacer viajes al almacén para reponer las botellas de la barra, casi ni me enteré del paso del tiempo. De reojo observaba a Gabriela, a pesar de su buena cara con los clientes, se le marcaban unas profundas y oscuras ojeras. Presentía que la fachada de aquella chica se estaba resquebrajando por momentos, pero no quise preguntarle por si me tildaba de entrometida.

De la nada apareció a mi lado Jordi, con una inmensa sonrisa, al sorprenderme trabajando en el local.

—¡Hola, preciosa! ¿Cómo va la noche?

—Pues muy bien, la verdad es que aquí da gusto trabajar, con buena música —respondí sonriente—. ¿Te pongo algo de beber?

—Un refresco, que ya llevo dos copas y voy a empezar a ver triples los platos de la mesa de pinchar —rio.

Abrí la cámara frigorífica y le serví una Fanta de limón fresquita. Al llevarle la bebida, lo sorprendí observándome con fijeza y eso me incomodó un poco y me puso algo nerviosa.

—¿Cómo haces para que la música siga sonando cuando no estás en la cabina? —pregunté para romper aquel incómodo silencio entre nosotros.

—Tengo un aprendiz conmigo, sabe pinchar piezas simples y de vez en cuando lo dejo que practique —me explicó con una mueca graciosa y de nuevo se quedó mirándome fijamente—. ¿Cuándo vas a comer conmigo?

—Jordi, ya te dije que estoy algo liada —me excusé. Era un buen tío, simpático, guapo, una excelente compañía para conversar... pero no podía darle lo que demandaban sus ojos.

—No te voy a secuestrar todo el día, solo serían un par de horas —me intentó convencer, con su mejor carita de niño bueno—. Te prometo que después te traería al hotel sana y salva. Vamos, di que sí...

Con su dedo pulgar me acarició la mandíbula, trazando una línea desde mi mentón hasta la oreja. La otra mano la entrelazó con la mía y me agarró con fuerza pero sin apretar. Yo no sabía lo que hacer, me caía muy bien como amigo, pero esto ya se pasaba de lo que yo llamaba amistad. Acercó con lentitud su cabeza y supe que se proponía besarme, pero no lo pensaba permitir. Me preparé para empujarlo, pero antes de que me diese tiempo, vi el cielo abierto cuando alguien se acercó a la barra e interrumpió el beso.

—Ponme un Ron con hielo y tres granos de café.

Me aparté como un rayo y preparé con rapidez lo que me habían pedido.

—Aquí tiene, señor. —No pude reprimir un jadeo cuando comprobé que mi ángel salvador no era otro que Johnny, con el estruendo de la música no había reconocido su voz. Estaba apoyado en la barra junto a Jordi y me observaba con seriedad. Le di el vaso y al rozar mis dedos con los suyos sentí una corriente eléctrica atravesándome de la cabeza a los pies. No podía evitarlo aunque lo intentase, mi cuerpo reaccionaba ante la mínima caricia suya. Me humedecí los labios, repentinamente secos, y con la misma mano temblorosa le pasé la cuenta de su bebida. Sacó su cartera y me dio el dinero. Cuando fui a la caja registradora a por el cambio me fijé que entre las monedas había un papel doblado. Con disimulo lo abrí y leí lo que había en él: *Te espero en mi suite cuando termines de trabajar.*

Un enorme júbilo me embargó al leer la nota. ¡Quería volver a verme! No me puse a saltar en medio de la discoteca por vergüenza. Me sentía pletórica, con ganas de cogerlo por el cuello de la camisa para acercarlo y darle un ardiente beso. Pero entonces mi cabeza pensante, la muy cabrona, se puso a darle vueltas al asunto. No podía volver a arriesgarme y que me descubriesen con Johnny. Me hubiese encantado pasar otra velada en su suite, pero no iba a hacerlo. Con los últimos rescoldos de fuerza de voluntad cogí un bolígrafo y escribí yo también un mensaje en la misma nota: *No.*

Doblé otra vez el papelillo y giré hacia donde me esperaba Johnny, que me observaba con una mirada sensual. Con el dinero sobrante le entregué la nota, con cuidado de que Jordi no descubriese el mensaje. El disc jockey nos miraba con el ceño fruncido, como si presintiera que allí pasaba algo que se le escapaba.

Johnny regresó por donde había venido y en cuestión de segundos lo perdí de vista. Escudriñé por toda la sala pero no logré encontrarlo. Cuando mis ojos regresaron a Jordi, su expresión era de fastidio y se acariciaba el mentón pensativo.

—Oye, Miriam, ¿te sigue molestando aquel huésped? ¿El que me dijiste en el ascensor?

Me quedé con la boca abierta, sus sospechas iban muy bien encaminadas. ¿Acaso había sido tan evidente? ¿Tan mal disimulaban mis ojos la atracción hacia Johnny?

—No, que va, ya no me molesta. Hace un par de días que no lo veo —le mentí—. Quizás se ha cansado de que le dé largas y haya decidido preocuparse más por su mujer, que está embarazada.

¡Menuda mentira salió de mi boca! Ni yo me reconocía, jamás había sido buena a la hora de decir embustes… Pero mis palabras buscaban que no relacionase a Johnny conmigo y aquello pareció tranquilizarlo un poco. De nuevo, la sonrisa apareció en su cara.

—Me alegro de que al final se diese por vencido. —La música de la sala se desajustó y comenzaron a sonar dos canciones a la vez. Jordi abrió mucho los ojos—. ¡La madre que lo parió! Me voy a la cabina porque ese inútil es capaz de romperme la mesa de pinchar.

—Eso, corre si no quieres que linchen a tu aprendiz —reí al comprobar que las personas que bailaban en la pista se quejaban de la poca profesionalidad del pinchadiscos.

—Espero tu llamada para comer juntos, no te olvides.

—En cuanto pueda, te llamo —le aseguré. ¡Otra mentira! Esa noche estaba sembrada.

Jordi se marchó y yo lo olvidé incluso antes de perderlo de vista. No podía sacarme de la mente la pequeña nota, ni a su dueño. Pero había hecho lo correcto y no debía arrepentirme, aunque lo hacía. ¿Cómo habría sido esta vez el sexo? ¿Hubiese disfrutado tanto como el pasado día?

Me removí ante el pinchazo de placer que me recorrió, al imaginarme en la cama con Johnny, y al hacerlo solté un pequeño gruñido por el escozor en mi entrepierna. ¡El condenado tanga! Con decisión, entré en el almacén para deshacerme de él, aunque tuviese que ir sin ropa interior debajo de aquel vestido. Me dirigí hacia el cuarto de baño, pero frené al escuchar algo parecido a sollozos. Sentada en el suelo, junto a las estanterías de los licores, se encontraba Gabriela. Tenía la cara escondida entre las manos y su cuerpo temblaba sin cesar por el llanto. Con rapidez me arrodillé a su lado.

—Gabriela… ¿qué te pasa? —le pregunté con preocupación. Si aquella joven estaba llorando de ese modo tenía que ser por algo grave, se le notaba a la legua que era una mujer fuerte que no se amilanaba por tonterías.

—Gloria… mi Gloria… —gimoteó.

—¿Quién es Gloria?

—Mi niña. —Y tras decir aquello rompió a llorar más fuerte todavía.

Sentí un vacío en la boca del estómago y recé para que su niña estuviese bien. Yo todavía no era madre pero estaba segura de que el bienestar de un hijo era la piedra angular de un padre.

—¿Qué le pasa a tu hija?

—Se la ha llevado. Se la ha llevado ese cabrón.

—¿Quién?

—Su padre —me dijo con rabia al nombrar a este—. El malnacido ese me ha quitado a mi niña.

—¿Sin tu consentimiento?

—Nunca quiso saber nada de ella, lo nuestro fue un polvo de una noche, y el otro día me llamó amenazándome de que se la iba a llevar —sollozó—. ¡Y se la ha llevado! Cuando llegué anteayer a casa, mi compañera de piso me contó llorando que al ir al colegio a recogerla le dijeron que se la había llevado su padre.

—¿Tienes tú la custodia de la niña?

—Claro, ¿quién la va a tener? Yo he criado a mi Gloria con sangre y sudor, no me ha ayudado nadie excepto Raquel, mi compañera de piso, mis padres viven en La Rioja.

—Habrás ido a denunciar, ¿verdad?

—No.

—¿Qué no has denunciado?

—Tengo miedo de que pueda hacerle algo malo a mi hija si voy a la policía —dijo con voz derrotada—. Miriam, mi niña no está acostumbrada a estar con nadie más que con nosotras, lo estará pasando fatal.

—Tienes que ir al cuartel de la guardia civil y poner una denuncia. Ellos son los únicos que pueden ayudarte —le expliqué, intentando que entrase en razón—. Si quieres vamos mañana, yo te acompaño. Pero la denuncia es lo primordial.

Se quedó callada unos segundos, mirando al vacío, y finalmente asintió.

—Tienes razón. Mañana le pediré a Raquel que me acompañe. —Se secó las lágrimas y suspiró. Nos levantamos del suelo y me abrazó con fuerza—. Gracias por el consejo, Miriam. Esperemos que todo salga bien, mi felicidad depende de ello.

—Ya verás que todo se arregla y pronto vuelves a tener a Gloria en casa —la animé dándole un tierno beso en la mejilla—. Ni falta hace que te diga que estoy aquí para lo que necesites.

En su bonita cara pareció una débil sonrisa y otra lágrima resbaló por su mejilla. Se la limpió con decisión.

Suite veintiuno

—Creo que lo mejor será que salgamos otra vez para fuera, no vaya a ser que nos llamen la atención por dejar la barra descuidada.
—¿Te encuentras con fuerzas para terminar la noche? —me interesé.

Asintió con un contundente movimiento de cabeza y empezó a caminar hacia la barra. Ver la gran fortaleza que poseía pese a su corta edad, sobrellevando sola las situaciones difíciles, hizo que comenzase a sentir hacia Gabriela una enorme admiración.

El resto de la noche transcurrió sin incidencias, excepto por alguna escapada de mi compañera al almacén, cuando no aguantaba más las ganas de llorar por su niña.

Jordi terminó la sesión a las siete y media de la mañana y fue entonces que los chicos de seguridad acompañaron amablemente a los pocos huéspedes que todavía seguían de fiesta hasta la salida del local. Recogimos con rapidez e hicimos el recuento del dinero de la caja registradora.

En la puerta del *Atlántida Garden* volví a abrazar a Gabriela para darle ánimos y apoyo.

—Llámame en cuanto sepas algo de la niña y si quieres hablar con alguien, para desahogarte, ya sabes dónde estoy.

—Eres un sol, Miriam. Cuando Gloria vuelva a casa, te invito a comer para que la conozcas, es una niña genial. —Otra lagrimilla cayó por su mejilla.

Le sequé la humedad de su cara y la abracé de nuevo. Nos separamos al comienzo del jardín, que llevaba hasta el hotel.

A esas horas, era una delicia pasear por allí, sin nadie alrededor. Lástima que estuviese muerta de sueño.

Al pasar cerca del spa, la puerta se abrió y del interior apareció Johnny, que agarrándome con fuerza de la mano me introdujo en la gran sala, donde una enormes piscinas emanaban agua por diferentes tipos de grifos.

—¿Se puede saber qué coño estás haciendo? —grité mientras me arrastraba tras de sí por las instalaciones, donde no había nadie, excepto nosotros dos. Entramos a los servicios. A pesar de mis intentos por soltarme, me introdujo dentro de una pequeña ducha individual y cerró el pestillo.

—¡Johnny, nos van a pillar! ¿A qué viene todo esto?

Sin decir ni una palabra, me recorrió de arriba abajo con una mirada feroz, acercó su caliente cuerpo al mío, tanto que podía percibir sin ninguna dificultad su perfume a base de sándalo, y me hizo retroceder hasta que quedé atrapada entre la fría pared de azulejos y su cuerpo, cubierto tan solo por un bañador. Tragué saliva mecánicamente, su cercanía me alteraba, me hacía recordar lo que era capaz de conseguir con tan solo un roce. Con una mano me alzó la cabeza para que lo mirase a los ojos, los cuales me devoraban sin ningún tipo de pudor. Por cada segundo que pasaba, la razón iba desapareciendo para dejar paso al deseo, un deseo arrollador de sentirlo dentro de mi cuerpo, de perderme en su fuerza.

—Llevo desde ayer sin poder dejar de pensar en ti —susurró contra mi boca.

Suite veintiuno

—Habíamos decidido que no nos volveríamos a ver —dije con el último vestigio de fuerza de voluntad que quedaba en mi excitada mente.

—Lo sé, pero no puedo apartarte de mis pensamientos y quiero tenerte otra vez desnuda en mi cama, cumplir todas las fantasías que aparecen en mi mente, de las que tú eres la protagonista.

—Yo... yo... el trabajo... —Puso un dedo sobre mi boca, para hacerme callar, y después me dio un suave beso en la comisura de los labios.

—Sé que tú lo deseas tanto como yo, tu cuerpo se enciende con mis caricias y anhelas que te dé placer, como la pasada noche. ¿Me equivoco? ¿Me deseas tanto como yo a ti?

Su boca descendió por mi cuello, marcándolo a fuego con miles de besos. Las escasas objeciones que tenía al respecto desaparecieron como por arte de magia y asentí seducida.

—Te deseo con locura —reconocí con intensidad.

Tras aquella confesión, me rodeó la cintura y me obsequió con un tórrido beso en los labios. Al sentir su boca mi cuerpo, reaccioné al instante y me fundí contra él. Nuestras lenguas se encontraron y comenzaron aquella sensual danza en la que el placer primaba sobre todas las cosas. En ese preciso momento perdí la capacidad de pensar, el sueño y el cansancio acumulados por la interminable noche trabajando desaparecieron. Lo único que quería era amarrarme a él, sentir sus dedos recorriéndome, abarcar la enorme erección que empujaba sobre mi estómago. Todo lo demás pasó a segundo plano, incluyendo el lugar donde estábamos dando rienda suelta a nuestros instintos más básicos, los que solo se preocupaban de dar y recibir placer.

Con desesperación, me levantó la falda e introdujo una mano para acariciar mi sensible pubis, que esperaba impaciente y húmedo el roce de sus manos. Cuando rozó mi sexo, separó nuestros labios de golpe y se quedó mirándome con extrañeza.

—No llevas ropa interior —exclamó frunciendo el ceño.

—Me la quité en la discoteca.

Lo rodeé con los brazos, por el cuello, y esta vez fui yo la que se lanzó a su boca, sin darle importancia a su cara de asombro. Le bajé un poco el bañador y acaricié su erecto pene con mis manos. Reaccionó en seguida con un gruñido de gozo y, olvidándose de inmediato del extraño descubrimiento bajo mi falda, me sacó el vestido por la cabeza y lo tiró al suelo de aquella ducha. Me alzó y abrió de piernas para poder acomodar su verga entre ellas. Lo rodeé con mis extremidades por la cintura y de un rápido empellón me penetró. Nos fundimos en un solo cuerpo de pie, contra la pared. Nuestros gemidos se difuminaban con el sonido de los chorros del agua del gran spa, entremezclados con la relajante música oriental que dotaba al ambiente con un toque Zen. Un maravilloso orgasmo nos barrió con potencia a los dos a la vez, dejándonos jadeantes y con las pulsaciones por las nubes, pero saciados y relajados.

Nos miramos alucinados por el intenso placer que sentíamos cada vez que nuestros cuerpos se unían, tanto placer como nunca habíamos sentido con ninguna otra persona. Tras otro fervoroso beso, puso mis piernas de nuevo apoyadas en el suelo. Recogí el vestido para volver a colocármelo, pero entonces me di cuenta de que estaba chorreando de agua. ¡El suelo estaba mojado y al tirarlo allí había corrido la misma suerte!

—¡No puede ser! —Lo escurrí todo lo que pude y acabó pareciendo una pasa de lo arrugado que quedó—. No puedo ponerme esto así.

—Toma mi camiseta, intentaremos pasar por zonas donde no haya nadie, para que no te vean.

Al terminar, abrimos la puerta del aseo pero de inmediato Johnny me hizo entrar en él otra vez, con muchísima rapidez y sigilo. ¿Qué estaba haciendo ahora?

—El guardia del spa acaba de llegar —me informó con seriedad.

—¡Mierda, no!

Aquella revelación me cayó como un jarro de agua fría y empecé a ponerme nerviosa. Ahora sí que la había fastidiado, ya podía ir despidiéndome del hotel y por ende de mi máster, al no poder conseguir el dinero que necesitaba.

Me fijé en Johnny, había cogido un albornoz con el escudo del hotel y me lo ofrecía. Tomé aquella prenda, sin llegar a entender para qué lo necesitaba, mi cabeza no era capaz de pensar en nada más que en mi despido.

—Póntelo —me ordenó—, te haremos pasar por mi acompañante para que el guardia de la puerta no sospeche.

—¿Tú crees que funcionará? Seguro que me piden la tarjeta del spa, y yo no tengo, los empleados no podemos hacer uso de las instalaciones.

—Probaremos suerte —Me dio un fugaz beso en los labios—. Pero si no sale bien, ya me inventaré algo, no te preocupes, estás aquí dentro por mí y no voy a permitir que te echen por esto.

Esas simples palabras consiguieron serenarme un poco. Conocía poquísimo a aquel hombre, pero por extraño que pareciese confiaba en él. Hice lo que me dijo y coloqué el albornoz sobre mi cuerpo. Me acarició la mejilla para infundirme confianza y tomándome de la mano abrió la puerta del aseo para recorrer la distancia que nos separaba de la salida.

Al llegar junto al guardia de seguridad mi corazón se aceleró como loco por el temor a que me pidiese la tarjeta.

—Buenos días, señores, —nos saludó el hombre con amabilidad—, pasen.

El alivio se apoderó de mi cuerpo. No nos había exigido que le enseñásemos nada y nos dejaba salir libremente.

Ya en el jardín exterior, solté su mano y expulsé el aire que hasta entonces había retenido en los pulmones, a la vez que me llevaba una mano al corazón. ¡Qué poco había faltado!

—Ven por aquí, cojamos el ascensor y vamos a mi suite.

—No estarás hablando en serio, casi nos descubren y ahora quieres que volvamos a arriesgarnos —le dije con incredulidad.

—Miriam, llevas un albornoz del hotel. ¿No crees que sería sospechoso ver a una empleada con una prenda destinada a los clientes? Vamos primero a mi habitación para que te lo puedas quitar sin peligro de que te vean. Además, allí podrás secar el vestido y después si quieres puedes marcharte.

Suite veintiuno

Odiaba admitirlo, pero tenía razón. No podía aparecer por recepción vestida únicamente con la camiseta de Johnny, como tampoco lo podía hacer con un guiñapo arrugado por vestido.

Dejé que me guiara por el hall, cubriéndome con su cuerpo cuando pasamos por el mostrador de recepción. No vi al encargado por ninguna parte y eso me tranquilizó. Tomamos el ascensor acompañados por una pareja, que apenas se fijó en nosotros de tan acaramelados que estaban, y caminamos con rapidez hasta alcanzar la suite veintiuno, la de Johnny.

A pesar de que ya había estado en esa habitación antes, no pude dejar de contemplarla con admiración. Aquella simple estancia costaba más dinero que todo el edificio donde vivía con mi padre. La pasada noche, al encontrarme algo nerviosa por el improvisado encuentro con Johnny, no me fijé en la elegancia de aquel salón, donde un par de sofás y una mesilla auxiliar de estilo inglés eran los protagonistas. Al introducirte un poco más en la estancia, un par de puertas correderas daban paso al lujoso dormitorio presidido por una enorme cama, cual cabezal estaba adornado con motivos orientales, y una elaborada alfombra de cálidos colores que contrastaba con la decoración y dejaba al descubierto su procedencia árabe.

Johnny me acompañó hasta el gigantesco cuarto de baño, cubierto de arriba a abajo de mármol *Travertino*, en el cuál había un enorme jacuzzi que pedía a gritos ser utilizado.

—Aquí tengo un calienta toallas, puedes colgar el vestido y esperar a que se seque —Pulsó un botón y el pequeño aparatito comenzó a tirar aire caliente.

—Gracias. —Le sonreí mientras colocaba allí el vestido.
—¿Quieres comer algo?
—No, pero un vaso de agua no estaría mal.

Salimos del aseo y cogiendo de la nevera un botellín, me lo ofreció. Bebí un gran sorbo y de mis labios escapó una gota, que resbaló por mi mandíbula. Un dedo de Johnny la atrapó y mirándome a los ojos con fijeza la lamió. Aquel gesto me calentó la sangre, me mordí el labio inferior por el cariz que estaba tomando la situación. ¡Qué hombre más excitante! Si en ese instante hubiese llevado bragas, se me habrían bajado solas al suelo por la forma en la que me devoraba con sus ojos.

Con descaro, me recorrió con la mirada, deteniéndose más tiempo de lo necesario en mis muslos, justo a la altura por donde su camiseta dejaba de cubrirme.

—¿Por qué no llevas ropa interior? —preguntó de repente con una media sonrisa. Dio un par de pasos hacia mí, cogió la botella de entre mis manos, para dejarla sobre la mesa, y me inmovilizó entre el frigorífico y su pecho.

Mi boca también se curvó con diversión. Sabía con seguridad a qué estábamos jugando y tenía claro que no me pensaba quedar atrás. Estar con aquel hombre en su habitación era lo más excitante del mundo. Nos deseábamos, queríamos sexo y sabíamos que sería fantástico, como siempre que nuestros cuerpos se rozaban. Al estar allí, no me preocupaba el que pudiesen descubrirnos, así que decidí ver a dónde nos conducía todo aquello.

—¿Por qué crees tú que no la llevo? —contesté, poniendo vocecilla inocente con otra pregunta.

Suite veintiuno

—Contéstame —me instó, frotando su nariz contra la mía—, porque quiero saber la razón por la que has dejado al descubierto ese jugoso coñito que me está volviendo loco. —Posó sus labios sobre mi oreja y me susurró con la voz algo tensa—. ¿Ha sido por tu amigo, el pincha discos?

Negué con la cabeza divertida y acalorada, y entonces fui yo la que comenzó a susurrarle en su oído.

—Anoche me puse un tanga comestible, con cuentas de caramelos...

—¿Y?

—Tuve que tirarlo porque me estaba haciendo daño. De hecho, creo que me ha dejado marca —le confesé con picardía.

—¿Solo lo crees? Entonces tendremos que asegurarnos para poder dispensarte los cuidados necesarios.

Se apoderó de mi boca con urgencia y cogiéndome en brazos me llevó al lecho. Allí volvió a poseerme con frenesí, sin darme tregua para reponerme.

Tras varias horas de disfrutar del mejor sexo que hubiese experimentado jamás, me quedé dormida a su lado, desnuda y exhausta. No fue mi intención hacerlo, pero era tal el cansancio que tenía acumulado que al apoyar la cabeza sobre el almohadón, mis ojos se cerraron.

Mita Marco

7

MALOS RECUERDOS

Una serie de caricias sobre el estómago me hizo abrir los ojos. En un primer momento me encontré desorientada, la habitación que compartía con las chicas no era tan ostentosa como aquella. Unos labios besaron mi hombro y fue entonces cuando caí en la cuenta de dónde me encontraba, y quién era mi acompañante.

Con una sonrisa, giré sobre la cama para enfrentar al hombre que había conseguido que llegase al orgasmo tantas veces, y en tan pocas horas, que ni siquiera podía recordarlas todas.

—Buenos días —lo saludé, mientras me deleitaba con la visión de su cuerpo enfundado en unos pantalones vaqueros, sin camiseta.

—Buenas tardes, sería más correcto, dormilona, son las cuatro y media. —Me besó con ardor—. ¿Sabes que hablas en sueños?

—Sí, mi hermano se quejaba muy a menudo de mis charlas nocturnas. —Me quedé algo pensativa—. ¿Has entendido algo de lo que he dicho?

—Estuve un buen rato intentándolo y fui incapaz —me volvió a besar—. Pero eso no me preocupa, tengo tres semanas para seguir intentándolo. Y antes de que digas nada, ya te respondo yo: lo nuestro no ha acabado.

Una sonrisa asomó en mis labios y asentí, yo también estaba decidida a seguir disfrutando de aquel hombre todo el tiempo posible. El único problema era que terminasen por descubrirnos en uno de nuestros encuentros.

Johnny se levantó de la cama y cogió de la mesilla auxiliar una bandeja repleta de comida. Regresó a mi lado con ella y la apoyó sobre mis piernas.

—Como no sabía qué te gustaba desayunar, he pedido un poco de cada cosa.

—Tiene todo una pinta buenísima, pero me decanto por el café y una ensaimada.

—Yo me decanto por ti, soy incapaz de apartar las manos de tu dulce cuerpo ni dos segundos. —Acercó sus labios y me obsequió con otro candente beso, que me hizo arder y olvidarme del desayuno. En cuestión de segundos la bandeja desapareció de mis piernas y Johnny ocupó su lugar, colocándose encima sin dejar de provocarme con su experta boca. Sobre mi pecho sentí el tacto de sus dedos, acariciándolo y excitándolo. Un oscuro gemido escapó de mis labios al notar la presión de su polla, que todavía dentro del pantalón se endurecía y aumentaba de tamaño. Mis manos recorrieron su espalda y bajaron hasta su trasero, duro y varonil, para después intentar soltar los botones del vaquero, dejar en libertad su miembro y poder jugar con él. Un molesto pitido nos sobresaltó. Johnny maldijo entre dientes y con desgana separó nuestros labios—. Joder, ¿quién coño llama ahora?

—¿Es tu teléfono? —pregunté, todavía algo desorientada por la bruma de la pasión.

—Sí, discúlpame un momento. —Besó mi nariz y se levantó con rapidez a contestar.

Al quedarme sola en el lecho, me incorporé. Desde allí podía observar a Johnny discutiendo con la persona que estaba al otro lado de la línea telefónica. Su semblante, antes relajado y alegre, cambió por otro que yo no conocía. Se percibía tensión en sus fuertes facciones y entornaba los ojos concentrado en la indeseada charla. A pesar de todo, tenía que reconocer que incluso enfadado era con diferencia el hombre más impresionante que había visto jamás.

Después de esperarlo casi cinco minutos, escuché a mi estómago rugir de hambre. Cogí la bandeja y me serví café en una tacita diminuta, con la que no tenía ni para mojarme la lengua, y le di un gran bocado a la ensaimada. ¡Estaba deliciosa!

Un poco más tarde, Johnny colgó el teléfono y regresó hasta donde me encontraba, con el ceño fruncido. Le serví café en otra de las mini tacitas y se lo ofrecí con una sonrisa.

—¿Todo bien?

—Podría estar mejor si dejaran de llamarme de la empresa y pudiese disfrutar de mis vacaciones un jodido día —se quejó con enfado—. Estos son los inconvenientes de ser el jefe, no puedes desconectar aunque quieras.

—Pero debe ser por algo importante, tendrán una buena razón para llamar.

—Por desgracia sí. Estamos desarrollando un nuevo motor, que si todo sale bien puede ser una auténtica revolución, pero todavía se nos resiste. Normalmente, cuando fabricamos algo nuevo, siempre estoy yo allí en el montaje trabajando con ellos, recalculando si algo no cuadra.

Me mordí el labio al imaginar a Johnny en plena faena, peleándose con el hierro, y todo lleno de grasa. Debía de ser todo un espectáculo.

—¿No hay nadie que te ayude en estos casos? ¿Tu hermano no era ingeniero al igual que tú?

—Mi hermano está inmerso en el estudio de un motor que funciona con energía fotovoltaica y sería muy injusto pedirle que se ocupase también de mi trabajo.

Asentí con comprensión, todos teníamos obligaciones imposibles de obviar y delegar en otra persona, a veces podía ser muy molesto, pero era el precio que tenías que pagar en la vida, si decidías vivirla de forma responsable.

La expresión de Johnny seguía siendo seria y pensativa, estaba segura de que pensaba en su empresa, así que para hacerlo olvidar las obligaciones decidí bromear un poco.

—Oye, llevas algo en la nariz.

—¿Dónde? —preguntó mientras se limpiaba con la mano, sin saber a lo que me refería—. No noto nada, ¿lo llevo aquí?

—No, está justamente aquí. —Con un dedo, que previamente había untado de mermelada, le toqué la puntita de la nariz y se la manché con el pringoso dulce.

—¡Eh! —gritó sonriente al percatarse de mi jugarreta. Antes de que pudiese hacer nada me tenía tumbada en la cama, con los brazos inmovilizados y su agradable peso encima—. Revoltosa, ahora me las vas a pagar.

Suite veintiuno

—¿Revoltosa? —reí por la forma en la que me había llamado, desde que era una niña nadie me había vuelto a llamar así—. ¿Me he portado mal?

—Vas a tener que pedirme perdón de rodillas. —Me humedecí los labios al imaginarme con la cabeza entre sus piernas.

—¿Y se supone que eso es un castigo? —pregunté excitada.

—Cuidado con tus palabras o voy a tener que darte un par de azotes en tu precioso culito —me susurró al oído.

¿Azotes? Mi cuerpo se tensó al escuchar aquellas palabras. ¿Quería pegarme? Jamás iba consentir que nadie me golpease, otra vez.

—Quita de encima —le ordené mientras que lo empujaba con todas mis fuerzas.

—¿Qué te pasa? —dijo confundido.

—¡Que te quites, joder!

Johnny hizo lo que le pedía y salté de la cama desnuda para coger mi ropa y largarme de aquella suite. No pensaba permanecer en aquel lugar ni un segundo más.

—Miriam, no sé lo que he dicho para molestarte, pero te aseguro que no era mi intención —declaró al entrar al aseo detrás de mí. Terminé de colocarme los zapatos y giré para marcharme pero Johnny estaba en la puerta impidiéndome el paso.

—¡Quítate de en medio!

—No, hasta que no me digas el porqué de todo esto.

—¡Que te apartes! —Me lancé hacia Johnny y comencé a pegarle con todas mis fuerzas, pero en seguida me agarró las manos para impedir que continuase atacándolo.

—Ya vale —En sus ojos apareció la expresión que me indicó que no estaba dispuesto a seguir aguantando ni uno más de mis golpes—. ¿Qué coño te pasa?

—¿A mí? —alcé la voz con incredulidad—. Eres tú el que quiere pegarme, y yo no soy ningún saco de boxeo para que me den azotes ni golpes.

—¿Alguien te ha golpeado? ¿Por eso actúas así? —preguntó con el ceño fruncido, intentando comprender mi actitud hacia una simple broma.

—Eso no es asunto tuyo.

—Tienes razón, no me incumbe —asintió—, pero necesito saber por qué tienes esa reacción cada vez que hablamos de sadomasoquismo.

—Que te lo cuente no va a cambiar nada —le aseguré mientras que una lágrima resbalaba por mi mejilla.

—Lo sé, aun así quiero que me lo digas.

Acercó una mano, despacio y con cuidado, hasta mi cara para secarme la lágrima. Al comprobar que no retrocedía a su contacto puso su otra mano en mi otra mejilla y me alzó el rostro para que lo mirase a los ojos. Me besó en los labios con suavidad y me condujo hacia el lecho. Pero en vez de sentarnos en él me instó a hacerlo en la gran alfombra, apoyando mi espalda en su pecho mientras me rodeaba con sus brazos para infundirme fuerzas.

—Háblame.

El estar así con él me produjo una extraña sensación de seguridad. Después de todo el revuelo que se había montado, presentía que Johnny nunca me haría daño. Eché la cabeza hacia atrás, la apoyé en su pecho e inspiré para tomar fuerzas. Le iba a contar un episodio de mi vida

Suite veintiuno

que había intentado olvidar por todos los medios, pero el cuál se amarraba en mi corazón clavándome sus zarpas hasta hacerme sangrar.
—Pasó hace casi cuatro años. Por aquella época todo iba sobre ruedas: tenía una familia que me quería, avanzaba en la universidad con muy buenos resultados y tenía un novio fantástico llamado Nelson con el que salía casi dos años, del que estaba enamorada hasta la médula y por quien hacía todo tipo de locuras. Todos los viernes por la noche, mi padre y mi hermano salían de casa y aprovechábamos para quedarnos a solas. Pero ese día Nelson me hizo una proposición un tanto extraña para mí. Me comentó que tras curiosear por internet había encontrado una página sobre sadomasoquismo y le había parecido algo morboso y original. Después de hablarlo un poco, me animó a que lo probásemos, y yo, como confiaba plenamente en él, acepté. —Suspiré y me acomodé mejor entre los brazos de Johnny, que escuchaba con atención mi historia—. Vendó mis ojos y me dejó en ropa interior. Al principio fue bastante bien pero entonces comenzó a atarme de pies y manos y aquello me comenzó a poner nerviosa, le pedí que me soltase y lo que hizo fue ponerme una mordaza en la boca. Empecé a llorar e intenté desatarme, pero lo único que conseguí fue hacerme una herida en las muñecas. Poco después escuché el sonido de la puerta de casa al abrirse y la voz de un hombre que no conocía. —Pude sentir cómo Johnny se tensaba al escuchar aquello y me abrazó con más fuerza—. Entre los dos comenzaron a golpearme con fuerza, decían que tenía que disfrutarlo, pero lo único que sentía era un dolor atroz por cada uno de sus ataques. No les sobró con agredirme con

un látigo cada uno, sino que también me propinaron múltiples patadas, sin importarles la fuerza con la que me las daban ni el lugar del cuerpo donde las recibía.
—Hijos de puta —susurró con furia.
—No pude calcular el tiempo que pasaron pegándome, solo recuerdo que conseguí apartar la mordaza de mi boca y comencé a gritar todo lo fuerte posible. Inmediatamente la puerta de mi casa se abrió con un estruendo y escuché el sonido de algunos muebles que caían. Cuando me quitaron la venda de los ojos vi a mi vecina Juani. Me dijo que había echado a aquellos desgraciados de allí y que me iba a llevar al hospital porque tenía el cuerpo lleno de moratones. Por el camino, perdí el conocimiento y volví a despertar casi dos días después. Gracias a mi vecina la situación no fue a más, acabé lastimada pero podría haber sido peor. Aunque hay algo que se me escapa en esta historia, todavía no puedo comprender cómo una mujer tan menuda como ella pudo contra dos hombres jóvenes y fuertes —comenté taciturna, con la mirada perdida en alguna parte de la pared.
—¿Cómo reaccionaron tu padre y tu hermano al enterarse? Yo hubiese matado a esos desgraciados —declaró con la voz cargada de ira.
—Gracias a Dios no se enteraron. Mi vecina y yo decidimos decirles que había sido un robo con violencia. Conociendo a mi hermano fue lo mejor que hicimos. Rober es muy temperamental y hubiese sido capaz de cometer alguna locura.
—¿Y qué fue de los agresores? Supongo que estarán pudriéndose en la cárcel.

—Eso espero. La última vez que vi a Nelson fue en el juicio. Ni siquiera sé a cuántos años los condenaron, porque en cuanto declaré pedí permiso para marcharme de allí. Desde entonces, no quiero escuchar hablar del sado, ni de ninguno de sus derivados, me dan náuseas y me recuerdan aquel infierno. —Quité los brazos de Johnny de mi alrededor y me levanté del suelo. Él hizo lo mismo y se situó enfrenté, mirándome con seriedad—. Tardé más de un año y medio en permitir que un hombre se me acercase.

—Miriam ya sé que apenas me conoces y que mi permanencia en este hotel no me respalda, pero quiero que sepas que yo nunca haría nada en contra de tu voluntad —me aseguró firmeza—. Jamás te haría daño. De hecho, espero que ese cabrón no salga nunca de la cárcel, porque si lo hace soy capaz de matarlo con mis propias manos.

Al ver a Johnny tan enfadado, profiriendo amenazas contra mi ex novio, una extraña emoción se instaló en mi estómago. Enlacé mis brazos alrededor de su cuello y sonreí para intentar que cambiase su gesto. Aquel era un episodio del pasado, aunque a veces lo sentía tan reciente y doloroso como el que más. Estaba dispuesta a intentar dejarlo a un lado y continuar disfrutando del poco tiempo que tenía junto a aquel guapísimo hombre de ojos ambarinos.

—Es verdad que nos conocemos poco, pero hay algo que me dice que nunca me lastimarías.

—Antes me corto las manos —aseguró categóricamente.

Volví a sonreír y acercando mi boca le di un dulce beso en los labios. Necesitaba sentirlo, tenerlo junto a mi cuerpo, para que con sus caricias desterrase de mis pensamientos aquellos malos recuerdos. La dulzura se convirtió en deseo, el deseo en pasión y la pasión nos llevó a hacer el amor con desesperación, sobre la alfombra árabe de su suite. Al acabar nos quedamos dormidos, desnudos y abrazados en el suelo.

Una hora después me ayudó a levantarme. Me coloqué el vestido y me peiné un poco. Debía regresar a mi habitación con las chicas.

—¿Ya te vas? —preguntó con seriedad, al verme arreglada.

—Sí, mis amigas no saben dónde estoy y estarán a punto de llamar a los geos —bromeé consiguiendo que Johnny riese conmigo.

—¿Nos vemos esta noche? —Rodeó mi cintura y regó mi cuello con pequeños besitos.

—Um... —exclamé cerrando los ojos por las penetrantes sensaciones que recorrían mi cuerpo—. Esta noche no puedo, trabajo en la recepción.

—¿Y mañana por la tarde, sobre las cuatro?

—Vale, si no te importa venir primero con nosotras a ver el partido de fútbol del Hércules... —dije con la seguridad de que se negaría y tendríamos que aplazar la cita para más tarde. Aunque me apetecía estar con él, ya había quedado con las chicas, y tampoco quería perderme a mi equipo jugar.

Me miró pensativo.

—¿Dónde vais a estar? —aceptó la propuesta dejándome asombrada.

Suite veintiuno

—Todavía no lo sabemos, pero supongo que en algún bar de la zona que pille el canal de deportes en el que lo retransmiten.

—Dame tu número de teléfono y te llamo para saber el lugar —Se lo recité de memoria y guardó el móvil—. ¿Tenéis algún problema si voy con un amigo?

—Ninguno, a no ser que se ponga a animar al equipo contrario.

Lo primero que vieron mis ojos al abrir la puerta de la habitación fue a Bego andando de acá para allá. El rostro de mi amiga estaba tenso y se podía leer la preocupación en sus facciones. Cuando se percató de mi llegada, echó a correr y me abrazó con fuerza, mientras que Maite resoplaba con fastidio por la exagerada reacción de ésta.

—Ay, Miriam, ¿estás bien?

—Sí, claro que lo estoy —la tranquilicé.

—Estábamos súper preocupadas por ti.

—No generalices guapa, mejor di que tú estabas preocupada —saltó Maite poniendo los ojos en blanco.

—¡Cállate! —le exigió Bego, para volver a centrar su atención en mí—. He estado a punto de llamar a la policía, no es normal que tú desaparezcas así de esta forma. ¿Dónde te habías metido?

A mi mente regresaron las horas vividas con Johnny y una sonrisa bobalicona apareció en mis labios. Desde luego, si me ponía a pensarlo con detenimiento, reconocía que la extraña relación que tenía con él estaba llena de altibajos, como una montaña rusa, pero merecían la pena todas las discusiones y peleas. Pasar tiempo junto a Johnny lo valía.

—Ay, Bego, pareces tonta —exclamó Maite riendo—. ¿Acaso no ves la cara de pánfila con la que ha venido? Ha estado con él, con su superhéroe.

—Es verdad, he vuelto a ver a Johnny, anoche apareció por la discoteca y esta mañana ha venido a buscarme otra vez al terminar mi turno.

—¡Ves! Yo tenía razón. —Desde su cama, le sacó la lengua a Bego e inmediatamente continuó hablando conmigo—. Ayer llamó un huésped a la recepción y preguntó por ti. Estaba segurísima que era él... ¿quién si no?

—¿En serio? ¿Eso hizo? —dije con cara de asombro.

—Espera un momento —nos interrumpió Bego—. ¿Entonces me he pasado todo el día al borde de un ataque para nada?

—Si es que eres tonta —la atacó Maite.

—Vamos a ver que yo me aclare... —continuó ésta—. ¿Tú no decías que ese tal Johnny era un simple polvo de una noche? ¿Has cambiado de parecer?

—No ha cambiado nada, sigue siendo un simple ligue de verano —le aclaré la situación—. Pero en cuanto a lo de una sola noche... me retracto. Espero seguir viéndolo un poco más, es fantástico.

—¿En serio? ¿Muy fantástico? —me interrogó Maite con los ojos como platos. Asentí con una sonrisa—. ¿Te ha hecho ya el *spiderman*?

—Ya estamos... —se quejó Bego.

—Joder, tía estás muy mal —me carcajeé—. ¡No, no me ha hecho eso! Ni falta que hace.

Suite veintiuno

—Uf, Miriam, has encontrado un diamante ya pulido entre piedras sin tallar. Un tío que está buenísimo y encima folla como los dioses… ¿No tendrá ningún hermano por aquí?

—No, por aquí lo único que te puedes encontrar son tíos a los que les gusta el sexo duro.

—¿Y quién te ha dicho que a mí no me gusta? Los azotes en el trasero dan un morbo impresionante —confesó guiñándonos un ojo.

—¡Maite! —exclamamos Bego y yo muertas de risa.

Tuvimos muchísima suerte a la hora de encontrar un bar que retransmitiese el partido. Hicimos diana en el primero que entramos. Dio la casualidad que el dueño del local era alicantino, como nosotras, y nada más presentarnos allí nos trató como si nos conociera de toda la vida. El Mesón Cáñamo era un pequeño barecillo, bastante limpio y tranquilo, donde se podía degustar la exquisita gastronomía de la Vega Baja alicantina. Roque, el dueño, era un hombre de unos cincuenta años de pelo canoso y sonrisa bonachona. El bar estaba decorado a su gusto, muy masculino, pues no estaba casado, ni tenía pareja. Decorando las paredes había colgadas decenas de fotografías antiguas, de distintos lugares de nuestra provincia, alternándolas con camisetas de la equipación del Hércules C.F. firmadas por los jugadores y fotos de la plantilla al completo.

Nos sentamos en una mesa cerca de la gran pantalla de plasma y esperamos el comienzo, mientras comíamos cacahuetes y bebíamos cerveza fresquita. Maite sacó de su bolso unas ceras de colores y se pintó en el rostro un par de franjas del color de nuestro equipo. Al terminar me las pasó a mí, que hice lo mismo, y por último Bego.

—¡Olé, esas chicas guapas! —gritó Roque desde la barra—. Con unas hinchas como vosotras, este año pasamos a primera, seguro.

—Ainns, ojalá, ya va siendo hora de que nuestro equipo nos dé una alegría —contestó Bego—, ya no ganamos para disgustos.

—¿Contra quién jugamos hoy? —pregunté al dueño del bar.

—Hoy le vamos a dar una paliza al Numancia, aunque sea un partido amistoso.

Mi teléfono vibró sobre la mesa al recibir un mensaje de texto. Lo leí y sonreí al comprobar que era de Johnny. Me preguntaba por el nombre del bar donde estábamos, se lo escribí y guardé el móvil en mi bolsillo. Maite me dio un codazo con expresión de pilluela.

—¿Era él? —Asentí con una sonrisa enorme. Continuó con su charla—: Por fin voy a poder hablar con el *superhéroe* que te tiene con cara de bobita las veinticuatro horas del día.

—Según me dijo, va a venir con un amigo.

—Genial, doble diversión —rio Maite—, me lo voy a pasar en grande.

—Maite solo se lo pasa bien cuando hay hombres de por medio —se burló Bego, que hasta entonces había estado escuchando con interés nuestra conversación.

—¡Mira quién fue a hablar! La que no sabe vivir sin su novio... ¡Pero si pareces una hemorroide pegada a su culo!

Suite veintiuno

—Joder, no hay quien os aguante cuando estáis juntas —me quejé con las manos sobre la cabeza—. Me voy a la barra a pedirle a Roque otra cerveza, al menos él habla de cosas más agradables.

—Espera que yo también voy, a ver si me despejo un poco, la tontuna de Bego me da dolor de cabeza.

—Eso, huye cobarde, pero en el fondo sabes que tengo razón —se carcajeó ésta desde la mesa—. Que tiemble el pobre Roque como digas de ligártelo.

Pedimos otro par de tercios y esperamos en la barra hasta que el hombre nos los entregó. Pagué la ronda y esperamos a que Roque nos diese el cambio. El ruido de la puerta nos hizo desviar las miradas y por ella apareció Johnny acompañado de Víctor. Cuando nuestros ojos se encontraron, mi cuerpo no pudo reprimir un estremecimiento. Nos sonreímos con complicidad y me mordí el labio inferior al sentir que me sonrojaba ligeramente. ¿Cómo podía ser tan guapo? Y lo que me parecía todavía más increíble, ¿cómo era posible que semejante hombre estuviera interesado en mí?

—¡La madre que me…! —exclamó Maite, con los ojos casi fuera de las órbitas.

—¿Qué pasa?

—Es él, mi maduríto sexy es el amigo de tu *superhéroe* —boceó sin poder creérselo todavía—. Hoy es mi día de suerte.

Reí al ver a mi amiga frotándose las manos con alegría. Conociendo a Maite como la conocía, sabía que no iba a dejar pasar la ocasión, cuando quería algo, lo tenía, y en esos momentos lo que quería era meterse en la cama de Víctor.

—¿Llegamos tarde para ver el partido? —preguntó mi hombre de ojos ambarinos al llegar a nuestro lado.

—No, llegáis justo a tiempo, todavía no ha empezado.

—¿Te acuerdas de Víctor? —Señaló al hombre que nos observaba a su lado—. Os conocisteis en el ascensor del hotel.

—Claro que me acuerdo, hola Víctor —lo saludé con simpatía.

—¿Qué tal Miriam? Un placer volver a verte —Sonrió.

Un fuerte pisotón hizo que mi cara se encogiese de dolor. Miré a Maite, la culpable, que me hacía señas con la cara en dirección a Víctor. En seguida entendí lo que quería que hiciese.

—Am... ella es mi amiga Maite. —Johnny le estrechó la mano y acto seguido Víctor hizo lo mismo.

Esperamos a que los chicos pidiesen algo de beber y nos sentamos todos en la mesa, junto a Bego. Maite enseguida intentó acaparar la atención del amigo de Johnny con su interminable parloteo y bromas, pero aquello parecía no impresionar al hombre. Asentía con amabilidad a todo pero no le seguía la corriente, incluso pasó por alto alguna que otra insinuación. Mientras tanto, Bego disfrutaba al ver que nuestra amiga no conseguía engatusarlo y observaba la escena con una enorme sonrisa en los labios.

Una caricia en mi muslo hizo que mirase a Johnny, que estaba sentado a mi lado.

—¿Sabes que estás muy sexy con los colores de tu equipo pintados en la mejilla? —susurró en mi oído—. Pareces una amazona guerrera... y me vuelves loco.

Suite veintiuno

—Pues como sigas jugando entre mis muslos, vas a ver de qué es capaz esta amazona —le advertí con la voz ronca por las sensaciones que despertaban sus dedos en la cara interna de mis piernas.

—No me tientes, revoltosa, o en menos de lo que piensas te llevo al aseo para que me lo demuestres. —Su mano ascendía por mi pierna y dejaba la piel ardiendo por donde tocaba. Aquel jueguecillo me puso a cien. El morbo de poder ser descubiertos en cualquier momento, a pesar de que nos tapase la mesa, era enloquecedor. Comenzó a darme pequeños mordisquitos en el lóbulo de mi oreja y un silencioso jadeo escapó de mi boca—. ¿Dónde quieres ir cuando acabe el partido?

—A donde quieras —contesté, incapaz de pensar en nada.

—Ayer me hablaron del Faro de Punta Nati, está aquí en Ciutadella y si no me han mentido, es un lugar tranquilo y solitario. Dicen que desde allí se pueden ver las mejores puestas de sol de toda la isla.

Antes de que mi boca pudiese articular palabra, me interrumpió el escandaloso pitido del móvil de Johnny. Éste suspiró y apartó su mano de mi pierna de mala gana. Miró el número que había en la pantalla y con resignación se levantó de su asiento.

—Ya vuelvo, me llaman de la fábrica.

—Tranquilo, te espero aquí —sonreí.

—Más te vale —bromeó mientras se ponía el pequeño aparato en el oído y contestaba con seriedad.

Lo perdí de vista cuando salió a la calle, mi atención regresó hacia mis amigas, que hablaban de cosas sin importancia. Bueno, en realidad los que hablaban era Bego y Víctor, Maite los miraba enfurruñada al no haber conseguido su objetivo, algo a lo que no estaba acostumbrada.

El partido comenzó unos minutos después y el mesón quedó en silencio. Solo se escuchaba al comentarista de la tele y algún que otro resoplido por parte de Roque, cuando el árbitro no actuaba como a él le parecía correcto. Nuestro equipo no estaba teniendo mucha suerte y el Numancia estaba jugando con elegancia y rapidez. A pesar de todo, animábamos con cada córner, saltábamos con cada falta y gritábamos con cada tiro a puerta.

Johnny regresó y se sentó a mi lado en silencio, pero mi atención estaba centrada en la televisión y apenas me fijé. Finalmente Sardi, un joven delantero de nuestro equipo, consiguió llegar a la portería rival y tiró a puerta, metiendo el primer tanto. Todas las personas que habíamos en el bar, salvo Johnny y Víctor, saltamos de la alegría. Pero la felicidad se convirtió en enfado cuando el árbitro lo anuló por considerarlo fuera de juego.

—¿Pero esto qué es? —gritó Maite—. ¿Quién le ha dado a ése el título de árbitro? ¡Me río yo en su cara! Si hasta mi sobrino sabe pitar mejor.

—¡Nos tienen manía, nena, envidia cochina! —le contestó Roque desde la barra.

Mi móvil vibró en mi pantalón. Lo saqué y al ver que era mi padre contesté enseguida.

—Hola papá. Sí, ya lo he visto, menudo payaso. Claro que sí, era gol, de fuera de juego nada —respondí con enfado a cada comentario de mi progenitor sobre el partido. En esos momentos, en el terreno de juego, un centrocampista fue expulsado con tarjeta roja—. ¡Pero bueno! Si, papá, qué fuerte, acabo de verlo. ¡Este árbitro está comprado!

Terminé de hablar con mi padre y el teléfono regresó a mi bolsillo. Al levantar la vista, pude comprobar que Johnny no me quitaba ojo. Había escuchado toda la charla con mi padre y me miraba muy sonriente, con un toque travieso en los labios.

—¿Qué? ¿Por qué me miras así? —dije con el ceño fruncido.

—Estaba pensando que ahora mismo, con esa cara de enfado y las pintadas en la mejilla, sí que pareces una amazona con ganas de guerra, y solo es un partido amistoso.

—Esto no es nada, me tendrías que haber visto el año que bajamos a segunda, se me llevaban los demonios.

—Prefiero verte sonreír, tu rostro se ilumina y pareces una ninfa juguetona —aseguró, mientras pasaba su brazo alrededor de mis hombros.

El partido finalizó bastante bien para asombro nuestro, los equipos acabaron empatados.

Nos despedimos de Roque, que nos invitó a volver cuando quisiésemos, y salimos todos juntos a la calle. Maite emprendió de nuevo su particular cruzada para engatusar a Víctor y éste volvió a ignorar sus propuestas con amables sonrisas. La cara de frustración de mi amiga era un poema, Bego y yo no podíamos contener la risa.

Johnny me cogió por la cintura y me apretó contra su torso, me besó en la frente y apoyó su mentón en mi cabeza.

—Víctor, ¿te importaría regresar solo al hotel? —preguntó a su amigo.

—Descuida, así estiro las piernas —asintió el hombre.
—Nosotras también vamos ya hacia allá, podemos ir juntos —le sugirió Bego, recibiendo una sonrisa de aprobación por parte de éste.
—Si quieres, después podemos seguir hablando en tu habitación, tengo toda la tarde libre hasta la hora de la cena —sugirió Maite con coquetería.
—Lo siento, he quedado con unos amigos —se excusó aquel, lo que hizo que mi amiga resoplase.
Bego se despidió de nosotros y, acompañada por Víctor, echó a andar. Maite los miró con enfado y se acercó para despedirse.
—Llevad cuidado, luego nos vemos a la hora de la cena. —Asentí con una sonrisa a mi amiga.
—No te preocupes, la voy a cuidar muy bien —dijo Johnny con mucha confianza en sí mismo.
—Eso espero chaval. Hazle el *spiderman* tres o cuatro veces y me la llevas de vuelta al hotel.
—¡Maite! —reí con las manos sobre la boca.
—¿Que le haga qué?
—¡El *spiderman*! Ains, estos hombres... presta atención. —Se acercó al lado de Johnny y, guiñándome un ojo, comenzó a hablarle al oído. La boca de él se curvó en una sonrisa, mientras me observaba con picardía—. ¿Te has enterado ya? Pues ya sabes, a poner tus conocimientos en práctica.
—No me lo puedo creer —exclamé asombrada por la poca vergüenza de mi amiga.
La loca de Maite se despidió de nosotros y echo a correr para alcanzar a los otros dos, que ya le sacaban unos cincuenta metros de distancia. Me quedé a solas con él y al

mirarlo descubrí que todavía estaba sonriendo por las palabras de mi amiga.

—Con que el *spiderman*... —bromeó, alzando una ceja.

—¡Calla tú también y vámonos! —reí mientras tiraba de su mano.

Tras caminar varios pasos, Johnny sacó de su bolsillo las llaves de un coche. Pulsó el cierre centralizado y a unos metros, se encendieron los faros de un lujoso Maserati Grancabrio descapotable, de un precioso color rojo vino. Tuve que parpadear varias veces y aun así lo miré para que me confirmara que íbamos a montar en aquel exclusivo coche.

—Oye, revoltosa, parece que has visto un fantasma —se burló mientras abría la puerta del copiloto, para que montase.

—¿Éste coche es tuyo?

—Mío y solo mío durante el resto de las vacaciones. Lo alquilé el primer día que llegué a Menorca —me explicó, sentándose al volante—. Mi coche propio no es tan caro, ni lujoso, es un BMW serie cuatro coupé.

—¿Y dices que no es lujoso? Tienes un cochazo —declaré sorprendida—. El mío sí es una cascarria, es un Seat Ibiza con más años que yo. Pero me viene bien, así no tengo que preocuparme por las abolladuras que le hago, que no son pocas. Soy un peligro al volante.

Arrancó aquella máquina y el ronroneo del motor inundó mis oídos. Activó el sistema de navegación GPS y escribió el nombre del lugar al que nos dirigíamos.

El trayecto hasta el Faro de Punta Nati fue bastante breve. De todos los faros de la isla, éste era uno de los más cercanos a Ciutadella. El camino que conducía hasta allí era muy estrecho y, por lo que pudimos comprobar, se estrechaba todavía más conforme nos íbamos acercando al faro. Así que decidimos continuarlo andando.

Nada más poner los pies sobre la tierra, me vi sorprendida por un desesperado beso de Johnny. Devoró mis labios con ansia y ardor, como si mi boca le diera el oxígeno necesario para continuar. Mi respuesta no fue menor, enlacé mis manos a su cuello y me fundí contra su cuerpo como si mi vida dependiese de ello.

—He deseado besarte desde que entré por la puerta del bar —confesó contra mi boca, mientras que sus manos apretaban mi trasero hacia su erección, ya dura y erguida contra mi estómago—. Ya no podía aguantar más sin probar tus dulces labios.

—Y entonces, ¿por qué no lo has hecho?

—Porque con toda la gente del local, me hubiese sido imposible escucharte.

—¿Escucharme? —dije confusa—. Que yo recuerde, cuando doy un beso no puedo hablar.

—No, no me refiero a eso. —Sonrió y me acarició la nariz con su dedo índice—. Cuando nos besamos, de tu boca escapan pequeños sonidos de placer que me vuelven loco, y los cuales no quiero perderme. Con el ruido del bar me hubiese sido imposible oírlos, y yo quiero tenerte plenamente, con los cinco sentidos puestos en tus reacciones. Así que ahora voy a cobrarme con creces todos los besos que no te he dado. En este lugar nadie podrá interrumpirnos.

—Pues vamos rápido y lleguemos pronto al faro. Quiero hacerlo contigo allí, sin ningún otro sonido que el

Suite veintiuno

del mar a nuestra espalda. —Tiré de su mano, muy excitada por sus palabras, para que comenzase a caminar.

Anduvimos varios minutos caminando, disfrutando de aquel árido paisaje, sin apenas vegetación. Contemplamos embelesados aquella desértica panorámica, casi lunar, que acababa de repente en unos escarpados acantilados, que perfilaban el litoral menorquín con una belleza hechizante.

Al acercarnos a aquella antigua edificación, nos sorprendió hallar más de una docena de vehículos aparcados a la orilla de la carretera, y nuestras caras cambiaron al encontrarnos con unas cincuenta personas que, cargadas con mochilas y cámaras de fotos, exploraban el lugar.

—¿No decías que aquí no venía nadie? —pregunté contrariada, al ver que mi momento de intimidad con Johnny se esfumaba.

—Eso me habían asegurado —asintió con el ceño fruncido, frustrado al observar cómo aquellas personas se sentaban para esperar que llegase la puesta de sol.

Llegamos hasta el antiguo faro y buscamos un rincón en el que contemplar el horizonte, separados de todo el gentío. Las vistas eran impresionantes, sobrecogedoras, las olas rompían contra las rocas de los acantilados y su sonido inundaba nuestros oídos. Era una gozada estar en aquel lugar, lo único molesto era el viento de Tramuntana, fuerte y frío, a pesar de estar a principios de julio.

—Esto es precioso —exclamé maravillada—. Tiene que ser una pasada vivir en un sitio así, me encantaría pasar unos días en un faro.

—¿Tan alejada de la ciudad? —Asentí ante su pregunta.

—A lo mejor te parezco ñoña pero me parece un lugar muy romántico, ideal para pasar en pareja.

Johnny resopló negando con la cabeza y me miró con una mueca de desagrado.

—No sé, no creo que me gustase estar en un sitio así. A mí no me va todo ese rollo del romanticismo.

—¿Nunca has llevado a ninguna novia a un hotelito con encanto? ¿A ningún parador solitario?

—No —respondió categórico—. Además, tampoco he tenido novia formal, jamás me ha interesado aguantar los caprichos y tonterías de otra persona. Cuando he querido sexo, lo he tenido y después cada uno a su casita. Consigues lo mejor de las relaciones, sin compromisos ni reproches.

—¿Cómo lo sabes? No puedes estar seguro de eso si nunca has vivido una relación de pareja.

—Ni falta que hace, con observar a todos mis amigos casados me basta —rio por lo bajo.

A nuestro lado se acercó una mujer de mediana edad con una cámara de fotos y me pidió que la retratase junto a su esposo. Cogí entre mis dedos la cámara y los inmortalicé mientras se abrazaban. Al acabar salió la foto de debajo, era una cámara instantánea. Estiré y la cogí para comprobar que había salido bien.

—Están muy guapos —los piropeé, devolviéndoles la cámara y la foto.

—Gracias, reina. Ponte junto a tu novio que os voy a echar una a vosotros, de recuerdo —me animó la mujer.

—No, no… él no es mi…

Suite veintiuno

—Ven, ponte a mi lado, revoltosa —dijo Johnny, antes de que acabase de explicarle a la señora que no éramos pareja—. Vamos a inmortalizar este día.

Con una sonrisa, me coloqué a su lado, me agarró por la cintura y sonreímos a la mujer, que en ese momento disparó. La foto salió a los pocos segundos y tras despedirse nos la regaló.

Miramos los dos juntos la pequeña fotografía instantánea y reímos al ver cómo salíamos en ella. El viento había hecho de las suyas, alzando mi cabello y consiguiendo despeinarme.

—¡Oy, oy, oy! Vaya unos pelos, pero si parezco la niña de *El Exorcista* —exclamé muerta de risa—. Menudo recuerdo te vas a llevar de mí.

—Sales preciosa, tal y como eres —declaró, besándome en la comisura de los labios.

—¿Preciosa? Oye, ¿no te estarás enamorando de mí? —bromeé, dándole un pequeño empujoncito—. Recuerda que esto es un simple lío de verano.

—Puedes estar tranquila, eso no va a pasar —me aseguró risueño—. Todavía no he encontrado una mujer capaz de atarme. De hecho tú ni me gustas, estoy contigo porque todavía no he encontrado a nadie mejor.

Abrí los ojos como platos y una exclamación escapó de mi boca. Jamás me habían dicho una barbaridad semejante en mi vida. Una furia ciega escaló por mi estómago y me hizo apretar los puños a cada lado del cuerpo.

—¡Eres un cabrón!

De un empujón, me aparté de Johnny y comencé a caminar a paso veloz hacia el camino empedrado para regresar al hotel a pie. Pero no pude dar más de cuatro pasos. Desde la espalda noté unas manos que agarraban mi cintura y me apretaban contra un pecho musculoso. Intenté deshacerme de aquel abrazo de oso sin éxito.

—¡Suéltame, capullo!

—Miriam, no te pongas así, solo era una broma —susurró en mi oído.

—A la mierda con tus bromas, no tienen ni puta gracia —grité con enfado.

Con una facilidad pasmosa, consiguió darme la vuelta y conseguir que quedase frente a él. Alzó mi barbilla con una mano y me obligó a levantar la vista hasta sus ojos.

—Mírame. ¿Acaso crees de verdad que eso es cierto? ¿No te das cuenta de que cuando te tengo cerca no puedo dejar de tocarte? —preguntó contra mis labios—. Me haces desearte con tanta intensidad que, a veces, hasta me duele. Quiero follarte y que grites mi nombre con desesperación, que te estremezcas pensando en mí, en mis manos sobre tu cuerpo. —Sus palabras consiguieron que se me erizase el vello de los brazos, mi respiración se ralentizó y mis ojos bajaron hasta su boca. Johnny se apoderó de mis labios y me demostró que todas aquellas palabras eran ciertas. Recorrió con su posesiva lengua toda mi boca y no descansó hasta que no recibió por mi parte una respuesta idéntica a la suya. El ardoroso beso hizo que mis piernas temblasen de anticipación y tuviese que agarrarme a su cuello para evitar caerme al suelo. Despegó nuestras bocas y apoyó su frente contra la mía—. ¿Me crees? ¿Entiendes ahora cuánto te deseo?

Asentí sin articular palabra, simplemente lo miraba a los ojos con seriedad, intentado reponerme del calor que sentía entre las piernas, el cual hizo que las bragas se humedecieran de placer.

—¿Qué piensas? Estás muy callada.

—Pienso que tuviste suerte de no criarte en mi barrio —solté para su asombro—. Yo de pequeña les pegaba a los niños como tú.

—¿Qué? —se carcajeó con mis palabras y consiguió que yo también sonriera al verlo, olvidando el enfado—. ¿Entonces aparte de revoltosa eras una abusona?

—Abusona y malhablada, así que no hagas que me enfade más porque entonces verás a la antigua Miriam.

—Mm... me encantan las mujeres que sueltan tacos mientras practican sexo, quizá luego... —El pitido de su teléfono móvil lo interrumpió. De mala gana lo sacó para comprobar la identidad de la persona que llamaba—. Joder, otra vez, disculpa un momento.

Se alejó unos pasos para hablar y lo único que pude entender de la conversación fue algo de unos inyectores y una turbina. Esperé pacientemente y a los pocos minutos regresó a mi lado con el ceño fruncido.

—¿Te apetece un café? Si quieres pasamos por una heladería y te invito a algo fresco.

De forma mecánica, miré mi reloj de muñeca y suspiré al comprobar que ya era hora de regresar al hotel.

—No puedo, tengo que volver, en una hora empiezo a trabajar.

—¿Ya? —boceó con frustración—. No vayas, quédate conmigo, por una noche no va a pasar nada.

—Ojalá pudiese, pero si no voy me juego el trabajo.

—Apenas he tenido tiempo para disfrutar de ti, déjame pasar otro rato en tu compañía.

Me mordió el lóbulo de la oreja y un suspiro salió de mis labios. Recorrió con su boca mi cuello, en toda su longitud, marcándome con una larga fila de besos y mordisquitos. Eché la cabeza hacia atrás para dejarle más espacio y que continuase con su placentero juego. Sus manos masajearon mi trasero y lo apretaron contra su polla, enorme y henchida. Al notar el miembro viril ya preparado, una corriente eléctrica me recorrió y comenzó a mandar pequeñas descargas en mi pubis. Me mordí el labio inferior y me lancé a la caza de sus labios con desenfreno, con un fervor desmedido.

—Vámonos —apremié tirando de su mano—. Si nos damos prisa todavía podemos parar en algún pinar escondido.

—A sus órdenes, mi ama —dijo sonriente, a sabiendas que se había salido con la suya—. Tu siervo está dispuesto hasta para un *spiderman*, si quieres.

8

CON NADIE MÁS

El resto de la semana pasó con rapidez, casi sin darnos cuenta. Johnny y yo nos veíamos todos los días. No importaba la hora ni el lugar, la cuestión era estar juntos y poder disfrutar de momentos de risas y sexo desenfrenado. Con sorpresa, descubría que cada instante con él era mejor que el anterior. Aquel hombre de mirada penetrante resultó ser un amante apasionado, fogoso y descarado, el cuál no descansaba hasta que terminábamos exhaustos y satisfechos el uno en brazos del otro.

Nuestra relación no cambió ni un ápice, seguíamos pensando que aquello terminaría el día que Johnny acabase sus vacaciones y regresase a su vida cotidiana. Cuando eso sucediese, continuaríamos con nuestras vidas como si nada, cada uno por su camino, y que recordaríamos ese verano como una simpática anécdota.

En cuando al trabajo en el hotel, a esas alturas, ya estaba del todo acostumbrada. Las chicas y yo servíamos la cena como de costumbre y después ocupábamos nuestro habitual puesto en la recepción, pues no hizo falta que regresásemos a la discoteca a servir copas, por el regreso de la camarera que estuvo de baja laboral.

Nuestra habitación seguía siendo un caos, al menos lo seguía siendo para mí el poco tiempo que pasaba en ella.

Maite y Bego continuaron con su extraña amistad de amor-odio, y yo intentaba aguantarlas como buenamente podía. En general todo seguía igual.

—¡Es que no lo entiendo! He hecho de todo y no me hace ni puñetero caso —se quejó Maite con un resoplido.

—¿De todo? —pregunté, alzando una ceja mientras me limaba las uñas acostada en mi cama.

—¡De todo! Me he insinuado, lo he ignorado y le he tirado indirectas tan directas que hasta yo misma me sorprendo —Se quedó pensativa unos segundos—. ¿Tú crees que Víctor es gay? Porque no le veo otra explicación.

—No creo —reí—. ¿No has pensado que quizás no eres su tipo?

—Imposible, he visto cómo me mira de reojo.

—Pues hija, no sé. —Miré hacia la puerta del cuarto de baño y grité—: ¡Bego, quieres salir ya!

—¡Ya voy! —contestó ésta desde dentro.

—El intestino de esta mujer es una maravilla, parece un reloj —profirió mi amiga—. Todos los días a la misma hora tiene su momento *All Bran*.

—Sí —me carcajeé con Maite—. Va a liberar a Willy.

—A hundir el zeppelín —continuó ésta sin dejar de reír.

—A hacer un download.

—O a ver Chi-cago.

—Míralas a ellas que graciosas —exclamó la susodicha al abrir la puerta del aseo.

—¿Has sacado a pasear ya a los Pokemon?

—No, ha reiniciado Windows —dije con las manos sujetándome el estómago, que ya me dolía de tanto reír.

—Lo decís como si fuera la única que va al aseo. —Se cruzó de brazos y puso los ojos en blanco.

—¡Es que no puedo evitar echarme a reír, ni yogures con fibra, ni leches, a partir de ahora el remedio infalible es viajar! —Maite se revolcó en su cama entre espasmódicas carcajadas.

—Ayer no te reías tanto cuando Víctor te dio calabazas —soltó Bego en un golpe bajo. La sonrisa desapareció de su rostro y yo abrí los ojos por el asombroso giro que había pegado la situación—. Ese tío no sabe ni que existes y tú como una tonta babeando detrás. ¡Si incluso me hace más caso a mí, que tengo novio!

—¿No me digas? —El semblante de mi amiga se volvió fiero, parecía dispuesta a decir cualquier cosa para vengarse de las palabras de Bego—. Con que tienes novio... ¡Un novio que ni se acuerda de su chica! Te tiene en ascuas, no te llama desde hace más de dos semanas. ¡Menudo novio!

—Mi Pichurrín está muy ocupado con su trabajo —lo defendió Bego con uñas y dientes—. ¡Tú sabes que me quiere con locura!

—Yo solo sé que no te llama.

—Llamará, puedes estar segura —aseguró, con un pequeño temblor en el labio inferior.

Al advertir que Bego estaba a punto de echarse a llorar, me metí entre medio y las obligué a dejar la conversación.

—Ya está bien, al final vuestras bromas siempre terminan igual que una pelea de lucha libre, y yo parezco vuestra madre —resoplé con frustración.

Bego entró al aseo por segunda vez, cerró la puerta con pestillo y, de nuevo, me quedé sin poder entrar para cepillarme los dientes. Desde el interior se empezaron a escuchar apagados sollozos y suspiré con las manos en la cabeza.

—Maite, te has pasado, sabes que está muy sensible por el tema de su novio.

—Ha empezado ella a atacarme a mí —se defendió—. Además, no le he dicho ninguna mentira, ya va siendo hora de que abra los ojos. Pichurrín no es tan maravilloso como ella lo pinta.

—Pero hay otras formas de decir las cosas, la has destrozado. Entra a hablar con ella —la insté.

—¿Yo?

—Sí, tú. —La empujé hasta la puerta del aseo.

Llamó con varios golpes y Bego no contestó. Volvió a tocar con el puño, ahora con más fuerza.

—¡Bego, abre que tenemos que hablar!

—Vete a la mierda —dijo aquella desde el interior.

—Abre o llamo al encargado para que traiga la llave maestra.

—Esta puerta no tiene cerradura —respondió Bego.

—¡Quieres abrir de una vez!

Desde el interior del cuarto de baño se escuchó el sonido del cerrojo al despasarse y Maite pudo entrar para hablar con ella.

Desde mi posición, solo se podían escuchar suaves murmullos y algún que otro sollozo. No comprendía cómo eran capaces de llegar hasta esos extremos, después de todo éramos amigas y debíamos respetarnos como tal.

Mi teléfono móvil empezó a sonar y con una carrera fui a cogerlo. Reconocí el número que llamaba al instante.

—Hola, caballero —dije nada más descolgar.

Suite veintiuno

—Buenos días, señorita —respondió Johnny, con su sensual voz—. ¿Tienes planes para esta tarde?

—Según, estoy esperando la llamada de un huésped muy guapo —bromeé.

—Un hombre con suerte ese huésped —continuó siguiendo mi juego.

—¿Qué me propones?

—Una fiesta en la suite de un amigo, van a organizar una pequeña merienda y una sesión de juegos de mesa. ¿Te apetece?

—No sé si es buena idea que nos vean juntos otras personas, pueden irse de la lengua —dudé.

—Por eso no te preocupes, yo me encargo, además no somos muchos y la mayoría ya lo sabe —me aseguró con confianza—. Pero si no quieres, podemos quedarnos en mi suite.

Con una sonrisa calibré las dos propuestas. La verdad era que me atraían las dos. Por un lado, me moría por estar a solas con él, pero por otro comprendía que Johnny había venido de viaje con ellos, que también le apetecería pasar algo de tiempo en su compañía y no que lo acaparase en todo momento. Además, yo tenía también curiosidad de conocer al resto de sus amistades.

—¿A qué hora es la fiesta y en que suite?

—Nos vemos a las cinco en el hueco de la entrada al cuarto de mantenimiento.

—¿Tengo que ir vestida de alguna forma especial?

—Ven como quieras, es una fiesta informal —rio—. Aunque te aviso que no sé cuánto tiempo voy a poder aguantar allí, quizás a los diez minutos de llegar te lleve arrastrando a mi habitación.

—Habrá que comprobarlo —respondí risueña.
Dejé el móvil sobre mi mesita de noche y me asomé a la ventana de la habitación con cara de felicidad. Johnny era genial, la mujer que finalmente pudiese enamorarlo sería muy dichosa a su lado. Con una sonrisa, disfruté de la preciosa panorámica del complejo. Por los jardines paseaban varias parejas cogidas de la mano y yo no pude dejar de pensar que esas mismas personas, de apariencia tan normal, disfrutaban con una clase de sexo muy poco habitual. Por eso estaban en ese hotel. Fruncí el ceño. De no haber sido por mi horrible experiencia, quizás a mí también me gustase, o al menos podría tolerarlo. Empecé a negar con la cabeza y cerré la ventana, odiaba pensar en esas cosas, me producían nauseas.

Toqué la puerta del aseo, de donde todavía no habían salido mis amigas, y entré en él. Encontré a Maite y a Bego riendo, como si el incidente anterior nunca hubiese ocurrido. ¡Vaya dos! No había quien las entendiese. Las besé con cariño en la mejilla, cogí mi cepillo de dientes y por fin pude asearme.

A las cinco menos cinco, salí de la habitación y tomé las escaleras de emergencia para subir hasta la planta en la que se encontraban las suites. Aquel camino era el más seguro para no encontrarme con nadie que pudiese adivinar mis intenciones.

Crucé la mayor parte del lujoso pasillo, decorado con elegancia y sobriedad, nada que ver con el que llevaba hasta mi habitación. Encontré el hueco donde había quedado con Johnny y comprobé que ya estaba allí esperándome. Nada más vernos, nos dimos un caliente y fervoroso beso, que nos dejó anhelantes de continuar acariciándonos.

—¿Olvidamos la fiesta y vamos a mi suite? —sugirió, dándome eróticos bocaditos en el lóbulo de la oreja.

—Deberíamos ir primero con tus amigos —respondí, aunque el cuerpo me pedía lo que él sugería—. No quiero que tus amigos piensen que te he secuestrado y te quiero solo para mí.

—Que piensen lo que quieran. —Se adueñó de mi boca y aplastándome contra la pared comenzó a subirme la camiseta para poder acariciar mi pecho. Suspiré cuando sus dedos descubrieron mi pezón, lo masajeó y estrujó hasta que gemí de gozo —. ¿De verdad quieres que vayamos a la fiesta?

—Sí —dije con el último soplo de fuerza de voluntad que quedaba en mi cuerpo—, vamos primero, saludas a tus amigos y después me llevas a tu suite.

—Revoltosa, me vas a matar —gruñó contra mis labios de frustración. Me soltó con desgana y me recolocó el sujetador y la camiseta.

Salimos de nuestro escondite y caminamos los escasos veinte metros que nos separaban de la habitación donde se celebraba la reunión. Tras llamar a la puerta nos abrió un hombre joven, al que había visto casi todas las noches en la mesa con Johnny. Me sonrió y nos hizo una señal para que entrásemos con los demás.

La suite donde se celebraba la fiesta era igual que la de Johnny, pero amueblada al estilo hindú. En toda la estancia sonaba música dance y las canciones de actualidad que ponían en la radio. Abrí los ojos por el asombro al ver a tantísimas personas, pues supuestamente iba a ser algo íntimo. Miré a Johnny para ver su reacción y me sonrió como si nada. Pronto a nuestro lado se fueron acercando varias personas, las cuales tenían curiosidad por conocerme. Parecían buena gente, simpáticos y sencillos. Al fondo, sentado en una mesa junto con cuatro hombres más, estaba Víctor jugando al póker. Nos saludó con una sonrisa y enseguida volvió a concentrarse en el juego. Nos dirigimos hacia una mesa, donde estaban expuestas más de una docena de botellas, vasos y una enorme cubitera de cristal. Vertimos un poco de Ron en un par de vasos y bebimos de ellos con una sonrisa.

—Parece que la fiesta va a ser tranquilita —observó mi chico de ojos ambarinos—. A veces se les va de las manos y arman unas juergas históricas.

—Sois un peligro —reí ante sus palabras—. Creo que prefiero que hoy estén los ánimos más calmados.

—El único que no está nada calmado soy yo —agarró mi mentón y me alzó la cabeza para que lo mirase a los ojos—. Te deseo. Vamos a quedarnos cinco minutos más y después nos vamos a mi habitación a montar nuestra propia fiesta privada.

Asentí encantada y excitada por sus palabras, me mordí el labio inferior para intentar refrenar las ganas locas que tenía de besarlo y di otro sorbo a mi copa.

Contemplé con interés a las personas que se encontraban por allí. Algunas bailaban al ritmo de las canciones, otras conversaban tranquilamente con una copa en las manos y otras coqueteaban y reían en alguna esquina. A pesar de todo, aquella fiesta no era tan diferente de las que yo había ido.

Suite veintiuno

—¡Eh, Johnny, ven a jugar una mano al póker con nosotros! —gritó uno de los jugadores.

Me miró algo indeciso, sin estar seguro de querer dejarme sola.

—Anda, ve con ellos —lo animé.

—¿Y tú?

—No me va pasar nada —reí negando con la cabeza—. Te espero aquí.

—¿Seguro? —insistió frunciendo el ceño.

—¡Que sí, tonto! ¿Dónde quieres que vaya?

—Sin mí, a ningún sitio. —Y tras darme un rápido beso, se marchó hacia la mesa con los demás.

De un gran sorbo, terminé el contenido de mi vaso y me acerque de nuevo a la mesa para rellenarlo. Mis ojos se posaron en la improvisada pista de baile y sentí ganas de unirme a los que se movían al ritmo de la música, pero no lo hice, me quedé allí plantada mirando cómo se divertía toda esa gente.

Un hombre, que hasta ese momento permanecía sentado en uno de los sillones, se acercó a un grupito de mujeres que bailaban juntas. Agarró a una joven morena y de un tirón se la llevó hacia la enorme cama para comenzar a besarla y a desnudarla, sin pudor de que estuviésemos presente. Abrí la boca del asombro, ¿ese tío pensaba follar con ella delante de todos nosotros?

El tanga de la chica cayó al suelo, desgarrado, y el hombre comenzó lamer su sexo, arrancando fuertes gemidos de placer de la fina garganta femenina. Miré hacia donde se encontraba Johnny, con los ojos muy abiertos por el asombro, y él me guiñó el ojo con picardía, muy acostumbrado a este tipo de fiestecitas. El resto de la gente actuó igual, observaban el lecho con una sonrisa y continuaban a lo suyo. ¡Pero yo no podía permanecer impasible, esos dos estaban haciéndolo delante de todos nosotros!

—¿Te gusta lo que ves?

Me sobresalté al escuchar aquella felina voz en mi oído. Giré para encarar a la persona que había conseguido asustarme y descubrí a Damaris. La guapísima mujer sonreía con coquetería, muy segura de sí misma y de la impactante impresión que causaba en las demás personas.

—Más que gustarme, yo diría que me sorprende —reconocí.

—Pues esto no es nada, seguro que en un ratito viene la mejor parte —me informó con seguridad. Al lecho se acercó otro hombre más sin haber sido invitado, se desabrochó los pantalones y agarró por el cabello a la joven para que comenzase a jugar con su verga—. ¿Lo ves? Ya se empieza a animar la fiesta.

—Ya veo —dije muy incómoda. Era la primera vez que asistía a una orgía y lo único que quería era marcharme. Respetaba a las personas que disfrutaban con ello, pero a mí no me iba todo ese rollo.

—Cuanta más gente hay, más divertido es —me aseguró—. Por cierto, cambiando de tema, ¿te gustó la visita al Faro de Punta Nati? Fue una recomendación mía.

—Es muy bonito pero te confundiste, aquello de desértico nada, había mucha gente.

—No me confundí, guapa —rio mirándome fijamente—. Lo hice para que sepas que no me gustan las mentirosas.

Suite veintiuno

—¿Y en qué se supone que te he mentido? —pregunté, poniéndome en guardia.

—Me dijiste que no tenías nada con Johnny y a la vista está que es una mentira.

—Cuando te lo dije era verdad, no había nada entre nosotros. —Salvo un polvo de una noche y mucha tensión sexual.

—También me dijiste que no podías asistir a las fiestas de los huéspedes y aquí estás —me atacó con más seriedad.

—Bueno, eso sigue siendo verdad.

—Mira, no me importan tus explicaciones, tú sabrás a quién mientes. Pero voy a ser buena contigo y te voy a dar un consejo: No te encapriches demasiado de él —dijo señalando a Johnny con la cabeza—. Se ve a la legua que a ti no te gusta el ambiente en el que nos movemos, tienes carita de ángel que nunca ha roto un plato y en realidad no conoces a Johnny. No sabes nada de él. Si un alma cándida como tú supiera lo que es capaz de hacer, no creo que lo miraras con esos ojitos de adoración.

—Tengo muy claro que...

—Miriam, él no es el tierno príncipe azul que tú te imaginas, Johnny es el lobo feroz, el que se come a Caperucita. Todas las mujeres de esta fiesta matarían por tener un poco de su atención. —Me quedé callada, sin nada que decir. Me estaba describiendo a una persona que no se asemejaba en nada al Johnny que yo conocía. La bella mujer sonrió de nuevo con picardía—. Ha sido un placer volver a verte. Y ahora, si no te importa, me voy a unir a la fiestecita de la cama. Puedes venir si quieres, seguro que disfrutarías. Es una verdadera lástima que un

cuerpecito como el tuyo solo pueda contemplarlo una persona, deberías pensarlo.
—No, gracias —contesté, con tensión en la mandíbula.
—Como quieras, Caperucita. —Y tras decir aquello, dio media vuelta y se dirigió al lecho, donde continuaba la exhibición de sexo. Se desnudó, dejando al descubierto su exuberante cuerpo, y tomó entre sus labios la boca de la joven morena, que ya agonizaba de placer.

Inspiré y expiré un par de veces y bebí otro trago de mi vaso. ¿De qué coño iba esa mujer? Evité mirar hacia la cama y fijé mi atención en la partida de póker de Johnny. Pero lo que vi allí me gustó todavía menos. Un concentrado Johnny miraba sus cartas mientras una preciosa mujer bailaba sentada en sus piernas. La chica frotaba su culo contra su pene, con la intención de provocarlo. De repente, apareció de la nada otra fémina que colocando sus enormes pechos a la altura de sus ojos le dio ánimos.

Un nudo de rabia se instaló en mi estómago. Me contuve para no ir hasta allá, levantar de los pelos a aquella guarra y después pincharle las tetas de silicona a la otra. ¿Acaso no sabían que había llegado acompañado? ¿Qué le pasaba a toda esa gente?

Cuando reconocí lo que me ocurría, me quedé blanca. Estaba celosa. Celosa por un hombre al que en pocos días iba dejar de ver para siempre. ¿Celosa, por qué? Después de todo, aquello no iba a pasar de un simple lío de verano, un polvo pasajero.

A mi mente llegaron los recuerdos de Johnny entrando a la sala de juegos, junto con Víctor y Damaris, y mis celos aumentaron. Solo de pensar que al mismo tiempo que estaba conmigo podía estar follando con muchas otras, mi indignación subía como la espuma.

No había vuelto a hablar con Johnny sobre ese tema, éramos libres de hacer lo que nos diese a gana con quien quisiésemos. Ese era nuestro trato, yo no tenía ningún derecho de reclamarle nada y hasta ese momento había sido así.

Unos chasquidos me hicieron volver la vista hasta la cama. En ella se encontraban las dos mujeres con los ojos vendados y atadas de pies y manos, mientras que a sus espaldas los hombres les propinaban golpes con sendos látigos. La lujosa habitación comenzó a darme vueltas y en mi cabeza aparecieron las imágenes de Nelson. Los golpes, las ataduras, los insultos... Me fue imposible tragar al recordar aquel traumático incidente. Me costaba hasta respirar con normalidad. Tenía que salir de allí, marcharme de aquella suite. Había sido una locura aceptar la invitación, aquello no iba conmigo, estaba mucho más allá de mis límites. Y Johnny, por mucho que me costase aceptarlo, pertenecía a ese mundo.

Dejé el vaso encima de una mesa y, sin despedirme, de nadie abrí la puerta y me marché con el corazón latiendo a marchas forzadas.

Por el pasillo la sensación de ahogo no cejó, pues mi cabeza rememoraba una y otra vez la tortura a la que fui sometida en el pasado. Tuve que parar y apoyarme contra la pared, incapaz de dar un paso más hasta que no cogiese oxígeno. Caí de rodillas al suelo, jadeando, con lágrimas en los ojos y sensación de asfixia.

—¡Miriam! —gritó Johnny desde la distancia.

Sus fuertes brazos me alzaron del suelo y, con cuidado de no lastimarme, me llevó hasta su suite. Cerró la puerta y me volvió a dejar con los pies en el suelo, sin soltarme del todo, con sus manos agarrando mi cintura. Al ver mi insuficiente capacidad para respirar, me alzó la barbilla.

—Tranquilízate, mírame a los ojos. —Las lágrimas resbalaban por mis mejillas y asentí ante sus palabras—. Estoy aquí contigo, no pasa nada, tranquila. Respira.

Poco a poco, la ansiedad fue desapareciendo y el oxígeno llenó mis pulmones, pero las lágrimas y la angustia se convirtieron en un mar de grandes sollozos. Mi cuerpo fue poseído por los espasmos, me tapé la cara con las manos mientras que Johnny me abrazaba con fuerza, con su mentón apoyado sobre mi cabeza. Varios minutos después, conseguí reponerme y dejar de llorar.

—No debí llevarte a esa fiesta, he sido un imbécil —se reprendió, mientras me besaba en la frente.

—Esto se tiene que acabar —sentencié en un susurro.

—¿Cómo?

—Que lo nuestro se tiene que acabar.

Lo noté tensarse contra mi cuerpo y suspiró, pero no dijo ni una sola palabra, simplemente continuó abrazado a mí en silencio.

—¿Es por lo que ha ocurrido en la fiesta? —preguntó al fin.

—Es por todo, Johnny —admití alejándome de él y posicionándome a una distancia prudencial para poder mirarlo a los ojos—, la fiesta solo ha sido el broche final, lo que ha terminado de convencerme de que no podemos seguir viéndonos.

—No te entiendo, Miriam, hace una hora estábamos bien —comentó extrañado intentando comprenderme. Pasó una mano por su cabello y frunció el ceño—. ¿Qué ha pasado?

—Somos muy diferentes y no quiero limitar tus vacaciones.

—¿Limitarme? ¿De qué coño estás hablando? —exclamó confuso y cada vez más enfadado—. Explícate de una vez y no des más vueltas.

—Está bien —asentí decidida—. Quizás te parezca antigua o sosa, pero yo no comparto a mis chicos, ni siquiera a mis ligues de verano, con ninguna otra mujer. Es algo que no puedo tolerar. Cuando empiezo algo con alguien, por insignificante que sea, espero ser respetada de la misma forma que yo lo hago. Es frustrante pensar que después de estar conmigo puedas ir al cuarto de juegos con otras, y es mucho peor ser la segunda que te llevas a la cama.

—¿Te ha dado la vena monógama? —Sonrió finalmente, al escuchar mis motivos.

—No, más bien la repulsiva. No tengo interés de compartir fluidos con todas las mujeres del hotel. Sé que suena tonto después de todo el tiempo que hemos pasado juntos, pero te confieso que antes ni siquiera había pensado en ello, simplemente me dejé llevar.

—¿Has acabado? ¿Son tus últimas palabras? —preguntó sonriente. Aquello me cabreó. Le importaba tan poco que ni siquiera era capaz de ocultar que le daba igual.

—Sí, no tengo nada más que decir. No quiero ponerte en la tesitura de tener que elegir entre tenerlo todo y estar únicamente conmigo.

—No hace falta que me hagas elegir, revoltosa, porque yo ya he elegido. —Me acercó a su cuerpo, enlazó sus manos en mi espalda y, acercándose mucho a mi oído, susurró—: Desde la primera vez que nos acostamos, en mi suite, no he vuelto a tocar a ninguna otra. Te deseo a ti, solo a ti.

—Pe...pero, Damaris...

—A ninguna otra —recalcó, mirándome a los ojos—. Hagamos un trato, desde ahora hasta que nos separemos, cuando me vaya, solo estaremos nosotros, nadie más.

—¿En serio quieres hacer eso? —dije asombrada. Asintió sin dejar de sonreír—. ¿Nada de cuarto de juegos?

—No, a no ser que aceptes venir conmigo, algún día.

—No tienes por qué hacer esto Johnny, te vas perder toda la diversión con tus amigos.

—Lo hago porque quiero, porque es lo que me pide el cuerpo en estos momentos. Tengo toda la vida para continuar con mis juergas, a ti te voy a tener apenas una semana más, después cada uno regresará a su vida.

Lo besé con ternura en los labios y sentí un inesperado revoloteo en el corazón. Obvié aquella extraña sensación y observé a Johnny con una sonrisa satisfecha. Me alegraba de que hubiésemos tenido aquella conversación, para mí todo se volvía más sencillo. Aquel hombre era fantástico y ahora sí que podía decir que iba a ser solo para mí hasta que sus vacaciones terminasen.

—Quiero pedirte disculpas, Miriam, no debimos haber ido a la fiesta. Siento el mal rato que te he hecho pasar.

—No te preocupes, lo que me pasó es algo con lo que tengo que aprender a vivir. Cuanto antes me acostumbre a ignorar los recuerdos, antes podré llegar a ser la misma que era hace unos años.

Nuestros labios volvieron a juntarse y en el interior de mi boca sentí la lengua de Johnny que jugaba con la mía y me hacía desearlo con ansias.

—¿Trabajas mañana? —preguntó.

—No, tengo el día libre —manifesté con alegría.

—¿Qué te parece si te invito a cenar en Ciutadella? Se celebra el día de la Virgen del Carmen y hay fiesta en el puerto. Los marineros sacan sus embarcaciones y llevan a su patrona mar adentro —expuso con intención de que aceptase.

—Suena bien, me encantará ir a cenar contigo.

Su teléfono móvil sonó y tuvimos que dejar a medias nuestra conversación. Por la expresión de su rostro, supuse que se trataba de una cuestión de trabajo. La tensión se reflejaba en su cara y su sonrisa desapareció. Con un suspiro me percaté de que ya era hora de regresar a mi habitación, para colocarme el uniforme de trabajo, la hora de la cena se acercaba. Con señas, le indiqué a Johnny que me iba. Se disculpó unos segundos con la persona con la que hablaba y llegó hasta mi lado.

—¿Tienes que marcharte ya? ¿No puedes quedarte un poco más?

—No, imposible —lo besé—. Además tienes a alguien esperando por teléfono.

—Trabajo —suspiró. Sacó un cigarro y lo encendió—. Por lo poco que he escuchado, parece que me toca pasar el resto de la noche estudiando para dar con la clave del funcionamiento del motor que tenemos entre manos. —Me dio otro leve beso en los labios—. Hoy va a ser

imposible, pero mañana prometo cobrarme todo el sexo que me debes.
—Eso ni lo dudes —reí caminado hacia la puerta.

Mientras esperábamos en la cocina a que llegara la hora para la cena, el encargado nos dio un par de instrucciones de última hora sobre el funcionamiento de un nuevo aparato electrónico, que habían adquirido para la detección de posibles objetos metálicos en los platos de la comida. Fue una larguísima charla de veinte minutos para indicarnos que funcionaba pulsando un simple botón. Cuando se marchó, resoplamos todos de alivio. El encargado no era una mala persona, algo estirado y cansino en cuanto a las normas, pero cuando se ponía modo repetitivo no había quien lo aguantase.
—Joder, solo le ha faltado darnos una copia de las instrucciones para que nos las aprendamos de memoria —se quejó Maite.
—El hombre simplemente hace su trabajo, no puedes criticarlo por eso —dijo Bego con seriedad.
—¡Tú calla y no lo defiendas que te veía por el rabillo del ojo resoplar!
—Chicas, cuánto me alegro de tener mañana el día libre para no tener que soportar vuestras discusiones —exclamé con desesperación.
—¿Tienes el día libre? Yo también —anunció Bego.
—¡Coño y yo! —gritó Maite entusiasmada—. ¡Oye, estas cosas no pasan a menudo! Podemos aprovechar para irnos de marcha por la noche a las discotecas del puerto.

Suite veintiuno

Me han dicho que hay un ambientazo increíble y que los hombres que van allí están para comértelos con patatas.

—Me parece bien, ya tengo ganas de despejarme un poco —declaró Bego con agobio.

—Yo no puedo ir, lo siento chicas. Ya tengo planes para mañana, Johnny me va a invitar a cenar.

—¿A cenar? Parece que la cosa se pone seria entre vosotros —expuso Maite, dándome un codazo.

—No, la cosa no se pone seria. Es una simple cena, cuando se vaya se acabó nuestro lío, no lo voy a volver a ver. Pero falta apenas una semana para eso y quiero aprovechar el poco tiempo que nos queda.

—Parece buena gente tu Johnny, con lo poco que lo conocí en el bar de Roque, me dio una buena impresión —sonrió Bego.

—Sí, lo es —confirmé sin dudarlo—. Por eso os tengo que pedir un pequeño favorcito. ¿Queréis venir mañana conmigo al pueblo para comprarme un vestido para la cena? No tengo nada que ponerme.

—Claro que sí, tú sabes que tengo unos gustos divinos para la ropa —presumió Maite.

—Sí, claro, divinos de la muerte. Porque puedes morirte de un susto si te pones algo que elija ella —se burló mi otra amiga.

Como de costumbre aquellas pequeñas bromas continuaron hasta que una de las dos se enfadó. Como de costumbre también me tocó a mí mediar entre mis amigas y, para terminar, como de costumbre acabaron arreglándolo a los diez minutos.

La salida con las chicas en busca de un vestido para la cena fue divertidísima. Al principio me desanimé un poco porque todo lo que me gustaba era muy caro y lo que me podía permitir no era de mi estilo. Al final encontramos una pequeña tienda de liquidaciones y allí fue donde lo encontré. Era de un precioso azul eléctrico, desmangado, con el escote en forma de V resaltado con aplicaciones tipo *brokat*, ajustado por la cintura y largo hasta la rodilla. Completé el conjunto con unas preciosas sandalias plateadas de tacón y algunos accesorios del mismo color.

Ya en el hotel me peiné el cabello con un sencillo recogido para despejar mi cara, me puse un poco de maquillaje y carmín en los labios.

Al terminar, las chicas se quedaron mudas, les encantó el resultado.

—¡Nena, que guapa! —gritó Maite pegando saltitos—. Vas a dejar a tu *superhéroe* alucinado.

—Ese es el plan —reí con nerviosismo, esperando que a Johnny le gustase tanto como a mí.

—Nosotras también deberíamos empezar a arreglarnos, Maite —dijo Bego llamando su atención.

—Sí, es verdad, como no empieces a ducharte, con lo pesada que eres en el aseo, cuando lleguemos los tíos buenos ya están pillados —se burló—. Por cierto, Miriam, nosotras vamos a estar en una discoteca del puerto que se llama *Jazzbah*, si cambiáis de idea y os apetece pasaros por allí…

—Ya veremos —contesté, a sabiendas que lo que de verdad nos apetecía era estar solos.

Suite veintiuno

Me despedí de ellas y fui al encuentro de Johnny. Habíamos quedado a dos calles del hotel, para que nadie nos viese salir juntos. Al llegar al lugar, lo encontré esperándome apoyado contra la puerta del Maserati y contuve la respiración al verlo tan guapo. Estaba impresionante. Vestía unos pantalones negros de pinza, con zapatos del mismo color y camisa granate con corbata. Al verme, una sonrisa se instaló en sus labios y se acercó para saludarme con un tierno beso. Observó con detenimiento mi apariencia.

—Estás preciosa —me piropeó.

—Tú también.

—¿También estoy precioso? —Reímos los dos y, agarrándome por la cintura, me condujo hacia el coche.

Llegamos al casco antiguo en pocos minutos, aparcó el coche y recorrimos el resto del camino hasta el puerto a pie. Ese día las calles estaban a reventar. Todo el mundo, isleños y turistas, querían contemplar aquella tradicional fiesta en la que los marineros llevaban a su patrona mar adentro.

Esperamos a que la procesión llegara hasta donde nos encontrábamos y observamos con atención cómo los costaleros, que llevaban a la Virgen a cuestas, la subían a una barca adornada con banderitas y guirnaldas de colores. Provistos de remos, los marineros comenzaron a mover la barca y, entre aplausos y vítores, pasearon a su patrona acompañados por decenas de pequeñas embarcaciones blancas a su alrededor, también engalanadas para la ocasión.

—¿Te parece bien que nos vayamos? Les dije a los del restaurante que preparasen nuestra mesa sobre las diez.

—¿Vamos a cenar aquí, en Ciutadella? —pregunté con curiosidad.

—En el campo, en un hotel-restaurante llamado Alcaufar Vell.

—¡Wow! Tiene nombre de sitio caro —bromeé.

—Por supuesto, para mi revoltosa todo lo mejor —respondió abrazándome con fuerza. Contempló de nuevo mi atuendo—. Me encanta tu vestido, estoy loco por llegar al hotel y poder quitártelo.

—¿No decías que te encantaba? —reí ante la contradicción.

—Me gusta, pero todavía me gusta más tenerte desnuda entre mis brazos.

Se apoderó de mis labios y arrasó mi boca con un ardiente beso. Mis piernas comenzaron a temblar, sin fuerzas por la inmensidad de la pasión por la que me estaba consumiendo. Con un simple roce, Johnny era capaz de llevarme a la cima del placer y hacer que me sintiese la persona más deseada del mundo. Me entregué sin medida, respondiendo con ardor a cada uno de los envites de su caliente lengua. Nuestras bocas bebían del otro y nuestros cuerpos estaban tan juntos que parecía como si nos fuésemos a fusionar de un momento a otro. Notaba sus manos sobre mi trasero, exigentes, duras, apretando mis glúteos contra su henchida polla, que palpitaba contra mi estómago.

—¿Miriam, eres tú?

Aquella familiar voz hizo que me separase de él con rapidez. Me mordí el labio inferior, con nerviosismo, y encaré a la persona que nos había descubierto y nos miraba con reprobación.

Suite veintiuno

—Jordi... hola —lo saludé al no saber que decir.

El disc jockey desvió la vista hacia Johnny y abrió mucho los ojos del asombro, cuando lo reconoció.

—¿Acaso no sabes que está prohibido salir con clientes? —me reprendió con evidentes celos.

—Ya lo sé...pero...

—¿Y a ti qué coño te importa con quien salga? —lo encaró Johnny, con seriedad.

—Me importa y punto. Miriam, ¿es él? ¿Es el huésped que no te dejaba en paz? —me preguntó con enfado.

—¿Que no te dejaba en paz? ¿De qué está hablando este tío, Miriam? —dijo Johnny, con el ceño fruncido.

—Mira, Jordi, me parece que te estás confundiendo.

—No, no me confundo, ahora lo entiendo todo. Él era el hombre del que me hablaste, el capullo que aun teniendo a su mujer embarazada te seguía acosando —lo acusó, recordando las mentiras que le dije en la discoteca para que no sospechase de él.

—Escúchame Jordi, olvida lo que dije...

—¿Le dijiste que tenía mujer y te acosaba? —susurró mi hombre de ojos ambarinos.

—Espera, déjame que me explique.

—Él te seguía a todos lados —continuó el disc jockey atando cabos—, estaba en el ascensor, nos interrumpió en la discoteca... ¡era él!

Cerré los ojos con fuerza y suspiré para intentar calmarme. Se estaba armando un lío enorme. Johnny me miraba con confusión y Jordi con ojos acusadores. Esos dos hombres estaban esperando una explicación y no me quedó otra que dársela.

—A ver… es verdad que te dije eso de Johnny, pero era todo mentira. Ni está casado, ni su supuesta mujer va a tener un hijo. Dije eso para despistarte y que no pudieses relacionarlo conmigo. Lo siento.

—Así que estás liada con este ricachón —resopló mi amigo.

—Lleva cuidado *musiquitas*, si no quieres que te rompa uno a uno todos los huesos del cuerpo —lo amenazó, dando un paso en su dirección. Me coloqué delante de Johnny para impedirle el paso y le cogí la mano para intentar tranquilizarlo.

—Jordi, por favor, promete que no dirás nada en el hotel sobre lo que has visto esta noche, no puedo permitirme el lujo de que me echen —le supliqué.

—Por su bien no abrirá el pico —lo amenazó Johnny.

—¿Ah, no? —Sonrió mi amigo levantando una ceja—. ¿Qué piensas hacerme si lo hago?

Escuché a Johnny maldecir a mi espalda e intentar que me apartase para poder llegar hasta Jordi. Con temor a que las cosas se nos fueran de las manos, me dirigí al disc jockey con seriedad.

—Jordi, creo que será mejor que te vayas —le aconsejé—. Si quieres podemos vernos mañana los dos para hablar del tema y aclarar este malentendido.

—¿Quieres quedar a solas con él? —ladró Johnny, con furia en la mirada.

—No hace falta que hablemos de nada más —dijo Jordi con desprecio—. Me has demostrado qué clase de persona eres. Me voy, que te vaya muy bien con tu amante. Espero que no termines muy escaldada cuando te pegue la patada y se marche con otra. —Se fue de allí maldiciendo.

Suite veintiuno

Giré para encarar a Johnny, que me miraba muy cabreado. Quise alargar el brazo para apoyar mi mano sobre su pecho, pero se apartó con rapidez.

—Escucha —quise explicarme para intentar apaciguarlo—, tuve que decirle todo eso para que no nos descubriese. Cuando te presentaste en la discoteca comenzó a sospechar, porque nos sorprendió mirándonos con intensidad...

—Genial, ¿nos vamos? —contestó, casi sin prestar atención a mi explicación.

—¿Quieres que regresemos al hotel?

—La mesa está reservada, sería una pena desaprovecharla.

Llegamos al coche y condujo todo el camino hasta el restaurante en silencio. Yo, por mi parte, no sabía de qué manera actuar. Me hubiese gustado hablar con él, que todo volviese a ser como al principio de la tarde, disfrutar de nuestra noche, pero sabía que si sacaba de nuevo el tema, se molestaría todavía más.

El hotel-restaurante *Alcaufar Vell* era una enorme y antigua casona, en medio de una gran finca. El restaurante en sí estaba situado en las antiguas cocheras, pero en los meses de verano lo trasladaban al jardín. Las mesas estaban decoradas con velas, que dotaban al lugar de una agradable intimidad. Para mi asombro, comprobé que todas estaban ocupadas menos una, situada al lado de un enorme acebuche. Para amenizar la velada sonaban en directo los suaves acordes de un par de guitarras españolas.

La cena fue fantástica. Por sugerencia del chef, probamos una riquísima degustación de comida menorquina y, para terminar, su postre estrella: una suculenta tortada con helado de figat.

La única razón por la que no disfruté al máximo de aquella velada fue Johnny. No abrió la boca en toda la cena, la pasó en el más absoluto silencio. Por más que intentase sacar un tema de conversación, solo recibía por su parte simples movimientos de cabeza. Al final desistí y permanecí callada, hablando de vez en cuando con el camarero, cuando se acercaba a traer o recoger los platos.

Después de los cafés, la gente salió a bailar al ritmo de la suave melodía de las guitarras. Me apetecía muchísimo bailar con Johnny, pero estaba de un humor que cualquiera le decía nada.

Nos marchamos de allí y nos dirigimos directamente al hotel. Dejó el coche, al igual que horas atrás, a un par de calles del complejo. Nos incorporamos fuera del coche y me despedí de él.

—Gracias por la cena, buenas noches.

—Buenas noches —contestó sin más.

Comencé a caminar hacia el hotel con decisión, ni loca iba a ir a su suite después de la forma en la que me había tratado. ¡Me había ignorado! ¿Pero quién se pensaba que era?

Llegué a mi habitación y la encontré vacía, las chicas debían estar de fiesta. Me senté en la cama, frustrada, mirando al suelo. No podía creer que estuviésemos enfadados por una tontería semejante. ¡Yo lo que de verdad quería era pasar la noche con él! Pero no, por su cabezonería íbamos a desperdiciar el poco tiempo que nos quedaba para estar juntos. Me levanté del lecho y anduve en círculos por la habitación. Intentaba decidir qué debía hacer, si quedarme a dormir en mi cama o echarle narices y presentarme en la suite de Johnny para borrarle el enfado a besos. ¿Cabeza o corazón? ¿Cuál de los dos ganaría el pulso? Un impulso me hizo ir al cuarto de baño, coger mi neceser, llenarlo con el cepillo de dientes, el perfume que usaba para dormir y algo de ropa interior. Salí de la habitación y, subiendo por la escalera de emergencias, me planté en el piso en el que se encontraba la suite de Johnny.

Observé unos segundos el número de su puerta, el veintiuno, y traqueé con dos contundentes golpes. Ni una milésima de segundo había pasado cuando la puerta se abrió desde dentro. Ante mí apareció él, con la corbata suelta alrededor del cuello y la camisa abierta dejando a la vista su estómago de trabajados abdominales. Nos quedamos mirándonos en silencio, a los ojos y con seriedad, y de repente fui atraída hacia su cuerpo, con brusquedad, aplastando mi boca contra la suya. Enlacé los brazos a su cuello y alzándome por las piernas me llevó en volandas hasta su cama. Caímos en ella sin dejar de besarnos, desnudándonos con tal frenética pasión que acabamos por sacarnos la ropa a tirones.

—Johnny, te deseo —dije contra sus labios—. No quiero que estemos enfadados.

—Ni yo, si llegas a tardar un poco más me hubieses obligado a ir en tu busca —susurró en mi oído—. Me vuelves loco, revoltosa, no hubiese podido aguantar las ganas de tenerte en mi cama.

—No las aguantes, estoy aquí, soy tuya.

Me arrancó las bragas sin miramientos y acarició mi monte de venus con sus experimentados dedos. El sonido de su teléfono nos sobresaltó. Con una sonora maldición apoyó su frente sobre la mía y resopló con fastidio.

—¿Quién cojones llama a estas horas? —gruñó. Se levantó de encima de mí y cogió su móvil para contestar.

Desde la cama lo observé hablar con su interlocutor. Asentía con seriedad, maldecía y se podía contemplar cómo su cara cambiaba y se tornaba furiosa. Comenzó a gritar a través del teléfono. De un cajón sacó unos papeles y les echó un vistazo, mientras continuaba con la conversación.

Aproveché para ir al cuarto de baño. Me lavé los dientes y me puse un poco de perfume. Regresé a la cama y esperé pacientemente a que terminase de hablar. Pero la conversación se alargó más de lo que esperaba. Con un suspiro, me coloqué su camisa para ocultar mi desnudez y abrí el frigorífico para sacar un botellín de agua.

Después de casi media hora al teléfono, colgó. Se llevó una mano a la frente y la frotó, como si de repente le doliera la cabeza y con ese gesto pudiese eliminar la molestia. Un rictus amargo se apoderó de los labios de Johnny. Me acerqué para abrazarlo, intentar que olvidase el disgusto y dejase de fruncir el ceño.

—¿Todo bien?

—Perfecto —mintió con un gruñido—. ¿Acaso no ves mi cara de felicidad?

—¿Quieres que hablemos de ello?

—No.

Se deshizo de mi abrazo y se sentó en uno de los sillones de la habitación. Me quedé quieta, sin saber qué hacer o decir para animarle y conseguir que olvidase aquello que lo había alterado de esa forma. Sin pensar, me dirigí hacia él y me coloqué a horcajadas sobre sus piernas.

—¿Qué haces? —preguntó con fastidio.

—Quitarte el estrés.

Posé mis labios sobre su cuello y lo recorrí en toda su longitud, con miles de besos, mientras que mis manos acariciaban su estómago suave y musculoso. Con un rápido movimiento apartó la cabeza y se quedó observándome con extrañeza.

—¿Se puede saber qué coño es ese olor?

—¿Te refieres a mi perfume? —dije sonriente, sin darle importancia a sus bruscas palabras, comprendía que estaba enfadado.

—Hueles a hombre.

—Sí, bueno, es que es el perfume que usa mi hermano —le expliqué con paciencia—. Así me acuerdo de él.

—¿Te acuerdas de tu hermano por las noches? —escupió con desprecio—. No me digas que te va el incesto.

—¡Pero tú de qué vas! —exclamé incrédula de que fuera capaz de decir semejante barbaridad. Me levanté de sus piernas y lo encaré de pie. La paciencia que estaba teniendo con él terminó de esfumarse con semejante acusación.

—No me digas que no es raro que uses su perfume para recordarlo —se burló, con la intención de herirme.

—Eso que acabas de decir es asqueroso, ¿cómo te atreves? —grité dolida por sus malintencionadas palabras. Yo no había hecho nada para que me tratase así.

Se levantó del sillón y se acercó con una sonrisa cruel, estaba dispuesto a continuar.

—¿Coqueteas con él del mismo modo que con el idiota del disc jockey?

—¡Eres un cabrón, mi hermano está en la cárcel! —le confesé, con lágrimas de rabia en los ojos—. Aquí te quedas capullo, no voy a consentir que vuelvas a atacarme sin tener un solo motivo.

Abrí la puerta y salí de la suite, sin mirarlo ni una vez más, vestida únicamente con su camisa. Bajé con disimulo por la escalera de emergencia y llegué a la habitación con un cabreo monumental.

Lágrimas de frustración se deslizaron por mis mejillas, ¿a qué había venido eso? Solo intentaba animarlo y me lo pagaba así... Grité de impotencia con todas mis fuerzas y di un puñetazo a la cama.

—¡Que te den, Johnny! Si piensas que me voy a quedar a llorar estás muy equivocado.

Tiré su camisa al suelo y, después de pisarla unas cuantas veces, me dirigí al armario para elegir un modelito de escándalo. Me iba de fiesta con las chicas. No me permitiría quedarme en la cama a lamentarme de mi mala suerte. Iría con mis amigas, bebería un poco con ellas y, si en mi camino se cruzaba por casualidad algún tío bueno, me lo ligaría para joder a aquel imbécil.

La discoteca *Jazzbah* se encontraba en el puerto de Ciutadella, en la zona donde se concentraban muchos otros pubs y bares. Era uno de los locales de referencia de la noche menorquina. Aparte de las diferentes salas de baile, tenía una terraza chill-out para tomar algo tranquilamente.

Suite veintiuno

Crucé de punta a punta cada una de las salas, buscando a mis amigas, y finalmente las hallé en la terraza, sentadas en una mesa bebiendo y hablando. Al verme aparecer, me miraron extrañadas.

—Miriam... ¿qué haces aquí? —preguntó Bego.

—He cambiado de opinión y me voy de fiesta con vosotras —exclamé con una falsa sonrisa.

—¿Dónde está tu *superhéroe*?

—Esta noche no quiero hablar de él, he venido a pasármelo bien.

—Ya sé lo que pasa, habéis discutido —rio Maite.

—¡Que le den a ese tío! Tendría que haber venido con vosotras desde el principio. —Me levanté de la mesa y les pregunté antes de marcharme a la barra—: ¿Queréis que os pida algo de beber? Estoy seca.

—Yo quiero lo mismo que te pidas tú —dijo Maite. Miró a Bego y continuó—: Y para ella otro también, a ver si se le quita esa cara de amargada.

—De amargada nada, guapa, lo que pasa es que no termina de convencerme este sitio.

—No te lo crees ni tú, llevas toda la noche sin mirar a ningún tío bueno, y por aquí hay muchos —rio mi amiga.

—¡Tengo novio!

—Ya, claro, y yo tengo un tío en Granada que ni es tío ni es nada.

Las dejé allí discutiendo y pedí las bebidas en la barra. Tonteé con el camarero y le guiñé un ojo antes de volver con las chicas. ¡A la mierda Johnny, ésa era mi noche!

Después de bebernos el tercer vaso consecutivo de Vodka con limón, entramos a una de las salas a bailar. Estaba a reventar, pero no me importó. Pronto divisamos a nuestro lado un grupito de chicos que no estaba del todo mal y comenzamos a hablar con ellos, a excepción de Bego, que se apartó un poco y se apoyó en la barra.

Nos invitaron a un par de rondas más de bebida y, pasadas unas cuantas horas, empecé a sentir que la discoteca se movía más de la cuenta. Uno de los chicos vino a hablar conmigo y por su forma de actuar pude comprobar que estaba interesado en mí. Todo iba genial, reímos, bailamos y coqueteamos...

—¿Quieres que vayamos a dar una vuelta en mi coche? —me dijo acariciando mi mejilla.

Una carcajada escapó de mis labios, iba tan perjudicada por el alcohol que todo me parecía gracioso y genial.

—Uisss, Johnny... eres un picarónnn —dije arrastrando las palabras de la cogorza que llevaba.

—No soy Johnny, me llamo Andrés.

—Sí, síí... como te llames —le quité importancia.

—Entonces, ¿quieres que nos vayamos? —insistió.

—Puesss... vale. —Me bebí de un trago el resto de mi cubata y dejé el vaso en una mesa. Al volverme hacia él, las luces de la discoteca cambiaron y se volvieron parpadeantes. Aquello me produjo un terrible mareo. Lo cogí por el brazo para no caer, pero de todas formas fui derechita al suelo—. Uiss... qué torpe soy —exclamé sin parar de reírme a carcajadas.

—Espera, que te ayudo.

Agarrándome por la cintura me alzó, pero cuando mis pies consiguieron mantenerme un malestar en el estómago me hizo dar una arcada de angustia. El alcohol estaba haciendo de las suyas, pues no estaba acostumbrada a beber de aquella forma tan bestia. El chico al verme así se excusó con rapidez y se largó de mi lado.

Unos brazos me rodearon y me guiaron hasta la barra, era Bego. Me calmó como pudo y me dio un sorbo de su botellín de agua.

—Mañana quiero que me expliques qué ha pasado entre Johnny y tú para que te hayas puesto a beber como una desesperada.

—¡Johnny es un gggilipollas! —le informé totalmente borracha.

Maite llegó a nuestro lado sonriente y con otro vaso de Vodka en la mano. Nos ofreció un sorbo, pero negamos con la cabeza.

—Miriam, cada vez que pruebas el alcohol la lías —se burló ésta.

—Cállate que... me parece que me estoy... mareando otra vez —dije, llevándome una mano a la boca por las ganas de vomitar.

Entre las dos me sentaron en un taburete al lado de la barra y comenzaron a abanicarme para que mi piel volviese a coger algo de color. Tardé varios minutos en volver a recomponerme, pero al final lo conseguí. Si me quedaba quieta el local parecía no dar tantas vueltas.

—¡Joder, joder, joder! —gritó Maite—. Mirad quién está ahí, mi *superhéroe*.

Dirigimos nuestras miradas hacia el fondo de la discoteca y vimos a Víctor junto con el grupo de amigos de Johnny. Mi corazón dio un vuelco al percatarme de que existía la posibilidad que el susodicho estuviese allí con ellos. Pero tras examinarlos a todos comprobé no había venido. ¡Mejor!

Víctor se acercó y nos saludó con un par de besos a cada una.

—Miriam, no veo a Johnny, ¿has venido sola? —me interrogó al no ver a su amigo por allí.

—Mejor sola que mal acompañada —escupí con desprecio, mientras peleaba por mantenerme sentada en aquella silla y no caerme de bruces contra el suelo de nuevo.

—No le hagas caso, es que ha bebido más de la cuenta —saltó Maite, tapándome la boca para que Víctor no se enfadase con mis palabras. Parpadeó con coquetería y ladeó la cabeza para continuar hablando con él—. ¿Quieres bailar?

—No, lo siento, yo no bailo —la rechazó al instante.

—Pues entonces déjame que te invite a beber algo —insistió ésta, manteniendo la esperanza de poderse llevar a la cama a aquel hombre.

—Gracias pero no, hoy conduzco yo.

Maite ya no sabía lo qué hacer para que Víctor se fijase en ella. Lo había intentado todo y lo único que conseguía era una negativa acompañada por una sonrisa. Jamás ningún hombre la había rechazado y aquello la descolocaba.

—Am… ahora que lo pienso creo que me apetece tomar un poco el aire, ¿me acompañas? —continuó mi amiga sin rendirse.

—Estoy seguro que cualquier chico de aquí estaría encantado de acompañarte, yo tengo que regresar con mis amigos. Que os divirtáis el resto de la noche. — Y tras decir aquello, dio la vuelta y regresó junto al numeroso grupo.

Suite veintiuno

—Vale, que te diviertas tú también —gritó Maite para que la oyese. Resopló y se dirigió a nosotras con fastidio—: ¡Pero qué le pasa a ese hombre! ¿Acaso tengo que pintarme en la frente, con letras enormes, que quiero acostarme con él?

—Creo que ya va siendo hora de que te des por vencida, no le gustas —le aconsejó Bego—. Deja de arrastrarte por ese tío.

—Le gusto, pero no sé por qué actúa así —respondió muy pensativa—. Me mira con deseo, puedo verlo en sus ojos.

—Sí, claro, con el deseo de que lo dejes tranquilo —rio Bego por la ceguera de nuestra amiga.

—Tengo razón y te lo demostraré.

—Pues más vale que te des prisa porque creo que vas a contrarreloj, en varios días se marcha del hotel.

Maite le sacó la lengua y tras beberse de golpe el contenido de su vaso, me miró con detenimiento.

—Anda, vámonos ya a dormir o ésta es capaz de vomitar aquí, en medio de la discoteca —dijo al ver la cara de malestar que tenía. Me encontraba fatal, como si me hubiese pasado por encima un camión.

Mita Marco

9

EN TU VENENO

La cabeza parecía a punto de estallarme. Cuando abrí los ojos, tuve que permanecer quieta durante unos segundos para que mi vista pudiese enfocar bien, e intentar levantarme de la cama. Tenía una resaca de campeonato, maldecía la hora en la que comencé a beber. Después de pasar el resto de la noche vomitando sin parar, juré y perjuré que jamás volvería a probar el alcohol, aunque eso siempre lo decía la mañana siguiente a una noche de excesos.

Algo tambaleante, conseguí llegar al cuarto de baño. Abrí el grifo de la bañera y me di una reparadora ducha de agua fría, que consiguió despejarme, pero no se llevó el dolor de cabeza que taladraba mi cerebro.

¡Y todo por el capullo de Johnny! La fantástica noche que pensaba pasar a su lado se convirtió en una pesadilla. Sentí un nudo de rabia en el pecho al recordar las duras acusaciones que salieron de su boca. ¿Qué había pasado para que actuase de aquella forma? Cuando fui a su habitación en su busca la pasada noche, me dio la sensación de que tampoco quería seguir enfadado conmigo, pero me equivoqué. Quizás ya se había cansado de mí y lo que intentaba era que lo dejase en paz... ¡Pues lo había conseguido! Aunque sentía una extraña presión en el corazón al pensar que no iba a volver a verlo, decidí sacar a ese indeseable de mi mente y continué con mi aseo. Ese tío no merecía ni uno solo de mis pensamientos.

Las chicas no se encontraban en la habitación y que yo recordase no me habían dicho dónde pensaban estar, para poder reunirme con ellas.

Comí algo en el comedor de los trabajadores y, con varias horas libres por delante, salí del hotel a pasear por los alrededores, antes de que se hiciera la hora de servir la cena.

Puse todo mi empeño en disfrutar de mi paseo, pero el dolor de cabeza pudo conmigo y acabé sentada sobre un banco, en un pequeño parque infantil, a la sombra de una morera. En la zona de juegos, donde estaban los columpios y demás, no cabía ni un alfiler. Decenas de niños se amontonaban jugando, mientras que sus padres o familiares los vigilaban desde la distancia.

Un mensaje de texto hizo que mirase mi teléfono móvil. Era Bego. Me preguntaba por mi paradero y me informaba que ellas estaban ya en el hotel. Le respondí con rapidez y guardé de nuevo el pequeño aparato en mi bolsillo. Al levantar la cabeza me encontré, de pie junto a mí, a una preciosa niñita morena, de ojos verdes y de unos cuatro o cinco años de edad. Me miraba con seriedad mientras se abrazaba a un osito de peluche.

—Hola —la saludé con simpatía—. ¿Cómo te llamas?

—Mi mamá me dice que no hable con extraños.

Abrí la boca asombrada por la contestación, haciendo un esfuerzo por no ponerme a reír.

Suite veintiuno

—Pues debes hacerle caso a tu mamá, las mamis siempre tienen razón.

La niña asintió y con un poco más de confianza se sentó a mi lado en el banco, callada, sin decir nada. Levantó la cabeza para mirarme.

—Mi oso está malito. —Levantó el muñeco para que pudiese verlo—. Mi mamá me dice que tengo que darle muchos besos para que se cure, y cantarle una canción.

—Seguro que con eso se pone bien —aseguré con una sonrisa. Miré a nuestro alrededor y me concentré por segunda vez en la niña—. ¿Dónde está tu mamá? Estamos un poco escondidas y desde aquí no podrá verte.

—Mi mamá está trabajando, he venido con mi papi —señaló a un hombre que leía el periódico sentado en otro banco—. Mi mamá trabaja mucho. Mi papá me ha dicho que me va a llevar de vacaciones y voy a montar en avión —dijo ilusionada—. ¿Sabías que los aviones vuelan por el cielo?

—Sí, yo he montado en uno para venir aquí —contesté con una sonrisa.

—Mi mamá dice que los aviones no se caen porque los coge Dios con su mano invisible —me contó convencida—. Pero mi tía Raquel dice que eso es mentira, dice que no se caen porque llevan un motor grande que los hace volar.

Al nombrar el motor me encontré pensando en Johnny, ¡en el capullo de Johnny! Me obligué a desechar su imagen y volví a concentrarme en mi charla con aquella niña.

—¿Y tú a quién crees? —indagué divertida.

—Yo a mi mamá, siempre me dice la verdad. —Se quedó mirándome fijamente y continuó—: ¿Es que no tienes amigas?

—Sí que tengo, se llaman Maite y Bego.

—¿Y por qué estás aquí solita? —me interrogó con el ceño fruncido—. ¿Es que te has perdido?

—No, no me he perdido —respondí riendo. Aquella niña era genial—. He salido a pasear para intentar que se me quitase el dolor de cabeza que llevo.

—Si quieres te doy un beso y te canto una canción para que te pongas buena.

—Vale —sonreí.

Con un poco de timidez, se levantó para besarme en la mejilla e inmediatamente comenzó a cantar una canción de cuna. Al acabar se quedó callada, esperando a que dijese algo.

—Uy, pues ya me encuentro mucho mejor —mentí.

—Si tus amigas no te quieren, yo puedo ser tu amiga —dijo de repente, con seriedad.

—Claro, me encantaría que fuésemos amigas —acepté de inmediato—. Yo me llamo Miriam.

—¡Cariño! —exclamó el padre de la niña al llegar a nuestro lado. Era un hombre joven, alto y con una poblada barba de color zanahoria—. No te encontraba, te he dicho muchas veces que no te vayas sin avisar.

—Perdona, papá —se disculpó con arrepentimiento.

—No habrás estado molestando a esta señorita —la reprendió con suavidad.

—No, no me ha molestado. Tiene una niña encantadora.

Suite veintiuno

La cogió de la mano y con suavidad la levantó el banco.

—Nos tenemos que ir ya.

—No —lloriqueó la pequeña—. Mi mamá siempre deja que me quede en el parque más tiempo.

—Tienes que hacerle caso a tu papi —le aconsejé con amabilidad—. Si vienes mañana, te prometo que estaré aquí para jugar otro rato.

—No, lo siento. Esta noche salimos de vacaciones —me informó el hombre.

—Pues entonces cuando regreses.

—Vale —dijo la niña ahora más conforme.

—Yo también me tengo que ir, preciosa —me levanté del banco—. Que disfrutes mucho en el avión.

Salí del parque y comencé a caminar hacia el hotel. A veinte metros me crucé con tres coches de policía que se dirigían hacia el mismo parque de donde venía, con las sirenas encendidas. Fruncí el ceño extrañada, pero continué el camino para comenzar mi jornada laboral.

Odiaba las medicinas. Siempre había sido una persona que rehuía de los medicamentos y solo los tomaba cuando no tenía otra opción o estaba medio muerta de dolor. Me llevé una pastilla a la boca y sorbí un trago de agua para ayudarla a deslizarse por mi garganta. El dolor de cabeza persistía y no me quedó otra, pues quería estar despejada para la cena.

—Sabes que sigo queriendo una explicación por la forma en la que te comportaste ayer —comentó Bego mientras se abotonaba la camisa del uniforme—. Pasaste de forma radical de una noche romántica con el chico ideal a putón alcohólico desenfrenado.

—Si ese superhéroe te ha puesto una mano encima, me lo cargo —saltó Maite de forma amenazadora.

—No fue lo que me hizo, sino lo que dijo. Ayer se comportó como un cabronazo.

—¡Continua! ¿Qué te dijo? —dijo Maite desesperada por conocer la historia al completo.

Les relaté lo sucedido la pasada noche y se quedaron tan extrañadas como yo por el cambio de actitud de Johnny.

—Y eso es todo.

—¿Te soltó eso así, sin más? —boceó Bego.

—Como te lo cuento. Estuvo toda la noche muy raro, pero al recibir la llamada telefónica la cosa se jodió por completo. Me dijo aquella barbaridad del incesto y ya no aguante más, me fui de allí medio desnuda. Menos mal que no me vio nadie.

—Hiciste bien en no aguantar tonterías de ese tipo —me aplaudió Maite—. No vale la pena soportar esa clase de cosas por un par de polvos.

Asentí por las palabras de mi amiga, pero en mi interior sentía que lo que tenía con él no eran simples polvos veraniegos. Quizás, al principio sí que lo fueron, pero con el paso de los días las citas con Johnny habían comenzado a significar algo más para mí. Cada vez que lo veía me hacía sentir especial, disfrutaba muchísimo a su lado y, para rematar, el sexo entre los dos era explosivo y morboso. No me gustaba reconocerlo pero estaban aflorando sentimientos que distaban mucho de ser por un simple polvo veraniego. No había querido ahondar en

Suite veintiuno

aquellas sensaciones, por miedo a lo que pudiese descubrir, después de todo íbamos a dejar de vernos. Y después de lo ocurrido la pasada noche, de la forma en la que se comportó conmigo, decidí enterrarlas en algún oscuro lugar de mi mente y olvidarme de que un día existieron.

Nos dirigimos las tres juntas hacia la cocina y cargamos con las bandejas. En el gran salón ya empezaban a aparecer los primeros huéspedes que asistirían a la cena. Esa noche faltaron casi la mitad y nuestro trabajo no fue tan frenético como en la mayoría de las ocasiones. Podíamos conversar con tranquilidad en la cocina mientras rellenábamos las bandejas y bromeábamos con nuestros demás compañeros.

Por el rabillo del ojo, descubrí a Johnny, sentado en su habitual mesa, junto a su grupo de amigos. Me negué a mirarlo ni una sola vez, continué con mi trabajo como si nada, ignorándolo, y le pedí a Bego que se ocupase ella de llevar a su mesa la cena.

Estaba muy enfadada con él, no podía dejar de recordar sus acusaciones, y si lo miraba estaba segura de que mi traidor cuerpo reaccionaría como de costumbre a su presencia.

La cena terminó a la hora prevista y, al marcharse el último huésped, nos dispusimos a recoger las mesas. Cuando acabamos, continuamos con nuestro trabajo, Bego y yo, en la recepción el hotel. El resto de la noche fue más ajetreada, las llamadas para utilizar el servicio de habitaciones fueron constantes hasta pasadas las seis. A esa hora pudimos dedicarnos a rellenar con tranquilidad las hojas de pedidos y archivarlos en la carpeta, para que se encargasen de pasar la información al ordenador, donde se encontraban todos los datos de los huéspedes.

A las siete y media de la mañana nos sorprendió una última llamada. Nos miramos extrañadas, pues era la primera vez que telefoneaban a esa hora. Contestó Bego y cogió la libreta y un bolígrafo para apuntar el pedido.

—Recepción, dígame. —Comenzó a asentir y a apuntar el pedido en la hoja. De repente, sorprendida por algo que le había dicho el huésped, levantó la vista de la comanda y se quedó mirándome sonriente—. De acuerdo, yo se lo digo, adiós.

La miré mosqueada por aquella extraña despedida y Bego comenzó a reírse, tapándose la boca con una mano.

—¿Qué pasa? ¿De qué te ríes?

—Johnny quiere que subas tú a dejarle el pedido.

—Ni de coña —aseguré con el corazón funcionando a tres mil pulsaciones por minuto.

—Dice que si quieres el vestido de la pasada noche, los zapatos y el neceser con tus cosas tienes que ir tú. No piensa dárselo a nadie que no sea su dueña.

Barajé la posibilidad de dejar mis cosas allí, olvidarlas y comprar otras nuevas, pero mi sueldo tampoco era para tirar cohetes y me encantaba el vestido azul que me había comprado en aquella tiendecita de saldos. Maldije por lo bajo y asentí. Si quería que fuera… iría; dejaría el pedido, cogería mis cosas y se acabó.

Un pinche de cocina trajo el pedido, con su habitual tapadera de metal. Con determinación, agarré el carrito con ruedas y miré a Bego suspirando.

—Ya vengo.

Suite veintiuno

—Tómate el tiempo que necesites, yo puedo encargarme la última media hora de la recepción.

—De todas formas no voy a tardar, con las cosas tan horribles que me dijo ayer lo último que quiero es quedarme en esa suite con él. Dejo la comida, cojo mis cosas y vuelvo como las balas —dije sin titubeos.

Delante de mi amiga intenté aparentar frialdad, indiferencia, pero en realidad estaba muy nerviosa, temía que mi cuerpo me traicionase delante de Johnny. Cuando estaba con él era incapaz de contenerme, pero en esos momentos me convencí de que aquello no pasaría. Estaba tan enfadada que de lo único que tenía ganas era de estamparle aquella bonita bandeja en la cara, por gilipollas.

El ascensor me dejó en la planta donde se encontraba su suite, caminé con decisión y me planté delante de su puerta. Resoplé un par de veces para serenarme.

—Miriam, vas a coger tus cosas y te vas a largar —me dije en voz baja.

Alargué el brazo y aporreé la puerta varias veces con los nudillos, pero no hizo falta que nadie abriese, ya lo estaba, aunque no me había fijado por los nervios del momento. La empujé con el carrito y avancé por la familiar habitación en silencio. Tenía la esperanza de que no me oyese y poder escapar sin que me viera. Dejé la bandeja, todavía tapada, encima de la mesilla auxiliar, y me fijé a ver si divisaba mis cosas por allí. Se me erizó el vello de la nuca cuando noté una relajada respiración cerca de mi oído.

—Al final has venido.

La grave voz de Johnny me hizo girar para poder encararlo. Lo fulminé con la mirada y crucé los brazos sobre el pecho, pero no pude dejar de apreciar su atuendo. A pesar de ser tan temprano llevaba unos pantalones de pinza grises y una elegante camisa blanca. Se notaba por su olor que se acababa de duchar. Estaba guapísimo, su sonrisa hizo que mis piernas temblasen y su mirada me incapacitaba para poder tragar el nudo de excitación de mi garganta.

—¿Me das mis cosas? —pregunté con la voz helada, para que no se notase mi estado. Por mi bien tenía que marcharme de allí.

—Miriam, perdóname.

—No, dame mi ropa.

—Me comporté fatal, lo sé y lo siento, pagué mis problemas con la única persona con la que no debía —se disculpó.

—Estás perdonado, ahora dame mi ropa para que me vaya.

—Escucha —alargó un brazo para acariciarme la cara pero no lo permití, di un paso hacia atrás para alejarme.

—No me toques —le advertí, con la certeza de que si me rozaba estaba perdida.

—Al menos, déjame que te explique lo que pasó para que actuase de aquella manera.

—No me interesa, gracias.

—Me da igual, me vas a escuchar y no se hable más. Siéntate.

—No.

—Por favor. —Aunque más que una súplica pareció una orden.

—¡Que no me siento! Dime de una vez lo que tengas que decir y deja que me largue de aquí de una puta vez.

Suite veintiuno

Cerró los ojos con fuerza y suspiró, Johnny también empezaba a enfadarse ante mis constantes negativas.

—Ayer me llamó mi hermano desde la fábrica, el motor en el que estaba trabajando con mi equipo falló. Hubo algún error de cálculo y fue incapaz de funcionar correctamente. Eso significa que el avión con el que probamos todos los experimentos se estrelló y con él ardió gran parte de un almacén donde guardamos las piezas que utilizamos en la construcción de los demás modelos —explicó con seriedad—. Mi equipo y yo llevamos casi un año probando y estudiando para intentar que funcione. No te imaginas lo frustrante que es que todo el esfuerzo, el dinero y las horas invertidas en ese proyecto de vayan a la mierda en unos minutos. Sé que tú no tenías culpa de nada, lo sé, solo querías animarme y yo me comporté peor que un orangután. —Dio un paso hacia delante para acercarse pero yo no lo permití y retrocedí otro hacia atrás.

—Siento mucho lo que ha ocurrido en tu fábrica, pero eso no explica por qué estuviste toda la noche ignorándome también en el restaurante —dije sin ablandarme por la explicación—. ¡Yo no te hice nada!

—Me molestó que quisieses quedar a solas con el *musiquitas* —reconoció con seriedad.

Alcé una ceja asombrada por aquella revelación. ¡Había sido por Jordi!

—¿Te pusiste celoso?

—Yo no he dicho eso, jamás he tenido celos de nadie —exclamó, defendiendo su orgullo de hombre soltero hasta la muerte—, pero tú y yo hicimos un trato, dijimos que no saldríamos con nadie más.

—¡Estabas celoso! —reí asintiendo con la cabeza, sin tragarme su explicación.

—Vale, lo reconozco, pero no se lo digas a nadie, tengo una imagen de tipo duro e inalcanzable que mantener —bromeó, riendo conmigo—. ¿Me perdonas ahora?

—No debería, dijiste cosas muy feas sobre mí y mi hermano.

—Fui un estúpido, no entiendo por qué dije aquello —reconoció con arrepentimiento—. ¿Qué le pasó a tu hermano? ¿Por qué está en la cárcel?

Sonreí con tristeza al recordar la situación de mi mellizo, miré a Johnny a los ojos, para coger fuerzas y poder contarle los motivos.

—Rober siempre fue el rebelde de la familia, se juntaba con gente poco recomendable, participaba en todas las peleas entre bandas y jamás aceptaba los consejos de mi padre. Una noche, fue a una fiesta y bebió más de la cuenta, cogió el coche para volver a casa y por el camino tuvo un accidente contra otro vehículo en el que viajaba una familia al completo. En consecuencia del golpe, murió el padre de familia y dos de los niños quedaron malheridos. Lo condenaron a cinco años de cárcel por homicidio imprudente, pero si tenemos suerte, en septiembre saldrá por buena conducta.

—Joder, cuánto lo siento. —Me abrazó con fuerza, acunándome entre sus brazos para intentar que borrase el dolor que se leía en mi rostro. No opuse resistencia a su abrazo, lo necesitaba, me sentía a gusto junto a él, sentía que era ahí donde debía estar, pegada a su cuerpo.

Suite veintiuno

—Desde que entró en prisión no ha permitido que lo visitásemos, nos dijo que no quería que lo viésemos así, como a un delincuente. Él no quiso que pasase esto, no era su intención matar a nadie, era joven y con la cabeza en las nubes.

—Pronto lo tendréis otra vez con vosotros, alegra esa preciosa carita de ninfa. —Acercó su boca a mi oído y susurró—: Tengo algo para ti.

Se alejó de mi lado y abrió su armario. De él sacó un objeto que se escondió tras la espalda. No pude evitar sonreír ante ese gesto tan infantil. Al llegar de nuevo a mi lado sacó lo que escondía con tanto cuidado. Reí al reconocer aquello que me ofrecía.

—Piruletas. —Cogí el precioso ramo con doce enormes piruletas, idénticas a las que ya tenía guardadas en mi habitación.

—Como no sé qué flores te gustan, he decidido ir a lo seguro.

—Me encantan los gladiolos, si son silvestres mejor.

—La próxima vez que discutamos te regalaré de esos —bromeó.

—Entonces espero que no me los regales nunca.

Lo rodeé con los brazos por el cuello y fundí nuestras bocas en un caliente beso de bienvenida, después de la eternidad que habíamos pasado separados.

—Dios... —susurró Johnny muy excitado, al separar nuestros labios—. Si esa es la forma de agradecerme unas simples piruletas, espera a que te enseñe el otro regalo.

—¿Otro regalo? —pregunté asombrada, con ese ya me hubiese dado por satisfecha. Tenía tantas ganas de estar con él que si en vez de piruletas me hubiese traído una bufanda, en pleno mes de julio, me hubiera dado igual.

Del bolsillo trasero de su pantalón, sacó una pequeña cajita envuelta con papel de color burdeos. Le sonreí encantada y me dispuse a romper el envoltorio. Al abrir la cajita encontré unos pequeños abalorios de oro que me hicieron abrir la boca de asombro.

—¡Los pendientes con las perlas de Manacor! ¿Cómo sabías...?

—Te vi mirarlos el día que nos encontramos en el mercadillo.

—Dios, Johnny... no puedo aceptarlos, cuestan mucho dinero —dije devolviéndole la caja.

—Sí que puedes, y te los vas a quedar porque yo quiero que los tengas.

—Gracias, de verdad, pero yo no tengo nada para ti —alcé las manos y le mostré que estaban vacías.

—Tenerte aquí, conmigo, es el mejor regalo que puedo tener.

Nuestras bocas se unieron con ternura, sin prisas ni ansias. Abrazados disfrutábamos de aquel íntimo placer, del cual solo nosotros éramos partícipes. Su boca acariciaba la mía con mimo y reverencia, como si fuese la cosa más valiosa del mundo.

—Revoltosa, vamos a bailar —sugirió, al despegar nuestros labios—. En el restaurante, no lo hicimos.

—¿Ahora? ¿Vestida con el uniforme de trabajo?

—Sí, estás perfecta. —Abrió un mueble y en su interior había un fantástico reproductor musical. Lo encendió y de inmediato comenzaron a sonar los acordes de la canción *Quiero morir en tu veneno* de Alejandro Sanz.

—Es una canción preciosa.

—Me hace pensar en ti —dijo, mientras se acercaba a mi lado.

Juntamos nuestros cuerpos y comenzamos a movernos al ritmo pausado de la música. Aquella melodía me hacía sonreír, era ideal para nosotros, describía perfectamente nuestra secreta aventura.

Miré a Johnny a los ojos, no entendía por qué se empeñaba en negar que era un hombre romántico, pues a mí me demostraba lo contrario con cada acción. Era sensible, tierno y un amante apasionado.

Estar con él en aquella habitación, bailando esa preciosa canción y siendo abrazada con reverencia por sus fuertes brazos, me hizo sentir la mujer más especial del mundo. En el estómago comencé a notar un agradable cosquilleo, lo notaba siempre que estaba a su lado. El tiempo se detenía cuando me tocaba, no me importaba nada excepto que nuestros días juntos no se acabasen y llegase la terrible hora de separarnos. Pensar en aquella posibilidad me hizo ahogarme. Después de todo lo vivido con Johnny, el saber que no volvería a verlo me reconcomía por dentro. Quería continuar con esa relación tan especial que teníamos, quería poder pasear con él sin necesidad de escondernos, quería quererlo y que me quisiese por siempre. Abrí la boca ante aquella revelación. ¡Lo quería! Quería a Johnny y lo hacía a pesar de todo: de sus bromas pesadas, de su mal humor cuando lo telefoneaban desde la fábrica, de su fobia a mantener una relación de forma exclusiva con otra persona...

—Estás muy callada, ¿en qué piensas? —preguntó sacándome de mis elucubraciones.

—No creo que te haga mucha gracia lo que pienso.

—Dímelo y saldremos de dudas —insistió con una mueca divertida en los labios.

—¿Estás seguro? —No tenía claro si debía confesárselo, no quería arruinar el momento con palabras que cuando nos separásemos siguiesen pesando en mis labios.

—Desembucha o juro que te lo sonsaco a besos, y se me da muy bien esa clase de coacción —bromeó.

Clavé la mirada en sus sensuales ojos ámbar y me humedecí los labios, antes de comenzar a hablar.

—Pues, verás, quizás suene un poco estúpido, sobre todo porque en pocos días dejaremos de vernos, pero creo que mis sentimientos hacia ti han cambiado y… te quie…

Tapó mi boca con una de sus manos. Cerró los ojos con fuerza y apoyó su frente contra la mía.

—No lo digas.

—Tú me has preguntado —contesté, algo decepcionada por que ni siquiera hubiese querido escuchar al completo mi declaración de amor.

—Es mejor así, sin complicaciones, simplemente sexo.

—La balada terminó, pero continuamos con nuestros cuerpos unidos, aunque quietos, sin movernos.

Una mueca triste se adueñó de mis labios, aquello no había salido como me hubiera gustado. A nadie la agradaba que lo rechazaran, aunque desde el principio supiese que esa historia estaba destinada a terminar. Johnny, al ver mi expresión, alzó mi mentón y me obligó a mirarlo a los ojos.

—Revoltosa, ¿acaso no sabes que me vuelves loco? —Asentí con seriedad. Devoró mis labios y mordisqueó mi cuello provocando que suaves gemidos saliesen de mi boca—. Vamos, dime que me deseas con las mismas ansias que yo.

—Te deseo, no sabes cuánto —reconocí excitada.

—No puedo apartar mis manos de ti, quiero follarte, que te retuerzas de placer entre mis brazos, te estremezcas con cada acometida y que seas incapaz de pensar en nada más que en mí.

Con sus diestros dedos, soltó los botones de mi camisa y la deslizó por mis brazos para que terminase tirada en el suelo del dormitorio. Me besó con una morbosa intensidad mientras me acariciaba los pechos con sus manos. Los masajeaba con mimo, provocando un agudo placer en mi clítoris, pellizcando los sonrosados pezones y frotándolos hasta que se pusieron duros cual guijarros.

Poseída por un frenesí desbordante, lo imité y comencé a soltarle la camisa, aunque con más torpeza y lentitud. Cuando lo conseguí, pasé las manos por su pecho, como esculpido en un mármol liso y suave, sin rastro alguno de vello. Me encantaba su cuerpo, era fuerte y masculino, a su lado me sentía muy mujer, tenía la seguridad de que con Johnny nada malo podía pasarme.

Nuestro deseo se volvió fiero y descontrolado. Llegamos a los pies del lecho y caímos sobre él con los labios unidos, degustando nuestras bocas, calientes y familiares, dispuestas a todo por lograr el mayor gozo posible.

Contra el estómago noté su polla, enorme y erguida, esperando su turno para poder pasar a la acción. Me estremecí con el pensamiento de tomarla entre mis labios, exprimir su esencia y saborear su íntimo sabor. Sonreí con sensualidad y, como pude, me coloqué sobre su estómago, a horcajadas. Solté el pantalón y se lo saqué junto con los bóxers, me lamí los labios con anticipación y cogí entre mis dedos su falo. Con el pulgar, esparcí una pequeña gota de semen por todo el glande. Un gemido salió de sus labios y su respiración se aceleró al notar mi dedo acariciar su virilidad.

—Quiero tenerte en mi boca —susurré, mientras mi mano lo masturbaba con lentitud—, escuchar tus jadeos mientras miras como te doy placer.

—Tus solas palabras ya me proporcionan un placer enorme, no sé si podré aguantar el sentir tus labios en mi polla, sin correrme igual que un adolescente novato.

—Sí, quiero que te corras en mi boca, que me lo des todo —contesté loca de deseo mientras le mordía los labios.

Tras abandonar su boca recorrí con mi lengua su cuello y bajé, pasando por el pecho, hasta llegar a su estómago. Me demoré jugando con su ombligo, mientras sentía el subir y bajar de su pecho al respirar entrecortadamente. Sin poder contenerme ni un segundo, más mi lengua lamió su escroto, acariciando a su vez la pequeña abertura por la que volvía a asomar otra pequeña gotita de su simiente. La paladeé y cerré los ojos por su sabor salado y cremoso.

—¿Te gusta que haga esto?

—Uf…sí. —gimió.

Abrí por completo mis labios e introduje su pene en mi boca, notando cómo ocupaba el espacio existente con su grosor. Moví la cabeza arriba y abajo, una y otra vez, más rápido, bombeando con fuerza a la vez que escuchaba a Johnny jadear.

Suite veintiuno

—¡Oh, Dios… revoltosa, sigue! —exclamó con los ojos cerrados, levantando las caderas para poder introducir al completo su miembro mientras que con una mano me agarraba por la nuca y empujaba hacia abajo—. Qué bueno, ah… si sigues no voy a poder aguantar mucho más.

Me encantaba la sensación de poder que tenía en esos momentos sobre su cuerpo, Johnny se estremecía cada vez que mi boca abarcaba su polla hasta el fondo. Con mi mano masajeaba sus testículos, ya hinchados y duros, y sentía que su culminación se acercaba. Un fuerte temblor lo sacudió cuando un feroz orgasmo lo atravesó de los pies a la cabeza, gritó con los dientes apretados y se agarró con fuerza a la sábana del lecho. En mi boca noté su semen, caliente y lechoso, y con placer lo tragué.

Cuando abrió los ojos, pude comprobar que sus pupilas estaban dilatadas y el semblante fiero de su rostro hizo que me humedeciese los labios. Se incorporó a medias y agarrándome del pelo tiró con contundencia para que me tumbase a su lado. Era un espectáculo ver a Johnny tan excitado, las aletas de su nariz se ensanchaban y su semblante se volvía fiero, como un animal salvaje, dispuesto a todo por alcanzar lo que realmente deseaba. Sin miramientos, se apoderó de uno de mis pechos, lo pellizcó y masajeó mientras que con su boca hacía lo propio con el otro. La falda de mi uniforme desapareció de un tirón, ya no recordaba todas las veces que había cosido el botón después de un encuentro con él.

Se recreó lamiendo mis pezones, brindándoles el mismo homenaje a ambos, dejándome anhelante y deseosa de más. Mi vagina estaba empapada, palpitaba de gozo al saber que pronto la atención sería para ella. Pero, para mi sorpresa, se incorporó de encima y alejándose un poco, abrió el cajón de su mesilla de noche. De ella extrajo una especie de tela negra, de raso brillante. Me miró unos segundos y finalmente me la ofreció. Al coger aquella tela sonreí, aunque la sonrisa se heló en mis labios cuando descubrí qué era en realidad. Un antifaz.

—No, Johnny, esto... —Mi voz falló al acordarme de Nelson, de lo que me hizo.

—Miriam, no voy a hacerte daño —me aseguró categórico.

—Pero no puedo, lo siento...

—Yo jamás te lastimaría. —Cogió mi mentón y acercó mi cara a la suya para besarme con ternura—. ¿Confías en mí?

—S...sí.

Alagué el brazo y le di el antifaz, con el miedo dibujado en el rostro. Con suavidad, me lo colocó sobre los ojos y a partir de entonces solo pude oír e imaginar lo que ocurriría. Mis dientes castañeteaban de temor, nunca hubiese sospechado que volvería a dejar que nadie me tapase los ojos.

—No tengas miedo, soy yo —susurró contra mis labios, al tiempo que me acariciaba la mejilla.

Hizo que me acostase boca arriba y de inmediato se tumbó encima. Me besó, lento y suave, intentando que mi tensión se esfumase. Un débil roce en mi monte de venus hizo que mi atención se centrase en aquello. Reconocí sus dedos, abrieron con cuidado mis rosados pliegues y centraron sus caricias en mi clítoris. Mientras que el pulgar

Suite veintiuno

frotaba el duro botón el índice y el corazón se introducían en mi interior proporcionándome un agudo placer.

—Eres una delicia, me enloquece verte desnuda entre mis brazos —dijo en mi oído.

Aquello me excitó todavía más, ya casi no recordaba el trozo de tela que me tapaba los ojos, solo podía pensar en el hombre que tenía encima; morboso, caliente y sexual.

Un jadeo escapó de mi garganta, sus experimentadas manos eran capaces de transportarme a otro mundo, hacerme volar sin tener que levantarme de aquella cama. El roce en mi clítoris cesó, separó sus dedos, pero pronto aquel contacto fue reanudado con algo frío y duro. Fruncí el ceño, intentando reconocer aquel objeto, porque si de algo estaba segura era de que aquello que me acariciaba no era humano. Sus dientes me mordisquearon un pezón, consiguiendo que la atención la centrase en aquella parte de mi cuerpo, obviando que en mi sexo todavía se encontraba aquello irreconocible que me daba placer a la vez que su boca. Una fugaz palmada en el clítoris me hizo gemir. ¿Qué coño había sido eso? El escozor de mi vagina se mezcló con un agradable calor y aquello me sorprendió, era una sensación rara pero a la vez placentera.

—Ah… —jadeé al sentir otro golpecito en mi sexo. Era algo asombroso, pero en vez de desagradarme me encendía, me hacía arder.

—¿Qué te parece, revoltosa?

—Me… gusta —respondí con la respiración acelerada—. ¿Qué es?

—Todo a su tiempo, lo sabrás cuando yo lo considere necesario. —Una vez más otra palmada me hizo gemir, el placer aumentaba—. Abre más las piernas, así, eso es.

Ahora voy a follarte, no aguanto más, quiero poseerte y hacerte mía de una vez.

Retiró aquel extraño objeto de mi sexo y se colocó encima, dejando el peso de su abrasador cuerpo sobre el mío. Me penetró con brío, hasta el fondo, llenándome por completo con su grosor y, acto seguido, me arrancó el antifaz de los ojos. Tras sonreírme con sensualidad, me besó en los labios al mismo tiempo que embestía en mi interior. Sus acometidas eran frenéticas, desesperadas, como si mi interior fuese el oxígeno que necesitaba para seguir viviendo. Abandonó mi boca y con fascinación se quedó contemplándome, maravillado, mientras que mis labios permanecían entreabiertos y jadeantes. Nuestros ojos conectaron durante una eternidad, serios pero expresivos, demostrando lo que nuestras bocas no decían. Johnny frunció el ceño y apartó de repente la mirada. Cuando su mirada regresó a la mía, se podía observar determinación en ella. Sin dejar de moverse en mi interior comenzó a hablarme:

—Revoltosa, dime que no me quieres.

Mi cabeza, invadida por el gozo, no esperaba semejantes palabras.

—¿Cómo?

—Dime que no me quieres —repitió casi en una orden.

—Pero yo... —No pude continuar de hablar al notar un incremento en el ritmo de las embestidas. Grité sin control—. ¡Ohh...Dios!

—¡Dímelo! Quiero escuchar de tu boca esas palabras.

—No te quiero —susurré, con los ojos cerrados por el placer, sin pensar en lo que salía de mi boca.

—Mírame a los ojos y dilo —me instó.

—No te quiero —repitieron mis labios cuando nuestras miradas se encontraron. Si en ese momento me hubiese pedido que adorase al mismísimo Demonio, lo hubiese hecho. Era tal el frenesí que hablaba sin pensar, con la sola intención de que no parase de moverse en mi interior.

Johnny sonrió y apoyó su frente sobre la mía mientras continuaba con su frenético ritmo dentro de mi vagina.

—Otra vez —me ordenó.

—No te quiero —contesté como una autómata, cuando en el fondo me moría por decirle lo contrario. Mi cuello se arqueó hacia atrás por el intenso placer, estaba a punto de llegar al clímax, era algo inminente.

Los envites se volvieron todavía más intensos, la agitada respiración de Johnny en mi oído me hizo excitarme hasta un punto insospechado y al no poder aguantar más me barrió un orgasmo descomunal, el cual me hizo temblar de los pies a la cabeza.

—Miriam, dime que no me quieres —exigió mientras el clímax me tenía envuelta en su gigantesco placer.

—No te quiero.

Tras mis palabras, Johnny se dejó llevar por su propio placer y se corrió en mi interior con un grito gutural, dejando su peso sobre mi cuerpo.

Poco después, se incorporó sobre los codos y me miró con seriedad. Capturó mi boca en un intenso beso para, después, darme otro tierno besito en la punta de la nariz. Con una mano, me apartó el pelo de la cara y me acarició la mejilla con delicadeza. Se dejó caer de espaldas sobre la cama y me arrastró detrás, quedando apoyada mi cara contra su pecho.

A pesar de lo cansada que estaba, después de pasar la noche trabajando, no caí en los dulces brazos del sueño y por esa razón pude percatarme de que Johnny se había quedado dormido abrazado a mí. Me incorporé para poder mirarlo mejor y lo besé en los labios con suavidad, para que no se despertase. Me deshice de su abrazo, para poder levantarme del lecho. Cogí de nuevo el uniforme, mucho más arrugado que al quitármelo, y al volver la vista hacia el lecho encontré sobre él aquel extraño objeto con el que me dio placer Johnny. Mi corazón dio un vuelco. Era una fusta, de color negro, pequeña y sencilla. La cogí con cuidado, con suavidad. Había pasado cuatros años temiendo esos objetos y en esos momentos, al tenerla en mis manos, lo único que sentí fue curiosidad. Nada de angustia, ni aprensión. Y todo se lo debía a Johnny.

Mi mirada regresó a mi hombre de ojos ambarinos, que dormía plácidamente, con la expresión relajada. Dejé la fusta donde se encontraba en un principio y, sin dejar de mirarlo, mi boca cobró vida propia y habló sin pedir permiso.

—Te quiero, Johnny. —En el más absoluto silencio, salí de su suite y me dirigí hacia mi habitación. Necesitaba pensar en todo lo que estaba pasando dentro de mi corazón.

10

PEDAZOS

—¡Te juro que cuando lo encuentre por la calle me lo cargo!

Asentí totalmente de acuerdo con las palabras de Maite con respecto a Pichurrín. Ninguna de las dos entendíamos la falta de interés de éste por su novia.

—La pobre Bego lo está pasando fatal, ya no quiere ni salir del hotel —comenté, mientras la daba un sorbo a mi granizado de limón.

—Ella es tonta por preocuparse por ese imbécil, todavía piensa que no puede llamarla por trabajo, no sé cuándo va a abrir los ojos y comprender lo que pasa en realidad. Su novio pasa de ella.

—Pero está enamorada y no quiere verlo, prefiere seguir viviendo en esa mentira.

—Que viva donde quiera si así es feliz, pero al tonto de Pichurrín no lo libra nadie una buena paliza, que se prepare cuando vuelva a Alicante. —Levantó el brazo para llamar al camarero del chiringuito y le pidió otra cerveza. Se miró el reloj de muñeca y frunció el ceño—. ¿Seguro que te dijo que vendrían a las seis?

—Sí, no te pongas nerviosa —reí ante la desesperación de mi amiga—. Si Johnny me ha dicho que venía, vendrá.

—Ainns hija, a mí Johnny me da igual, quién me interesa es Víctor —aplaudió con alegría—. ¡Qué ganas de ver a mi superhéroe!

—¿Todavía tienes esperanzas de que se decida?

—Por supuesto, yo no me voy de esta isla sin un revolcón con él. Porque le gusto, estoy convencida.

Sonreí ante la seguridad de Maite, mi amiga no pensaba darse por vencida y, en cierto modo, eso era una de las cosas que admiraba de ella, su perseverancia con aquello que le interesaba de verdad.

Paseé la mirada a nuestro alrededor. El chiringuito estaba a reventar, no cabía ni un alma y los pobres camareros corrían de un lado a otro, para poder servir todas las mesas con diligencia.

—¡Mira, por ahí vienen!

Alcé la cabeza hacia donde señalaba y pude observar a Johnny y a Víctor caminar en nuestra dirección.

Suspiré al ver a mi hombre de ojos ambarinos, el corazón se alzaba en mi pecho con su sola presencia. Llegaron a nuestro lado y se sentaron en las dos sillas libres que habíamos guardado para ellos. Saludé a Víctor con una sonrisa, mientras que Maite se levantó para recibirlo con dos sonoros besos.

Johnny se colocó a mi lado y me dio un suave beso en los labios. En su mirada se percibía la cautela, me observaba con intensidad intentando adivinar los motivos que me llevaron a dejarlo solo en su suite esa mañana, después del sexo.

La primera en romper el hielo fue Maite que, sin dejar de observar a Víctor, empezó a parlotear.

Suite veintiuno

—Bueno, bueno, bueno... que bien se está aquí, ¿verdad?

—Sí, bastante —respondió Víctor de forma casual.

—¿Tenéis planes para después? —se interesó, con la atención centrada en el hombre—. Os quedan apenas tres días en Menorca y debéis aprovechar al máximo el tiempo.

Al escuchar sus palabras, no pude evitar mirar a Johnny. Él hizo lo mismo y permanecimos observándonos a los ojos, con seriedad. Sabíamos que el tiempo para estar juntos se nos acababa. Un nudo de emociones se instaló en mi garganta, en tan solo un par de días iba a dejar de ver al hombre que quería para siempre. Mi corazón pedía a gritos más tiempo, pedía amor y pedía poder gritar todos esos sentimientos al mundo. Pero en vez de abrir la boca y decir todas esas cosas, desvié la mirada hacia la mesa y continué callada, escuchando la conversación.

—Eso es lo que pienso hacer —asintió el amigo de Johnny—, aprovechar todo lo posible estos pocos días. En unas horas he quedado con unas amigas para cenar.

El semblante de Maite cambió, desapareció su animada sonrisa y en sus labios se instaló una mueca de fastidio.

—Ya, que bien, con unas amigas. —De forma mecánica bebió un sorbo a la cerveza para tragarse la bola de rabia que sentía en su faringe—. Pues que te lo pases muy bien.

—Ese es el plan —le guiñó un ojo.

Desvió la cara y solo volvió a mirarlo cuando a nuestro lado se acercó una guapísima camarera, que observaba a Víctor con sensualidad.

—Buenas tardes, ¿les pongo algo más para beber?

—Yo no tengo sed, pero si quieres dejarme tu número de teléfono puedo llamarte cuando la tenga —soltó éste, recorriéndola con su lobuna mirada.

La camarera le sonrió con coquetería y tras apuntarle su teléfono se marchó de nuestro lado, con un exagerado balanceo de culo, mientras Víctor no le quitaba la vista de encima.

Maite estaba enfadadísima, no comprendía por qué aquel hombre se interesaba en todas las mujeres de Ciutadella, excepto en ella.

—Pues... ya tengo otra distracción para aprovechar el tiempo que nos queda en Menorca —rio alzando una ceja en una mueca sexy.

Aquello fue la gota que colmó el vaso. Maite se levantó de su silla, con la misma fuerza que un terremoto, y encaró al hombre con los brazos en jarra.

—¡Se acabó! —gritó, dejándonos a los tres asombrados—. No sé si eres corto de entendederas o simplemente tonto. Llevo insinuándome desde que nos conocemos, coqueteo contigo cada vez que tengo ocasión, intento parecer la tía más interesante y divertida del mundo... ¡Y ya estoy cansada! Lo único que pretendía era echar un par de polvos, pero veo que va a ser imposible porque tú no quieres. Así que lo único que me queda por decirte es: ¡Qué te den, Víctor, has perdido tu oportunidad pues yo ya estoy cansada de esperar! Ahora mismo voy a buscarme otro superhéroe para que me haga lo que tú no has querido hacer.

El siguiente en levantarse de su silla fue el otro implicado. En sus ojos se podía percibir la furia y en su perfecta boca un rictus de tensión.

Suite veintiuno

—Maite, parece ser que eres tú la que no quiere entender mis negativas —susurró con enfado—. Si todo este tiempo te he estado dando largas, es porque mi forma de follar no va con la tuya, te asustarías al primer minuto.

—¡Y tú qué sabes!

—Yo follo duro.

—Y yo también, pero ahora te puedes ir a la mierda —declaró con decisión.

En los labios de Víctor se dibujó una lenta sonrisa. Sin darle tiempo para reaccionar, se cargó a mi amiga al hombro, cual saco de patatas, provocando que ésta le comenzase a propinar fuertes golpes para que la soltase.

—Nosotros nos vamos —nos anunció éste muy sonriente—. Maite y yo tenemos un par de asuntos pendientes que resolver.

—¡Yo no voy contigo a ningún sitio, suéltame! —Víctor, con decisión, le dio un enérgico azote en el trasero provocando que ésta chillase de rabia—. Eres un cabrón, si piensas que ahora voy a ir lamiéndote el culo, la llevas claras. Lárgate con tus amiguitas a cenar o llama a la camarera para que te la chupe, pero a mí olvídame.

—Cállate, Maite —dijo éste divertido.

—¡Cállate tú!

—Me encantan las mujeres peleonas —nos informó sonriente, y me miró—. Miriam, no te preocupes si tu amiga no aparece por vuestra habitación en un par de días, la voy a tener bastante atareada.

Y dicho esto, se marchó con ella cargada al hombro, mientras ésta no paraba de insultarle. Las personas con las que se cruzaban los miraban divertidos.

Mi boca se negaba a permanecer cerrada. De todos los finales posibles aquel era el único que nunca me hubiese esperado para esos dos. Los seguí con la mirada cargada de preocupación, temía que Víctor pudiese lastimar a Maite con sus juegos.

—Puedes estar tranquila, él sabe lo que hace —dijo Johnny en mi oído.

—¿Tan evidentes son mis pensamientos? —le pregunté al escuchar sus palabras.

—Te conozco, revoltosa, y sé cómo funciona tu preciosa cabecita. —Cogió un mechón de mi cabello, tiró de él para acercarme a su cuerpo y me besó con pasión—. También sé que hay algo que no me has contado, con respecto a tu huida esta mañana, se te nota.

—¿Ah, sí? —sonreí.

Asintió con seguridad y se quedó en silencio observándome unos segundos.

—¿Por qué te fuiste? ¿Hice algo que te molestó?

Me mordí el labio inferior. En realidad Johnny no hizo nada malo, fue amable, apasionado y atento. Pero, a pesar de todo, no me quería, y no podía permitir que mis sentimientos fuesen a más, porque en tres días dejaríamos de vernos y la que sufriría sería yo. Así que decidí poner algo de distancia entre los dos, aunque eso me costase todavía más.

—No, Johnny, no hiciste nada malo —le aclaré.

—¿Entonces? —frunció el ceño sin llegar a comprenderlo—. ¿Fue por la fusta y el antifaz?

Reí al escucharlo y negué con la cabeza.

— Me gustó la experiencia, nunca imaginé que el sexo pudiese ser de esa forma. Hiciste que disfrutase con aquello que creía aborrecer. Pude darme cuenta de lo equivocada que estaba. —Le acaricié la mejilla con ternura—. ¿Crees en el destino?

—¿El destino? —repitió con una mueca burlona en los labios—. ¿En que nuestras vidas están escritas desde que nacemos?

—Yo sí creo en ello —confesé con algo de timidez—, y pienso que tenía que encontrarte para que me ayudases a olvidar mis miedos.

—¡Wow! Que mística te has puesto —bromeó—. Pues lo siento, pero no tengo esas creencias. Para mí, la vida la escribe uno mismo con sus decisiones y esfuerzos, cada persona elige su destino y no al revés. No tengo esa visión romántica de la vida, tú y yo nos conocimos de casualidad y la atracción hizo el resto. Respecto a tu fobia con el sadomasoquismo, pienso que ya estabas lista para seguir adelante, yo solo te he dado el último empujón.

—Puede ser —respondí con una sonrisa triste.

Johnny llamó al camarero y, al acercarse éste, pagó las consumiciones. Se levantó de la silla y, ofreciéndome su mano, me ayudó a incorporarme para regresar al hotel.

Montamos en el lujoso Maserati rojo y recorrimos en silencio los escasos kilómetros hasta el complejo hotelero Atlántida. Cuando llegamos a la habitual esquina, donde nos separábamos para entrar, cada uno por su lado, no se detuvo. Lo miré con extrañeza y me fijé que se dirigía al aparcamiento subterráneo reservado para los clientes.

—Ponte esto —me instó ofreciéndome unas gafas de sol de hombre, con diseño deportivo.

—Johnny, por Dios, que nos van a pillar —exclamé con los ojos muy abiertos.

—Confía en mí. —Y me besó con suavidad en los labios.
—Ay, madre, me metes en cada fregao... —dije tapándome la cara con las manos.

Mi chico de los ojos ambarinos comenzó a reír, al ver mi cara de preocupación y me agarró de la mano con fuerza, infundiéndome tranquilidad. Miré nuestras manos unidas y sonreí con satisfacción, era un gesto muy íntimo y me encantaba.

Aparcamos el coche en la plaza que tenía asignada. No hubo problemas, nadie me reconoció. Abrí la puerta para salir del coche pero Johnny me apretó todavía más la mano que tenía agarrada y no me lo permitió.

Lo observé con curiosidad, intentando adivinar sus intenciones, pero aquellas eran más que evidentes. Un aparcamiento subterráneo solitario, un coche y nosotros. Le sonreí con picardía y puse una mano sobre su sexo, por encima de la tela vaquera del pantalón. Comencé a acariciar su polla mientras me mordía el labio inferior y lo miraba con deseo. Su erección creció de tal forma que los botones de sus pantalones parecían a punto de estallar de la presión. Encantada al comprobar el efecto que conseguía con un simple roce, me lancé a sus labios con voracidad. Ahora era yo la excitada, lo quería dentro de mí allí mismo, en aquel coche.

Después de unos segundos enlazados en aquel beso Johnny separó nuestros labios y se quedó mirándome con seriedad.

—¿Quién era el del *Jazzbah*?

Suite veintiuno

—¿Qué?¿Quién? —pregunté muy confusa, mientras parpadeaba muchas veces seguidas, intentando comprender la pregunta.

—El tío con el que estuviste bailando en la discoteca.

Me quedé unos segundos en blanco. Apenas recordaba nada de esa noche, estaba tan borracha que lo único que venía a mi cabeza eran las horas postrada a los pies del váter vomitando.

—¿Estuve con un tío bailando? —dije confusa. Algunas imágenes llegaban a mi cabeza, pero no conseguí recordarlo todo.

—Sí, Víctor te vio y me lo dijo al día siguiente —contestó con voz molesta.

—Esa noche ni siquiera podía andar sin caerme, Bego y Maite tuvieron que llevarme todo el camino de vuelta agarrada a sus hombros —reconocí algo avergonzada.

—¿Entonces no pasó nada?

—Sí pasó, de hecho, pasaron muchas cosas. —Su cara cambió y el enfado se hizo evidente en sus hermosas facciones.

—¿Qué hiciste? Habla de una vez —exigió con desesperación.

—Lo que pasó fue que juré y perjuré que jamás volvería a probar el alcohol —bromeé divertida al verlo tan celoso—. Johnny, no hice nada. Aunque la verdad es que merecías que me hubiese marchado con aquel tío, por la forma en la que te comportaste.

Mi sonrisa se convirtió en carcajadas al ver la expresión de alivio de su rostro. Estaba celoso y le enfadaba estarlo.

—Revoltosa, como sigas riéndote de mí juro que te pongo a cuatro patas y te doy un par de azotes en ese precioso culito que tienes.
—¿Ah, sí? —Aquella advertencia me puso caliente. En el pasado hubiese salido corriendo, pero conocía a Johnny y sabía que jamás me hubiese hecho daño—. Pues yo tengo otra sugerencia.
—¿Cuál? —Su respiración se ralentizó al imaginarse lo que estaba pensando. La sonrisa regresó y me miró con deseo.
—Acepto ponerme como tú dices, pero contigo debajo —Y tras mis palabras, me coloqué encima de sus muslos y poseí su boca introduciendo mi caliente lengua en su interior.
—Vale, reconozco que me gusta más tu opción.
Después de una sesión de sexo morboso y ardiente en el coche pasamos el resto de la tarde en su suite, riendo, hablando y haciendo el amor. En el olvido quedó mi decisión de poner distancia entre los dos, ni podía, ni quería hacerlo. Quería a Johnny y lo iba a seguir haciendo a pesar de las consecuencias, de forma incondicional.
A las siete y media de la tarde nos despedimos y regresé a mi habitación, pues se acercaba la hora en la que debía servir la cena. Al llegar, encontré a Bego zurciendo unos pantalones.
Maite llegó varios minutos después. La miré extrañada, pues pensaba que al conseguir aquello que había estado buscando tanto tiempo tardaría más en aparecer.
—No me digas que ya te has cansado de él —reí.
—No hija, no, cansarme ni de coña. Pero lo primero es el trabajo —dijo sonriente—. Después, cuando termine

con la cena, ya me ocuparé de darle lo suyo y lo de su primo a ese superhéroe.

—¿Entonces ha merecido la pena la espera?

—Uf, ya te digo. ¡Me ha hecho el *spiderman*!

—¿Y qué te ha parecido?

—Pues no ha estado mal, pero me esperaba otra cosa —comentó algo desencantada por aquello que había estado esperando hacer tanto tiempo.

—¡Para matarte! —resoplé con los ojos en blanco—. Después de todo el verano dándonos el coñazo, ahora resulta que no era para tanto.

—Yo he sido la más afectada por el descubrimiento, créeme —respondió con un mohín triste en los labios.

Comenzamos a vestirnos en silencio. Bego, a pesar de encontrarse allí todo el tiempo y escuchar de forma íntegra la conversación, no abrió la boca en ningún momento. El asunto con Pichurrín la tenía muy deprimida y lo único que salía por su boca eran suspiros. Yo, por mi parte, tampoco podía considerarme el alma de la fiesta pues mi cabeza no dejaba de recordar que solo me quedaban un par de días con Johnny. Cada uno regresaría a su anterior vida y no volveríamos a encontrarnos. Dejaría de ver sus sensuales ojos, su sonrisa ladina cuando conseguía salirse con la suya, su impresionante cuerpo desnudo; incluso echaría de menos sus bromas pesadas.

Salimos de nuestra habitación y comenzamos a caminar hacia la cocina, en silencio. El único sonido que llenaba aquel vacío era el de nuestras pisadas, amortiguadas por la moqueta.

Cuando llegamos al hall, descubrí a Jordi hablando con un hombre que no había visto nunca por allí. El disc jockey sonreía relajado y atento mientras el otro hablaba sin parar. Miré a Bego y a Maite que seguían caminando a mi lado y llamé su atención.

—Continuad vosotras, ahora mismo voy. Tengo un asuntillo pendiente que resolver.

—No tardes, que casi es la hora de empezar —dijo Bego asintiendo.

Aguardé desde la distancia a que terminasen de hablar y cuando cada uno tomó su camino, corrí para alcanzarlo. Toqué su hombro para que se percatase de mi presencia y giró para ver quién estaba reclamando su atención. Al reconocerme su semblante cambió y en él apareció el desagrado.

—¿Qué quieres Miriam? —Resopló con fastidio y cruzó los brazos sobre el pecho, como escudo.

—Que me perdones, no fue mi intención mentirte, pero la situación se me fue un poco de las manos.

—Si no querías salir conmigo solo tenías que haberlo dicho —exclamó con enfado.

—Lo siento, actué fatal.

—Sí, y por ese motivo es mejor que cada uno vaya por su lado.

—Lo entiendo —asentí con tristeza—. Espero que puedas perdonarme algún día.

—Miriam… estás perdonada —respondió con voz cansada—, no puedo obligarte a que sientas por mí lo mismo que yo por ti. Tú me gustas y me jodió que me mintieses de esa forma. Soy un tío razonable, si me hubieses explicado la situación, lo hubiera entendido. Pero me pilló todo por sorpresa y casi termino a puñetazos con ese huésped por ti.

—Dios, soy un desastre —resoplé colocando una mano sobre mi frente.

—Mira, hagamos algo: Vamos a olvidar el incidente.

—¿En serio? —pregunté maravillada por la amabilidad de Jordi.

—Sí, en serio —rio al ver mi cara de felicidad—. Dentro de una semana me voy y no quiero marcharme disgustado contigo.

—¿Te vas?¿A dónde?

—El hombre con el que estaba hablando es el dueño de una de las discotecas más importantes de Ibiza. ¿Te suena el nombre de *Amnesia*? —Asentí con los ojos abiertos de par en par—. Acabo de firmar un contrato de cinco años con él.

—¡Es genial! Me alegro mucho por ti —salté con emoción.

—Es mi oportunidad para darme a conocer.

—Seguro que triunfas en Ibiza, eres buenísimo dentro de la cabina.

—Pasado mañana organizo una especie de despedida en la playa, con los trabajadores del hotel, si os apetece venir estáis invitadas.

—¡Claro que iremos! Eso ni se pregunta —acepté contenta de que la situación con Jordi se hubiera solucionado.

—Pues ya nos vemos, no te entretengo más o vas a llegar tarde a tu puesto de trabajo. —Sonrió.

—¡Ostras, es verdad! Ya ni me acordaba de la cena. —Comencé a correr hacia la cocina—. ¡Hasta pasado mañana!

Después de pasar toda la tarde recorriendo la isla Johnny, aparcó el Maserati cerca de la Cala´n Bosch, la que se encontraba más cerca del hotel. Abrió mi puerta con galantería, para que pudiese salir, e inmediatamente me rodeó con sus brazos y me dio un pasional beso en los labios.

—¿Quieres pasear por la orilla de la playa?

Asentí. Me apetecía escuchar las olas y sentir en mis pies el tacto de la arena. Nos descalzamos al llegar y agarrados de la mano comenzamos a caminar mojándonos los pies con la fresca agua.

Esa tarde no había mucha gente, el cielo anunciaba tormenta y pocos eran los valientes que decidieron arriesgarse a que les pillara la lluvia.

El silencio del lugar solo era roto por el sonido de las olas y la suave brisa llenaba nuestras fosas nasales con el reconfortante olor a mar. Todo era perfecto, el lugar, la tranquilidad y sobre todo la compañía de Johnny. Aquel hombre había conseguido meterse en mi corazón a pesar de los inconvenientes.

—Hoy estás muy callada.

—No, que va. —Levanté la cara para observarlo mejor y sonreí.

Sin creer ni una sola de mis palabras, me obligó a parar de caminar y con un gesto posesivo enlazó sus brazos en mi cintura y acercó nuestros cuerpos.

—¿Vas a echarme de menos cuando me vaya? —susurró con su frente apoyada contra la mía.

—¿De menos? Ni de coña —bromeé, cuando lo que realmente me pedía el cuerpo era echarme a sollozar por la inminente separación—. Por fin voy a poder dormir en mi incomodísima cama todos los días.

Johnny soltó una carcajada y me besó con suavidad. Aquel beso fue el más emotivo de mi vida, era todo sentimiento y entrega. Con el corazón encogido, pensé que jamás en la vida podría volver a experimentar algo tan bello.

Si no me recomponía en los siguientes segundos, estaba segura que iba a romper en a llorar de pena. Así que decidí alejarme de su cuerpo fingiendo indiferencia.

Coloqué los brazos sobre su pecho y, con un empujón, nos separé. En mis labios se dibujó una falsa sonrisa, tan falsa como la alegría que aparentaba mi cara.

—Además, ahora que ya no te voy a volver a ver, nuestro acuerdo de exclusividad, con respecto a terceras personas, ya no servirá. Podré volver a mi vida de lujuria y desenfreno con millones de hombres.

—¿Ah, sí? —También sonreía, pero en su cara se leía la tensión, como si no le gustase lo que escuchaba. Avanzó hacia delante, en mi dirección, para volver a cogerme, pero no lo permití. A cada paso que daba yo hacía lo mismo en sentido contrario, mar adentro, hasta que el agua nos llegó por las rodillas.

—Y tú podrás volver a tu vida de orgías y fiestas, con cientos de mujeres deseosas de meterse en tu cama —continué hablando con indiferencia, mientras que por dentro sentía un agónico ardor en la garganta.

—Lo estoy deseando —asintió con rigidez—, ya siento los calores solo con pensarlo.

—¿Calores? —repetí algo molesta— Pues yo tengo un remedio infalible para eso.

—¿Y cuál es?

—¡Este! —Y agachándome ligeramente palmeé con mi mano sobre el agua consiguiendo empaparlo por completo.

Su respuesta no tardó en llegar. Introduciendo las dos manos en el agua me mojó de arriba abajo.

—Me parece un buen remedio, no lo olvides tú tampoco por si lo necesitas alguna noche con alguno de los millones de hombres con los que piensas divertirte.

Aquel improvisado juego se convirtió en una guerra en toda regla. Entre carcajadas y gritos, continuamos empapándonos. Lo mismo corríamos para evitar ser alcanzados por el otro que atacábamos sin piedad.

En una de nuestras carreras Johnny me alcanzó y consiguió atraparme entre sus brazos. Sin parar de reír me condujo hasta la orilla y me colocó sobre la arena, inmovilizándome con su cuerpo. Con una mano cogió un puñado de arena húmeda y la balanceó sobre mi cara, decidiendo si me la tiraba.

—¡No, no, no, Johnny! Arena no, por favor —supliqué para no acabar con el rostro irreconocible por el pringue.

—¿Te rindes? —preguntó sonriente y jadeante por el juego.

—Sí, sí, me rindo. Tú ganas —asentí con ahínco, para que tuviese piedad.

—Reconoce que me vas a echar de menos.

—Te voy a echar muchísimo de menos —declaré mirándolo a los ojos, de corazón.

Suite veintiuno

Soltó la arena de inmediato y capturó mis labios en un exigente beso lleno de ansia y necesidad. Nuestras bocas se exprimían con la intención de guardar en la memoria aquel anhelado sabor, aquella íntima pasión que experimentábamos juntos. Nuestras manos exploraban, recorrían con desesperación cada rincón de nuestros cuerpos, deseosos de unirse, sin el estorbo de la ropa. Entre las piernas sentía el pene de Johnny, enorme y dispuesto, esperando a ser liberado de la jaula de los pantalones.

Conscientes de que estábamos en medio de la playa, y no podíamos dar rienda suelta a nuestros deseos, sin ser vistos por los viandantes, separamos nuestras bocas y permanecimos mirándonos en silencio, uniendo nuestros labios de vez en cuando con suaves besos.

—Yo también te voy a echar muchísimo de menos, revoltosa —susurró con intensidad—. Jamás olvidaré estas vacaciones.

—A mí también me va a ser imposible olvidarte —reconocí, con un nudo de pena en la garganta.

—Eres lo mejor que se ha cruzado en mi vida en muchos años, me encanta todo de ti.

—¿Hasta mis manías? —pregunté emocionada, mientras una lágrima amenazaba con brotar de mis ojos.

—Todo. Desde la pasión por tu equipo de futbol, hasta los tazones gigantescos de café y galletas. Has hecho que me enamore de ti. —El cuerpo de Johnny se puso rígido al comprender las palabras que habían escapado de sus labios. Sus ojos no podían estar más abiertos por el asombro, ni su mandíbula más tensa. Incluso su piel había palidecido—. Joder... ¡mierda!

Se levantó de encima y se pasó una mano por la cabeza, pensando en sus palabras, mirándome con seriedad. Se notaba que estaba confuso y contrariado.

En cambio yo estaba pletórica. Mis labios no podían dejar de sonreír después de escuchar aquella inesperada declaración. ¡Me quería! Toda la pena y la tristeza que había sentido hasta el momento desaparecieron, y en su lugar se instaló en mi pecho la euforia.

Hasta que no pasaron un par de segundos, Johnny no reaccionó. Cuando lo hizo, comenzó a negar con la cabeza y a limpiarse la arena de su ropa con rapidez.

—Me voy.

—¿Te vas?¿Dónde? —pregunté divertida al verlo tan perdido.

—Al hotel. —Y dicho esto comenzó a alejarse de mi lado.

—¿Y yo qué? ¿Me vas dejar aquí sola? —continué conteniendo la risa.

Frenó de golpe y, mirándome, se metió las manos al bolsillo del pantalón. Sacó las llaves del Maserati y me las dio para después darse la vuelta y seguir su camino con rapidez.

Con la boca abierta me quedé observándolo marchar. Cuando lo perdí de vista, dejé de contenerme y grité de la alegría pegando pequeños saltitos.

—¡Me quiere, me quiere, me quiere!

Dejé mi cuerpo caer sobre la arena de nuevo y allí comencé a reír. Quizás le costase un poco aceptar esa situación, después de todo Johnny era un hombre que huía de las relaciones, y todos esos sentimientos debían ser nuevos para él. Pero no me importaba, con sus palabras acababa de darme la llave de su corazón le gustase o no. ¡No pensaba dejarlo escapar! Cuando esa noche volviésemos a encontrarnos, le haría comprender que esos sentimientos no tenían nada de malo, al revés. Por fin podría decirle lo mucho que lo quería, podríamos planear un futuro juntos, podríamos ser felices para siempre.

Observé las llaves del Maserati y mi sonrisa se ensanchó todavía más. Ese día había sido redondo, se me había declarado el hombre que quería y, para rematar, iba conducir por primera vez un pedazo de coche de lujo. Me encaminé hasta donde estaba aparcado y al introducirme dentro y arrancarlo, me santigüé. Conociéndome como me conocía, estaba segura que algún que otro arañazo le haría. Reí y pisé el acelerador, ¡y qué más me daba, Johnny me quería!

Pletórica. Esa era la palabra más adecuada para describir mi estado de ánimo cuando llegué el hotel. Sentía que la vida me sonreía y esa felicidad se reflejaba en mi cara.

Nada más llegar a la habitación, donde se encontraban mis amigas, me tiré en mi cama con la mirada fija en el techo y una enorme sonrisa en los labios. ¡Johnny, Johnny, Johnny! Era guapo, simpático, agradable, atento, apasionado, tierno y, lo mejor de todo, ¡mío!

De inmediato, Maite y Bego se colocaron a mi lado, sentadas en la cama, con curiosidad por saber qué era lo que me tenía con la cabeza en las nubes.

—Mírala, está idiotizada —se burló Maite—. Dinos qué es lo que fumas para que compremos nosotras también.

—¿Buenas noticias? —continuó Bego, con ganas de saber el porqué de mi alegría.

Me incorporé de la cama y quedé sentada junto a ellas. Callé unos segundos para crear expectación, pero tal era mi alegría que exploté al poco, incapaz de ocultar mis sentimientos.

—Soy muy feliz. ¡Feliz, feliz, feliz!

—Definitivamente, quiero de eso que estás fumando.

—¡Cállate Maite y deja que lo cuente!

—Chicas, quiero a Johnny.

—Ay, Dios... ¿Que tú...? —boceó Maite—. ¡Eres tonta o qué!

—Pero... pero, ¿no decías que solo iba a ser un rollo de verano? —preguntó Bego con ojos asombrados.

—Y lo era, os juro que estoy tan asombrada como vosotras, para mí era una simple diversión.

—Pues enhorabuena, ahora volverás a casa con un par de recuerdos de Menorca y un corazón roto, —ironizó Maite—, porque conozco a los de su clase y sé que aparte del sexo no vas a conseguir nada más.

—Él también me quiere, me lo ha confesado hace un rato —dije con seguridad.

—¡Te lo ha dicho!

—Más bien se le ha escapado —asentí riendo por las caras de asombro de éstas—. ¡Si hubierais visto su cara en ese momento! Parecía que hubiese visto un fantasma, estaba tan confuso...

—¿Y qué vais a hacer? Johnny se va en un par de días —preguntó Bego.

—No lo sé, pero ahora que sé lo que siente, no pienso dejarlo marchar así como así —aseguré con decisión.

—Estoy flipando —reconoció Maite—, al final el depredador se ha convertido en la presa.
—Me alegro por vosotros, de corazón —me abrazó Bego—. Johnny parece un buen tío.
—Lo es —aseguré con el convencimiento que mi chico era el mejor—. Ey, ¿qué os parece si para celebrarlo os invito a un par de cafés?
—¿Cafés? Ya que te pones prefiero una mariscada —rio Maite.
—Joder, ¿es que tengo cara de rica? —exclamé divertida—. Como mucho, podemos ir a un restaurante y pedirle a quien esté comiendo gambas que te eche el aliento en la cara.
—Puaj, qué asquerosa —dijo ésta con cara de repulsión—. Anda, corre por los cafés, que mirándolo por ese lado me parecen mucho más apetecibles.
Salí de la habitación riendo por los comentarios de las chicas y me encaminé hacia el comedor de los trabajadores, para sacar los cafés de la máquina.
Por el pasillo comencé a entonar una pegadiza canción. Estaba muy contenta, tanto que era capaz de ponerme a bailar con el encargado como me lo cruzase.
Al doblar la esquina que llevaba hasta allí, casi me estampé de bruces contra una mujer. Levanté la cabeza para disculparme y, cuando lo hice, descubrí que se trataba de Damaris. La deslumbrante fémina me sonrió con picardía y se llevó las manos a la cintura.
—Vaya, vaya, vaya… pero si es Caperucita —se burló—. ¿Qué tal estás? Desde que nos vimos en la fiesta de mi amigo ya no hemos vuelto a hablar.

—Estoy bien, gracias —le respondí con brevedad, con la intención de marcharme cuanto antes—. Tengo un poco de prisa, mejor hablamos en otro momento.

—¿Prisa? ¿Caperucita va a encontrarse con el lobo? —rio refiriéndose a Johnny—. Espero que cuando sientas su mordedura tengas a tu abuelita para consolarte, porque tarde o temprano sucederá.

Fruncí el ceño por las palabras de aquella mujer. Sus constantes advertencias ya empezaban a cansarme, tenía que dejarle claro que se equivocaba conmigo y que no era tan tonta como parecía.

—Pues déjame que te diga que dudo mucho que Johnny me lastime, es bueno y me quiere.

—¿Qué? —gritó sin poder contener las carcajadas—. Todavía eres una niña ingenua que piensa que el mundo es color de rosa. Qué equivocada estás, Caperucita.

—No entiendo qué te propones con todo esto —la increpé con enfado.

—Mira, Miriam, soy una mujer como tú y odio que un hombre intente engañarnos. Él no es para ti, es infiel por naturaleza.

—Johnny es bueno y jamás me mentiría —lo defendí con uñas y dientes.

—Todavía tienes mucho que aprender, cariño —me acarició el pómulo—. Tu querido Johnny ha quedado conmigo dentro de unas horas en la sala de juegos.

—¡No te creo! —le grité, era imposible, no podía ser verdad.

—Pues eso se puede demostrar con facilidad. Esta noche, a las once y media, escóndete detrás de la puerta del

cuarto de limpieza, a esa hora entraremos en la sala de juegos para... tú ya me entiendes, ¿no?
—No voy a ir porque confío en él.
—Como quieras, es tu decisión —sonrió—. Pero que sepas que el que avisa no es traidor.
Incapaz de escuchar ni una palabra, más eché a correr de vuelta hacia la habitación. Abrí la puerta y me senté en mi pequeña cama, con la mirada perdida. No podía ser verdad lo que había dicho Damaris, Johnny jamás me mentiría de ese modo. Me aseguró que no habría ninguna mujer más... ¡Él me quería!
—¿Ya has vuelto? ¿Dónde están los cafés? —preguntó Maite.
No contesté, estaba tan enfrascada en mis pensamientos que pasé por alto su comentario.
Las chicas, al fijarse con más detenimiento en mi expresión, corrieron a mi lado preocupadas.
—Miriam, qué pasa —dijo Bego con seriedad. Negué con la cabeza, sin contestar—. ¡Habla! Dinos qué te ocurre, hace un momento te has marchado eufórica y ahora vuelves desecha.
—Cuéntanos qué te pasa de una puta vez, me estás preocupando —exigió Maite.
Tras un momento de dudas, les conté todo lo que Damaris me había dicho. Repetí sus palabras al pie de la letra, pues las llevaba marcadas a fuego en el corazón.
—Entonces, ¿qué vas a hacer? —me preguntó Bego muy seria.
—No voy a ir, confío en Johnny —me tapé la cara con las manos e intenté meditar sobre la forma en la debía actuar.

—¿Estás segura? —insistió Bego.

Asentí con contundencia y me levanté de la cama. Pero en seguida resoplé y me llevé las manos a la cabeza.

—Sí voy a ir, tengo que saber la verdad.

—Te acompañamos —dijo Maite con decisión.

—No, chicas, no hace falta.

—Vamos a acompañarte y punto —aseguró Maite sin titubeos—. Estaremos apoyándote en todo momento, además, alguien tiene que partirle la cara al imbécil ese si descubrimos que te ha mentido.

—No hables así de Johnny —regañé a mi amiga—, no ha hecho nada, la culpa es mía por desconfiar de él.

A las once y veinte minutos entramos las tres juntas al cuartito donde me indicó Damaris que esperase. Apagamos la luz y nos quedamos en silencio, mirando por la pequeña abertura de la puerta, rezando para que aquella mujer me hubiese engañado y poder escapar de una vez de esa pesadilla.

Las once y media pasaron y no hubo rastro de Johnny ni de su amiga. Poco a poco comencé a sentir algo de tranquilidad en mi interior, después de todo, aquello había sido una broma pesada.

—Vámonos, me han engañado igual que a un chino —les dije con una media sonrisa en los labios.

Expulsé con satisfacción el aire que llevaba reteniendo en los pulmones todo ese tiempo y comencé a abrir la puerta para salir de aquel diminuto cuarto. Pero antes de poder hacerlo, sentí una mano que me metía dentro por segunda vez.

Suite veintiuno

—Shshshs —me mandó callar Bego, con el dedo índice sobre sus labios—. Se escuchan pasos.

De nuevo se hizo el silencio y al instante pudimos ver a Damaris y a Johnny cogidos de la mano.

Cuando llegaron junto a la puerta, en la que estábamos escondidas, la mujer se acercó y le dio un tórrido beso en los labios. Él le dedicó una oscura sonrisa y, palmeándole el trasero, le devolvió el beso casi con brutalidad. Abrieron la puerta y entraron juntos. Pero antes de cerrar, Damaris se excusó con él informándole que regresaba enseguida. Cerró la puerta de la sala de juegos, para que el hombre no descubriese que estábamos espiando, y la vimos acercarse a nuestro escondite. La preciosa mujer se quedó mirándonos con una sonrisa helada en los labios.

—¿Me crees ahora, Caperucita? —dijo sonriente—. Todos los hombres son iguales. Así que, si me disculpáis, me están esperando para... jugar. Aunque si os apetece entrar a mirar, estáis invitadas.

—Vete a la mierda un rato, guapa—escupió Maite.

Damaris soltó una carcajada y, tras mandarme un beso con la mano, dio la vuelta y regresó a la sala de juegos.

Al verla desaparecer y escuchar la puerta cerrarse tras ella, sentí que algo se rompía en mi interior. Johnny acababa de entrar a aquel lugar con Damaris. Me tapé la boca con una mano y reprimí un sollozo. ¿Dónde estaba el dulce hombre que yo conocía? Aquel que me hacía volar con sus tiernas palabras no era el mismo que había besado a Damaris con tanta brutalidad. Miré la puerta de la sala de juego, imaginándolos desnudos, y una terrible angustia se apoderó de mi pecho. ¡Qué estúpida e ingenua le debí parecer desde el principio! Tan crédula y confiada que había hecho y deshecho a su antojo, sin preocuparse por mis sentimientos.

La cabeza me daba vueltas, lo único que quería era meterme en la cama y desaparecer de aquel maldito hotel. Me dolía el corazón, sentía que había estado viviendo una mentira todo ese tiempo y mi expresión desolada lo describía a la perfección.

Maite abrió la puerta del cuarto donde estábamos de un golpe, con rabia en el rostro.

—¡Ese cabrón me va a escuchar! —exclamó—. Que se prepare porque lo voy a reventar a palos.

—Maite, no —dije con un hilo de voz—. Vámonos, ya no merece la pena, Johnny está muerto y enterrado para mí.

—¿Seguro, tesoro? —Asentí con decisión mientras las lágrimas caían por mis mejillas.

Regresamos a nuestra habitación y nos quedamos en ella el resto de la noche. Las chicas intentaron animarme, pero yo de lo único que tenía ganas era de dormir.

A las doce de la mañana del siguiente día, escuché el sonido de mi móvil, cuando lo abrí apareció en la pantalla el número de Johnny. Pero era tal el dolor y la rabia que sentía en mi interior que mi primer impulso fue estrellar el teléfono contra el suelo en vez de contestar.

Lo que restó de día lo pasé recluida en aquel diminuto dormitorio y solo consentí salir a la hora de trabajar.

La velada fue tranquila, no vi a Johnny pero sí a Damaris, que me sonrió con su habitual picardía. Me alegré de no encontrarlo allí, estaba destrozada por el descubrimiento de la pasada noche y era capaz de ponerme a gritarle delante de todo el mundo si se ponía en mi camino. Estaba muy dolida, muchísimo, pero, a pesar de todo, mi corazón no dejaba de acelerarse con la posibilidad de volver a verlo.

Después de recoger las copas y restos de comida, Bego y yo nos dirigimos a la recepción para acabar la jornada laboral. Fue una noche aburrida, con muy pocas llamadas, pasamos la mayor parte del tiempo en silencio, propiciado por mi lúgubre estado de ánimo. A la una y media de la madrugada sonó el teléfono y contestó Bego. Los veinte segundos que duró la charla contestó con seriedad, a base de monosílabos. Tras colgar me miró en silencio.

—Era él, me ha pedido que te dijera que subieses a su suite. Le he dicho que no.

—Has hecho bien —respondí haciéndome la dura, cuando en el fondo mi alma lloraba de pena. Suponía que Johnny debía estar extrañado por mi repentino cambio de actitud, pues no estaba enterado de que lo había descubierto con las manos en la masa.

Resoplé con fastidio. Se acabó el pensar en aquel idiota, no se merecía ni una sola de mis lágrimas. Desde ese momento iba a desterrar a ese capullo infiel de mi corazón. Estaba decidido, a la mierda Johnny y todo lo que tuviese que ver con él.

Pero al poco rato, su imagen regresó a mi cabeza y no pude borrarla en toda la noche.

Al amanecer, y tras observar mi demacrado aspecto, Bego me animó a retirarme a la habitación mientras ella terminaba con la última media hora en la recepción. Asentí, sin necesidad de que siguiese insistiendo, necesitaba dormir.

Muchas horas después abrí los ojos y miré mi reloj de muñeca. Eran las cinco de la tarde, llevaba durmiendo todo el día y todavía me apetecía cerrar de nuevo los párpados para sumirme en el dulce letargo del sueño. Por el silencio que reinaba en la habitación, deduje que las chicas no estaban.

Me obligué a levantarme de la cama y vestirme, no podía pasar todo el día allí. Cuando me estaba peinando, me sobresaltaron unos fuertes golpes en la puerta. Mi corazón bamboleó contra el pecho, pues tenía la seguridad de que era él. Temerosa de abrir y encontrarme a Johnny esperé a que se cansara de llamar y se marchase. Pero pasados varios minutos y viendo que seguía allí decidí plantarle cara. No pensaba esconderme de nadie, después de todo yo no había hecho nada malo. Agarré el picaporte, inspiré y expiré un par de veces para calmar los nervios y abrí la puerta. Como había supuesto, era él.

Las piernas me temblaron al verlo, por mucho que me esforzase por aparentar frialdad en el fondo sabía que estaba jodida. Lo quería y no podía hacer nada para que mis sentimientos desapareciesen, a pesar de su engaño.

El hombre de los ojos ambarinos me sonrió con cautela y se acercó un poco a mí para acariciarme la mejilla.

—Te estuve esperando toda la noche, voy a atarte a mi cama para que no puedas marcharte jamás.

Me aparté con violencia de su contacto y, sin poder contenerme, le propiné un sonoro bofetón en la mejilla, haciendo que la confusión tomara el control de su rostro. Se tocó justo donde le había pegado y me miró con los ojos muy abiertos.

—¿Pero qué coño te pasa? —exigió saber, muy enfadado.

—¡No se te ocurra volver a tocarme en tu puta vida, porque la próxima vez me hago unos pendientes con tus huevos! —dije mientras le lanzaba una mirada envenenada. Cogí las llaves del coche y se las di con desprecio—. Toma esto y lárgate de aquí.

Se quedó en silencio, intentando comprender el porqué de mi comportamiento, me miró con el ceño fruncido y dio un paso en mi dirección.

—Miriam, ¿qué te pasa? —preguntó al ver que yo retrocedía para que no se acercase—. ¿Es porque me fui de la playa sin ti? ¿Te molestó eso?

—¿Por qué no se lo preguntas a tu amiguita Damaris? Quizás ella quiera decírtelo, la otra noche parecíais muy compenetrados cuando entrasteis en la sala de juegos.

Cerró los ojos con fuerza y maldijo por lo bajo. De su boca escapó un profundo suspiro. Avanzó otro paso hacia mí y acto seguido también lo di yo pero hacia atrás, para continuar guardando las distancias.

—Escucha, lo de la otra noche no fue…

—¿Te vas a atrever a negarme lo evidente? Besaste a Damaris y entraste a ese sitio con ella —lo interrumpí para no escuchar sus excusas.

—No lo niego. Pero…

—¡Basta! —grité mientras me tapaba los oídos—. Os vi, yo estaba allí también y pude comprobar la clase de persona que eres. Te dan igual los sentimientos de los demás mientras tengas un coño dispuesto para divertirte.

—Eso no es verdad —se defendió con enfado.

—¿Ah, no? ¡Que te follen, cabrón! Lo único que te pedí, en todo este tiempo, fue que si te acostabas con otra me lo dijeras, que no quería ser la que se comiera las babas de nadie. —Las palabras salieron de mi boca disparadas, aquella situación me superaba y solo quería que me dejase en paz, que se olvidase de mí—. ¿Sabes una cosa? Yo te quería, y lo peor de todo es que tenía la tonta idea de que tú a mí también. He sido una estúpida al fiarme de alguien como tú.

—Entiendo tu enfado, pero tampoco tienes motivos para ponerte así, yo nunca te he puesto un anillo en el dedo para que te sientas como una novia engañada.

—Lo más triste es que tienes razón, solo eran ilusiones de una niña estúpida.

Comencé a cerrar la puerta, luchando para que las lágrimas que se me agolpaban en los ojos no saliesen al exterior y se derramasen por mis mejillas.

—Miriam, por favor, hablemos de esto —dijo Johnny colocando una mano entre la puerta para evitar que la cerrase—. Deja que me explique, creo que merezco eso al menos, no sabes la otra mitad de la historia.

—No me importa tu puñetera historia, desaparece de mi vista —le ordené mientras volvía a empujar la puerta para cerrarla. Pero Johnny no lo permitió, con muy poco esfuerzo consiguió volver a abrirla.

—Espera, esto no puede terminar así, dime algo…

Paré en seco mi empuje y fijé mi mirada en su hermoso rostro, el rostro perteneciente al hombre que todavía quería.

—El complejo hotelero Atlántida le ofrece unas avanzadas instalaciones y actividades de lujo para su disfrute. Por primera vez, cuenta con un vanguardista simulador de golf que...

—¿Y esto qué tiene que ver con nosotros? —preguntó confundido.

—Relájese en la peluquería, en el centro de belleza o en el gimnasio. Disponemos de cibercafé y sala de juegos.

—Terminé de recitarle de memoria el panfleto—. Esto va a ser de lo único que hable con usted. Olvídeme, señor Navarro.

Y aprovechando un descuido, le cerré la puerta en las narices. Me encaminé hacia mi cama y echándome otra vez en ella comencé a llorar.

—¡Cabrón, embustero, farsante! —grité con la cabeza debajo de la almohada.

Pero lo peor de todo no eran los engaños, lo que en realidad me dolía era que yo lo quería con locura.

Me había enamorado de él mientras que, por su parte, solo hubo mentiras. Todas sus palabras y sus actos fueron un vil engaño.

Mita Marco

11

UN SIMPLE ADIÓS

Ya no lloraba, pero me sentía tan mal que no me veía con fuerzas ni para mirarme al espejo. Había pasado más de una hora desde que hablase con Johnny, pero en mi cabeza se repetía una y otra vez la conversación. Sus ojos me atormentaban, hacían que anhelase algo que ya no podía ser. Deseaba estar con él, por encima de todas las cosas, pero ya no me iba a rebajar más. Decidida a terminar con ese tema de una buena vez, me dirigí al armario y abrí mi maleta.

Bego y Maite llegaron en ese momento. Tras saludarme con ternura, se sentaron en una cama para ver qué me traía entre manos.

De la maleta saqué los dos ramos de piruletas y, después de mirarlos unos segundos con pena, me dirigí hacia el aseo y los arrojé al cubo de basura.

—Se acabó, no quiero saber nada más de ti —dije en voz alta, dirigiéndome a las piruletas, del mismo modo que si fuesen Johnny y no unos simples objetos inanimados.

Regresé al armario, bajo la atenta mirada de mis amigas y les enseñé los preciosos pendientes con las perlas de Manacor que me regaló tras una de nuestras discusiones.

—Mi intención es tirarlos a la basura junto al resto de sus cosas, si los queréis estáis a tiempo.

—¡No puedes tirar esa maravilla! —gritó Maite contrariada—. Yo me los quedo.

—Maite, no te los vas a quedar —la regañó Bego.

—Pero si los va a tirar.

—Miriam, haz lo que tengas que hacer.

Asentí ante las palabras de Bego y con rabia los deposité en la papelera junto a las piruletas. Al hacerlo un nudo de sentimientos se apoderó de mi garganta y sin poder evitarlo me eché a llorar.

Las chicas me abrazaron para infundirme fuerza y calor, y sentí que al menos a ellas las tendría de forma incondicional, sin tener que preocuparme de que me engañasen.

El móvil de Bego comenzó a sonar. Con rapidez lo cogió y se metió dentro del aseo para hablar con tranquilidad. Cinco minutos después, una palidísima Bego regresó junto a nosotras.

—¡Ay Dios, ay Dios, ay Dios! —exclamó alucinada.

—¿Qué? —preguntamos Maite y yo al unísono.

—Acabo de hablar con mi Pichurrín, me ha dicho que este tiempo que hemos estado separados le ha ayudado a comprender lo mucho que me quiere… ¡y me ha pedido matrimonio!

—¿Por teléfono? —boceó Maite.

—Sí, dice que no podía aguantar más las ganas. Después de pasar casi un mes sin hablar conmigo, por el agobio del trabajo, necesitaba decírmelo.

—¿Y tú qué le has contestado? —dije olvidando momentáneamente mi dolor y alegrándome por Bego.

Suite veintiuno

—¡Joder! No le he contestado... estaba tan nerviosa que... —se percató con apuro—. Voy a llamarlo ya mismo.

—¿Pero vas a aceptar? —insistió Maite.

—¡Sí! —Comenzó a pegar pequeños saltitos de la emoción—. Chicas, id preparando las pamelas porque tenéis boda.

Maite y yo nos miramos. Después de todo había resultado que su novio no era tan cabrón como imaginábamos y tuvimos que admitir nuestra equivocación al prejuzgarlo.

Pasamos el resto de la tarde escuchando a Bego parlotear sobre la boda. Estaba pletórica, se notaba que quería a su Pichurrín con locura y eso consiguió sacarme un par de horas de mi tristeza. Acepté que no todos los hombres eran malos, había algunos con sentimientos verdaderos en su corazón.

La pequeña cala, situada en las inmediaciones del complejo, estaba a reventar. Casi todos los trabajadores del hotel, que no estaban cumpliendo con sus obligaciones, se encontraban allí para despedir a Jordi. Había buena música, comida y algo de alcohol para animar la fiesta.

En cuanto aparecimos por allí, el guapo disc jockey se posicionó a nuestro lado. Era un anfitrión atento y simpático, que intentaba hacernos divertida la estancia en aquel lugar.

—Tenéis que venir a Ibiza alguna vez a verme.

—Prometido —asentí con una sonrisa.

—Es una isla muy bonita y marchosa —continuó con alegría.

—En cuanto termine con el máster, me paso por allí y me enseñas Ibiza.

—¿Quieres que te la enseñe yo? No creo que al ricachón de tu novio le haga mucha gracia —dijo refiriéndose a Johnny.

—No es mi novio, de hecho ya no somos nada —le expliqué, como si no me importase, cuando en realidad me quemaba el corazón cada vez que su recuerdo volvía a mi memoria.

—¿Estás libre?

—Sí, libre cual pajarillo —reí, con ganas de llorar.

—Quizás suena un poco mal pero... me alegro por mí.

—¿Por ti?

—Exacto, ahora puedo probar suerte e intentar que te fijes en mí.

—¡Vaya! No te andas con rodeos —abrí los ojos con asombro. Me fijé con detenimiento en Jordi. ¿Sería verdad eso de que un clavo sacaba otro clavo?

—¿Te apetece que nos veamos después de la fiesta? —me sugirió con decisión.

—Pues... —Mi cabeza iba a tres mil por hora. La imagen de Johnny me atormentaba, me decía que no hiciese aquello, que a quién quería era a él. Pero por otro lado estaba mi orgullo, que me recordaba el engaño. Sin querer darle más vueltas, mi boca se adelantó—, vale, luego nos vemos.

—Genial —exclamó con alegría. Me dio un suave beso en los labios y se excusó para poder hablar con los demás invitados.

Cuando se marchó, me llevé una mano a la boca. ¿Qué había sentido con el beso? ¿Pasión, excitación?

Suite veintiuno

¡Nada! No sentí nada. Aunque estaba dispuesta a poner de mi parte para que aquello fuese una experiencia igual de satisfactoria, o incluso mejor, que con Johnny. ¡Se había terminado el lamentarse, ahora me tocaba a mí disfrutar!

Al quedarme sola, pude fijarme mejor en todas las personas que habían asistido a la despedida de Jordi. Incluso el encargado estaba presente, pero para variar seguía con la misma expresión seria en el rostro.

—¡Hola, Miriam!

Giré para ver quién me estaba llamando y cuando lo hice descubrí a Gabriela. Se la veía contenta, relajada, su semblante era mucho más parecido al de la persona que me recibió la primera noche en la discoteca. Le sonreí con cariño y la abracé.

—Qué tal, cielo, ¿cómo va el tema de tu niña? ¿Sabes ya algo? —me interesé.

—¡Sí, mi hija ya está conmigo! —exclamó pletórica—. Perdona que no te dijese nada antes, pero estos días los he pasado con ella en casa. Necesitaba un poco de tranquilidad.

—Me alegro muchísimo por vosotras Gabriela, y no te disculpes, te entiendo perfectamente. Cuando estéis más relajadas ya me llamas y quedamos para que la conozca.

—No va a hacer falta, Gloria está hoy aquí. La he dejado con mi compañera de piso junto a la barra, espera un segundo. —Y dicho esto se fue corriendo a por ella. Apenas medio minuto después apareció con una niñita de unos cuatro o cinco años cogida de la mano—. Aquí estamos, esta es mi hija.

Al fijarme en la pequeña, no pude más que reprimir una exclamación de asombro. ¡Gloria era la misma niña que me encontré en el parque! Cuando la pequeña me miró también me reconoció.

—¡Mami, ella es mi amiga!

—¿Ésta es Gloria? —pregunté asombrada por haber tenido tan cerca a su hija sin saberlo.

Gabriela nos miró extrañada.

—¿Os conocéis?

—Sí, mami, le curé la cabecita en el parque con una canción, porque le dolía —contestó la niña con seriedad.

—No me lo puedo creer —dije todavía alucinada—. La vi con su padre en un parque cerca de aquí. Jamás hubiese imaginado que era tu hija.

—Me lo imagino. La policía me informó de que ese desgraciado se iba paseando con ella como si nada, sin esconderse de nadie.

—¡La policía! ¡Ese día me crucé con varios coches patrulla que se dirigían hacia el parque! —Recordé mientras ataba todos los cabos de la historia—. Iban a por ella.

—Mi papá no me llevó al avión, pero el policía me montó en un coche con muchas luces azules y con rejas, me dijo que allí se llevaban a los malos a la cárcel —saltó la niña muy emocionada por la experiencia.

—¡Qué suerte tienes! Yo nunca he montado en uno —reí al ver su entusiasmo. Miré de nuevo a Gabriela, que acariciaba con amor la cabecita de Gloria—. ¿Qué ha sido de su padre?

—Está en la cárcel acusado de secuestro, hasta que salga el juicio. Y cuando eso suceda, pienso ponérselo muy difícil. No se merece volver a ver a mi hija después de lo que ha hecho —declaró con decisión Gabriela.

Suite veintiuno

Asentí de acuerdo con ella, de entre todos los actos imperdonables, secuestrar a un niño era uno de los peores.

Pasé un agradable rato en compañía de Gabriela y Gloria. La niña terminó de enamorarme, era habladora y muy inteligente. Cuando se despidieron de mí les aseguré que las visitaría con más tranquilidad un día de esos. Se marcharon cogidas de la mano y yo las observé alejarse sonriendo.

Me acerqué a un grupito de trabajadores del hotel y me uní a su conversación. Tan enfrascada me encontraba que, cuando me fui a dar cuenta, noté el roce de unos dedos en mi brazo. Era Jordi. Me agarró de la mano y disculpándose de los demás me alejó de la fiesta.

—¿Todavía quieres estar a solas conmigo?

¿Quería? Me quedé pensativa unos segundos.

—Claro, vamos —respondí.

Después de caminar varios minutos, me percaté de que íbamos camino del hotel. Tragué saliva y continué sin decir ni una palabra.

Antes de entrar al hall, se giró hacia mí y me besó por segunda vez.

—Entraremos por separado para que no nos vean juntos. Espérame en el pasillo, donde se encuentra el casino, enseguida me reúno contigo.

Asentí como una autómata, hice lo que me indicó y a los pocos segundos sentí una lenta respiración a mi espalda. Cuando me giré no pude reprimir un jadeo al descubrir a Johnny en vez de a Jordi. Sus sensuales ojos me recorrieron con seriedad y mis piernas temblaron ante su proximidad. Tenerlo tan cerca me desarmaba, pero no iba a volver a caer en su juego. Mi corazón se colocó la coraza y mi espalda se irguió para enfrentarlo.

—Necesito hablar contigo —susurró con decisión.

—Vete de aquí —dije con furia.

—He visto como besabas al *musiquitas* —me informó con enfado—. Miriam, no subas a la habitación con ese tío.

—Lo que yo haga a ti no te importa.

—Vente conmigo a mi suite, tenemos muchas cosas que aclarar.

—Antes muerta —aseguré, aunque por dentro ardía de ganas por hacer lo que me pedía.

—Mañana me voy del hotel.

—Mi única pena es que no te hayas ido ya —aseguré.

Se pasó la mano por el cabello con nerviosismo, resopló y cerró los ojos con fuerza.

—Miriam...

—¡Que te largues de mi vista!

—¡Se acabó! Ahora lo haremos a mi manera. Vamos a despedirnos quieras tú o no. —Y tras decir eso me agarró por los hombros, me acercó a su cuerpo a pesar de mis intentos por que me soltase, y devoró mis labios con un devastador beso.

A pesar de todo, no pude evitar disfrutar con su contacto. Mi débil resistencia desapareció cuando sentí su lengua recorriendo mi boca. Me perdí con vehemencia en aquel beso, agarrándome fuerte a su camisa para no perder el equilibrio. En esos momentos mi mundo se redujo a Johnny, a sus manos aplastando mi trasero, a su cuerpo apretado contra el mío y a su boca, que me proporcionaba tanto gozo que era hasta doloroso.

Sus labios eran exigentes, demandaban tanto placer como brindaban y yo, sin poder remediarlo, se lo estaba entregando. Me di por entero, como había hecho en el pasado cada vez que estábamos juntos, sintiendo que era allí donde debía estar, entre sus brazos. Pero pronto aparecieron en mi mente los recuerdos, asomando con timidez entre medio de mis deseos. Se posicionaron en mi cabeza y me golpearon con dureza. En ellos aparecían Johnny y Damaris en la puerta de la sala de juegos, se besaban con brutalidad para después adentrarse en aquel cuarto. Me había engañado, se había estado riendo de mi confianza todo ese tiempo.

Con rabia, despegué nuestros labios y lo empujé con fuerza para que se alejase. Nuestras respiraciones eran rápidas, jadeantes. Mis ojos lo fulminaron y en mi cara se volvió a instalar la ira.

—Te odio — declaré entre dientes, sintiendo como las lágrimas se agolpaban en las cuencas de mis ojos.

Él me observó un momento. Creí reconocer la tristeza en su hermoso rostro, pero era tal mi enfado que no me importó lo más mínimo.

—Adiós, revoltosa. —Se despidió por última vez. Dio la vuelta, se marchó hacia el ascensor y desapareció dentro de él.

Contuve las ganas de echarme a llorar. Qué fácil hubiese sido hacer lo que me pedía y reunirme de nuevo con él en su habitación. Pero me sentía tan dolida y engañada que no me lo permití.

El sonido de unas pisadas hizo que levantase la mirada. Era Jordi el que se acercaba, balanceando algo en la mano.

Al acercarse más, pude comprobar que se trataba de una tarjeta de las que se usaban para abrir las habitaciones.

—Mira —me la enseñó sonriente—. Un amigo que trabaja en mantenimiento me debía un favor y me ha prestado la llave de una suite.

Me acorraló contra la pared y me besó con intensidad, colocando los brazos apoyados en la pared, a cada lado de mi cuerpo.

Respondí al beso de forma mecánica, con los ojos abiertos, inexpresivos. Si en la playa su contacto me provocó indiferencia, en esos momentos ya no ocurría ni eso. No sentía nada con él, mi cabeza y mi corazón estaban junto a otra persona. Sin poder evitarlo las lágrimas cayeron por mis mejillas y me demostraron que no podía continuar con esa farsa. Acostarme con él suponía perder el respeto por mí misma. El único motivo por el que había aceptado aquella locura era la venganza, quería demostrarle a Johnny que yo también podía ser igual de liberal que él. Pero no lo era, ni siquiera me reconocía, no era yo.

Jordi, al percatarse de que lloraba, se separó de mi cuerpo con rapidez y se quedó observándome sin saber qué hacer.

—¿Por qué lloras?

—Yo… no puedo hacer esto —dije entre sollozos—. Lo siento.

—¿Qué es lo que no puedes hacer?

—Ir contigo a la suite.

—No haremos nada si tu no quieres —aseguró para intentar convencerme—. Podemos subir y hablar un rato.

Comencé a negar con la cabeza de forma sistemática. Lo que realmente quería era regresar a mi habitación y llorar por lo que nunca podría ser.

—No puedo. Eres un tío genial… pero quiero a otro.

—Es el huésped con el que te vi en el puerto, ¿verdad? —preguntó con cansancio, aceptando que entre nosotros no habría nada.

—Sí, es él —asentí sollozando con más fuerzas—. Me voy. Espero que te vaya todo genial en Ibiza.

El joven asintió con aceptación, sabía que no había posibilidad de que cambiase de opinión. Su rostro serio no me reprochaba nada, después de todo tenía que reconocer que era un gran hombre. Lástima que mi corazón perteneciese a otro no tan bueno.

—Sabes que la invitación sigue en pie, cuando quieras puedes ir a verme allí —continuó con amabilidad—. Quizás no pueda ser tu pareja, pero sí quiero que me permitas ser tu amigo.

—Por supuesto, eso ni se cuestiona. —Me limpié las lágrimas con el dorso de la mano y lo abracé con cariño. No todos los días te encontrabas a una persona tan noble por el camino.

Me despedí de Jordi, con una sonrisa, y cada uno tomó una dirección.

A pesar de que pasé la noche trabajando, cuando llegué a la habitación me fue imposible conciliar el sueño. Dormitaba a ratos y despertaba sobresaltada sin ningún motivo.

A las once y cuarto de la mañana ya no aguantaba ni un segundo más metida en la cama y decidí levantarme. Las chicas todavía dormían a pierna suelta y no quise despertarlas con mis historias de corazones rotos.

Acabé de asearme y vestirme en unos pocos minutos y pensé en ir a la cafetería para comer algo, llevaba sin meter nada sólido en el estómago casi un día.

Pero al calzarme los zapatos escuché, a través de la ventana, el sonido de ruedas de maletas. Me asomé de casualidad y descubrí a Johnny y a su grupo de amigos marcharse del hotel.

Al comprobar que se marchaba, mi cabeza empezó a dar vueltas y mi corazón amenazó con salírseme del pecho. Se iba, ya no volvería a verlo nunca más. Jamás volvería a sonreírme con picardía, no podría besar sus labios, ni me haría el amor como él solo era capaz. Nunca más podríamos hablar de todo y nada a la vez, no me haría sentir como la persona más afortunada del mundo y, lo que era todavía peor, jamás iba a volver a experimentar semejantes sentimientos con nadie más. Estaba segura de que no sería capaz de olvidarle, en esas pocas semanas que pasamos juntos se había convertido en una de las personas más importantes para mí. Un jadeo escapó de mi boca, mientras continuaba observándolo salir de mi vida.

Desde mi posición, pude ver que Johnny dejaba de caminar, mientras que su grupo de amigos continuaba sin detenerse, hablando y riendo todos juntos. Como poseído por un impulso, se dio la vuelta, alzó la cabeza y dirigió sus serios ojos hacia mi ventana. Nuestras miradas se encontraron durante apenas unos segundos, quizás milésimas, porque mi reacción fue la de esconderme. Me

Suite veintiuno

senté en el suelo con la cabeza apoyada contra la pared y miles de lágrimas resbalando por mis mejillas. Cuando me atreví a mirar por segunda, vez Johnny ya no estaba, se había ido.

El último mes de trabajo en el hotel pasó con lentitud. Delante de Maite y Bego disimulaba a la perfección el pesar que sentía, pero cuando me encontraba sola continuaba derrumbándome al acordarme de él. A pesar de todo, me obligué a continuar con mi vida y a salir con las chicas cada vez que alguna sugería algún plan.

En lo referente a ellas dos nada cambió. Maite, después de la partida de Víctor, encontró un apuesto huésped con el que divertirse en sus ratos libres y Bego se pasaba el día hablando de su Pichurrín y de su próxima boda. Día tras día me hacían sonreír, al verlas enfrascadas en interminables discusiones por cualquier tontería, nunca iban a cambiar y eso en el fondo me gustaba.

La mañana que regresamos a Alicante fue un tanto triste. Nos despedimos con pena de nuestros compañeros de trabajo, con la promesa de telefonear a menudo. Allí dejábamos a buenas personas con las que habíamos congeniado de maravilla, aunque a quién más iba a echar de menos era a Gabriela y a Gloria. Madre e hija se quedaron con un trocito de mi corazón y con muchas lágrimas a la hora de mi marcha.

Montamos en el avión en silencio y no dejamos de mirar por la ventana hasta que la isla se convirtió en un inexistente puntito en la lejanía. Echaría mucho de menos Menorca, en aquel lugar me habían pasado muchas cosas, buenas y malas, pero en aquellos momentos solo recordaba las buenas, las miles de experiencias que permanecerían en mi memoria para siempre.

Desembarcamos en el aeropuerto *El Altet*, situado entre Alicante y Elche, cargadas hasta los topes por las maletas y decenas de bolsas llenas de recuerdos para la familia. Salimos al exterior para coger un taxi que nos llevase hasta nuestro pueblo, pero antes de hacerlo descubrí que habían venido a buscarnos.

—¡Papá! —grité mientras me apresuraba en abrazarlo.

—Hola, princesa, ¡madre mía! ¿Es que no sabes que tienes que comer? Estás en los huesos —me reprendió nada más verme.

—Pues tú estás muy guapo —reí mientras lo besaba en la mejilla.

Mi padre miró a mis amigas con una sonrisa y les hizo una señal con la mano para que se acercasen.

—Vamos, señoritas, que nos está esperando la Juani en el coche.

—¿También ha venido? —pregunté sorprendida de que se encontrase allí mi vecina. Tenía muchas ganas de verla, desde que ocurrió el incidente con Nelson, se había convertido en una especie de madre para mí.

Llegamos al coche y allí nos esperaba la Juani, sentada en el asiento del copiloto, con su imborrable sonrisa tranquilizadora.

El coche comenzó a circular por la carretera, todavía nos separaban de casa casi veinte minutos.

—¿Entonces lo habéis pasado bien? —dijo la mujer con curiosidad.

—Uf, no puedes hacerte a la idea, ha sido un verano inolvidable —saltó Maite, dándome un suave codazo en las costillas.

—Me alegro —continuó mi padre—. Por cierto Miriam, en casa tienes un regalo esperándote.

—Ains papá, no tenías que comprarme nada, no nos sobra el dinero como para ir derrochándolo —lo reprendí.

—Pues estoy seguro que éste te va a encantar, me jugaría el pescuezo. —Rio mientras le lanzaba a mi vecina una mirada cómplice. El aire de misterio de la cara de mi padre hizo que comenzase a sentir mucha curiosidad por el dichoso regalo.

Dejamos a mis amigas en sus respectivas casas y varios minutos después llegamos a nuestro edificio. Subimos los tres pisos a pie, pues al ser un bloque de viviendas muy antiguo carecía de ascensor, y llegamos a la puerta de mi casa. Al entrar suspiré con alegría, estaba en mi hogar, había echado de menos su particular olor, el dormir en mi cama, los ruidos del vecindario...

Miré a mi padre con curiosidad y crucé los brazos sobre el pecho.

—Bueno, ¿y dónde está ese estupendo regalo que me tenías preparado?

—Estoy aquí, peque.

La respiración se me cortó de golpe al escuchar aquella familiar voz, y la manera en la que me llamó. Con un temblor incontenible en las manos, giré para descubrir si lo que había escuchado era real o solo un engaño de mi cabeza.

Pero era real. A varios pasos de distancia se encontraba mi hermano mellizo, sonriéndome de esa forma suya tan característica, ladeando los labios de un extremo más que el otro.

—¡Rober! Corrí hasta él y me arrojé en sus brazos, entre lágrimas de alegría. Mis carcajadas se mezclaban con las de mi hermano y tardamos un buen rato en separarnos.

Me alejé un poco de él, para poder observarlo mejor. Estaba mucho más delgado, con un corte de pelo algo desigual y varias arruguillas en la comisura de los labios. Esos años en la cárcel habían hecho mella en él, pero aun así seguía estando guapo.

—¿Tan mal aspecto tengo? —preguntó alzando una ceja de forma burlona.

—No, estás fantástico —dije con la intención de que se sintiese bien—. Pero pensaba que no saldrías hasta la próxima semana.

—Quería daros una sorpresa.

—Y tanto que nos la diste —habló mi padre—. Casi me da un infarto cuando te vi delante de la puerta. La Juani tuvo que cogerme para que no me cayese de bruces por la impresión.

—Te hemos echado muchísimo de menos —exclamé, apoyando mi cabeza sobre su hombro.

—Y yo a vosotros, peque.

—¡Oye! ¿Qué es eso de peque? Tenme más respeto que soy un minuto y medio mayor que tú —bromeé pegándole un amistoso golpe en el brazo.

—Hasta que no crezcas quince centímetros más, seguirás siendo mi peque —rio.

—Eso va a estar difícil, lo único que todavía me crecen son las ganas de dormir, parece que llevo siglos sin hacerlo.

Suite veintiuno

Poco después, nos sentamos en la mesa, todos juntos, a comer. La Juani preparó ternera en salsa, el plato favorito de Rober, y también se quedó con nosotros. Hacía varios meses que su único hijo se había independizado, dejándola sola en casa, así que para que estuviese más acompañada le insistimos para que al menos comiese en casa.

Tras devorar con placer toda la comida de mi plato, me excusé con ellos para poder ir a mi habitación a deshacer las maletas. Recoloqué toda mi ropa en los armarios y observé las bolsas con los regalos, que todavía no les había dado. Cogí la maleta, totalmente vacía, y la guardé en lo alto del armario, pero al hacerlo de ella cayó un pequeño papel al suelo. Lo cogí con curiosidad y me llevé una mano a los labios al descubrir que aquello no era un simple papel, sino la foto con Johnny en el Faro de Punta Nati. La contemplé con tristeza, en ella parecíamos muy felices, yo al menos lo fui. El hombre de los ojos ambarinos parecía traspasar el papel con su mirada. Acaricié su cara con delicadeza mientras que mis ojos se volvían a humedecer. A pesar del tiempo que llevábamos separados no había podido sacarlo de mi corazón. ¿Qué me había hecho para que, día tras día, continuase echándolo de menos con la misma intensidad? Después de casi un mes sin verlo debería de haber comenzado a olvidarlo, aunque fuese un poquito, pero no, su recuerdo se aferraba en mi alma sin piedad.

Mi cuerpo se convulsionó por el llanto, con la foto apretada contra mi pecho. Me senté en el suelo y allí permanecí varios minutos, hasta que la puerta de mi habitación se abrió sin que me diese cuenta.

—Miriam, ¿qué te pasa? ¿Por qué estás llorando?

Alcé los ojos para mirar a mi hermano y negué con la cabeza para quitarle importancia.

—Nada, nada, tonterías mías —contesté limpiando mis lágrimas con rapidez con el dorso de la mano.

—¿Tonterías? La hermana que yo conozco, nunca llora si no tiene una buena razón —se arrodilló junto a mí y me quitó de entre las manos la foto. La observó unos segundos, fijándose en Johnny con detenimiento—. ¿Estás así por él?

Dudé si decirle la verdad o, por el contrario, inventarme cualquier mentira. Pero al mirar a Rober a los ojos decidí ser sincera.

—Sí, es por él.

—¿Y quién coño es este payaso? —me interrogó con el ceño fruncido.

—Se llama Johnny, lo conocí en Menorca y al final descubrí que se estaba riendo de mí.

—Ese idiota tiene suerte de que no pueda ponerle las manos encima.

—¿Para qué, Rober? No vale la pena.

—Pues entonces, deja de llorar o me vas a obligar a ir a su ciudad a buscarlo y darle una paliza.

—Eso sería imposible, no sé dónde vive —reí con tristeza. Jamás se me ocurrió preguntarle de dónde era.

—Ha tenido suerte ese cabrón, se ha librado de la patada de la grulla —bromeó para hacerme reír y, ofreciéndome sus manos, me ayudó a levantarme—. Vamos, te invito a un helado.

12

CAPRICHO DEL DESTINO

Pasaron un par de semanas y mi estado de ánimo mejoró, empecé a ser la chica alegre y bromista de siempre. Aparte de trabajar los fines de semana, ayudando a un amigo en su tasca, también ocupaba mi tiempo rellenando papeles y formularios de inscripción para el máster. Si mis planes no fallaban en menos de un mes estaría volando con destino a Madrid, para especializarme en lo que realmente me gustaba, el derecho internacional.

En casa todo siguió su ritmo, reinaba la alegría y la tranquilidad. La única persona que parecía no encontrarse a gusto era Rober. Desde que regresó de la cárcel se lo veía mucho más apagado. En el pasado quedó el joven alegre y juerguista que regresaba a casa de madrugada. Ya no salía con amigos a tomarse unas cañas, ni quedaba con chicas. Se pasaba el día allí, tirado en la cama o el sofá, con expresión taciturna. Alguna noche llegué a escucharlo hablar en sueños, sufría constantes pesadillas relacionadas con el accidente que lo llevó a la cárcel. En ocasiones se despertaba sollozando, gritando que era un asesino y lamentándose por la muerte del hombre que viajaba en el otro vehículo.

Para intentar animarlo, le pedía que me acompañase a todos los sitios a los que iba, intentaba conseguir que saliera de casa al menos un par de horas al día.

Aquella tarde, en concreto, lo arrastré a una cafetería donde había quedado con las chicas. El local en sí era bastante viejo, que yo recordase estaba abierto desde que éramos unos niños, pero a pesar de ello nos encantaba su aire retro y la confianza que teníamos con los dueños.

Divisamos a Bego y a Maite en nuestra mesa habitual, la del fondo. Y de inmediato nos sentamos con ellas. Cuando reconocieron a mi hermano, lo miraron con sorpresa, pues el antiguo Rober jamás se hubiese dejado ver por el pueblo con su hermana y sus amigas.

—Vaya, vaya, vaya… —exclamó Maite radiografiándolo de arriba abajo—. Roberto, tengo que reconocer que estás muy guapo.

—¿En serio? —rio por el recibimiento de mi amiga—. Yo también tengo que decirte que, en los años que he pasado sin verte, has cambiado mucho.

—Espero que ese cambio sea para bien.

—Por supuesto —asintió mientras sonreía de esa forma suya tan particular.

Bego y yo nos miramos risueñas. Entre esos dos siempre habían saltado chispas, pero jamás llegó a pasar nada. Mi intuición me decía que la cosa no había ido a más por Rober, conocía a mi hermano y sabía que le interesaban otro tipo de mujeres, Maite era demasiado tigresa para él. Pero a pesar de todo, la atracción seguía latente.

—¿Hay alguna novedad que debamos saber? —pregunté para que me pusiesen al día.
—Qué va, aparte de que ya tengo el vestido de novia....
—¿Ah, sí?
—Sí, lo compró ayer —continuó Maite interrumpiendo a nuestra amiga—. A ella le encantó, pero a la monja que se lo robó no le hizo tanta gracia.
—Ya estamos, tú si no te metes conmigo no eres feliz, ¿verdad?
—Ainns, Bego, tenerte al lado y no meterme contigo es como cocinar sin sal —comentó. A mi lado, escuché la amortiguada risa de Rober, las escuchaba asombrado pues era la primera vez que asistía a una de sus discusiones—. Además, deja que me desahogue a gusto antes de que me marche a trabajar.
—¿Te vas? ¿A dónde? —la insté a que se explicase.
—Vuelvo a Menorca. El encargado me telefoneó hace un par de días y me ofreció un puesto permanente en el hotel.
—¡No me digas! —dijo Bego, con la cara desencajada por la pena—. ¿Ya no vuelves?
—Pues volveré en vacaciones a ver a la familia, y a vosotras —explicó—. Pero no te preocupes, te aseguro que voy a estar todo el año reuniendo miles de insultos y bromas para cuando te vea.
—Eso me deja más tranquila —resopló, con los ojos en blanco.
—Miriam, ¿y tú cuándo te vas a Madrid?
—Tengo que presentarme en la universidad el día dos de octubre, todavía me quedan unas semanas.

—Pues estudia mucho, que después te necesitaremos cuando Bego y Pichurrín se divorcien. Les doy como máximo dos meses, hasta que el pobre descubra la clase de intestino que tiene y las horas que pasa sentada en el váter.

—¿Sabes una cosa? —saltó la susodicha dirigiéndose a Maite—. Me voy a quedar descansando cuando te largues a Ciutadella.

—Sí, sí... ahora voy y me lo creo.

Mi hermano me tocó el brazo para llamar mi atención. Al mirarlo descubrí que la sonrisa no desaparecía de su rostro y eso me alegró. Las señaló con disimulo y rio por lo bajo.

—¿Son siempre así estas dos?

—No, que va —respondí con un movimiento de cabeza—. Hoy están algo más comedidas porque estás tú presente. Normalmente son peores.

Tras una sesión de risas y cafés, nos despedimos de ellas. Estaba anocheciendo y casi era la hora de la cena. Rober y yo comenzamos a caminar hacia casa charlando de forma animada. Tan ensimismada estaba en nuestra conversación, que no me fijé en el hombre que esperaba apoyado en un lujoso BMW.

—Hola, Miriam —me saludó, con su inconfundible voz.

Al levantar la cabeza y verle me quedé sin respiración. Johnny estaba delante de nosotros y me miraba con una sonrisa dubitativa en los labios, al no saber cuál iba a ser mi reacción. Mi traicionero corazón se aceleró igual que un fórmula uno, y tuve que hacer un monumental esfuerzo para no echarme en sus brazos. Seguía tan guapo como siempre, quizás algo más delgado, aunque eso no le restaba atractivo. Mi cuerpo continuaba reaccionando a su cercanía de la misma forma que siempre, pero la excitación se esfumó al recordar lo que aquel hombre me hizo.

—¿Qué haces tú aquí? —ladré con rabia, el único mecanismo de defensa que funcionaba contra él.

—He venido para hablar contigo.

—Tú y yo ya no tenemos nada de qué hablar.

—Revoltosa, deja que me explique.

—Cállate, no vuelvas a llamarme de ese modo nunca más.

—¿Quién es este tío? —me preguntó mi hermano, con evidente recelo al observar mi reacción.

—Éste tío, como tú me llamas, es alguien que te aconseja que te largues para que pueda hablar con ella —susurró Johnny con los ojos entornados, mirando a Rober como a un rival.

—Johnny, tú y yo ya no tenemos que hablar de nada —salté de inmediato.

—¿Éste es Johnny? ¿El cabrón que conociste en Menorca? —gritó mi hermano al descubrir su identidad. Y tras cerrar los puños con furia, se dirigió a él—: Tú eres el desgraciado por el que ha estado llorando y vas a pagar cada una de sus lágrimas derramadas.

—No, no merece la pena, vámonos —cogí a Rober por la camiseta para evitar que se abalanzase sobre el otro.

—¿Eso es una amenaza? —le dijo Johnny a mi hermano, desafiante, y me miró con burla—. Miriam, pensaba que tenías mejor gusto a la hora de elegir amantes. No me esperaba a este gallito de pelea.

—¡Cómo te atreves a insinuar semejante barbaridad! —grité fuera de mis casillas. Johnny había confundido a mi hermano con un ligue.

Rober, al escuchar sus palabras, se libró de mi agarre de un fuerte tirón y se lanzó, con los puños en alto, a por Johnny.

—Yo me cargo a este hijo de puta.

El hombre de los ojos ambarinos tampoco se quedó atrás y respondió a su ataque de la misma forma.

—Inténtalo.

Un grito ahogado escapó de mis labios. Delante de mí se estaba desarrollando una terrible pelea entre dos hombres a los que quería. Me encogía con cada golpe recibido e intenté separarlos por todos los medios, pero estaban tan acalorados y tenían tanta rabia acumulada que me fue imposible.

Se escuchaban los sonidos de la carne al ser golpeada y desgarrarse sus prendas. Parecía una pesadilla, pero por más que gritase, me pellizcase o llorase, no era capaz de despertarme.

Johnny le propinó a mi hermano un fuerte derechazo en la mandíbula y éste cayó al suelo. Al verlo allí tirado, con la mirada vidriosa y desorientada, me lancé para ayudarlo.

—¡Rober!

Al escuchar el nombre que había salido de mis labios, Johnny se quedó de piedra. Sus ojos no podían estar más abiertos y en su hermosa cara una expresión de arrepentimiento. Parecía encontrarse en estado de shock. Intentó hablar, pero no fue hasta el tercer intento que no lo consiguió.

—¿Has… has dicho Rober? —boceó con agitación—. ¿Él es tu…?

—¡Es mi hermano, capullo! —sollocé, mientras intentaba ayudarlo a que se levantase.

—¡Joder! —exclamó con rabia Johnny, pegándole una patada a la baldosa de granito. Se llevó las manos a la cabeza y se acercó para intentar ayudarlo a incorporarse. Pero yo no lo permití—. Miriam, yo no…

—¡Vete de aquí! Ya nos has hecho bastante daño —dije con las lágrimas todavía resbalando por mis mejillas—. No quiero volverte a ver en mi vida.

—No digas eso, esto ha sido…

—¡Que te largues! —grite fuera de mis casillas.

Mi hermano levantó la cabeza en ese momento y observó a Johnny con una mirada helada.

—Como te vuelvas a acercar a mi hermana te juro que eres hombre muerto, aunque tenga que pasarme el resto de mi vida encerrado en la cárcel.

Nos miró a ambos y unos segundos después dio media vuelta y se metió en su coche. Arrancó con rapidez y, pisando el acelerador a fondo, desapareció.

Después de la pelea, llegamos a casa lo más rápido posible. La cara de Rober estaba toda magullada y su ropa hecha un desastre. Tuvimos suerte de que nuestro padre no estuviese allí, lo que menos nos apetecía era ponernos a dar explicaciones de lo ocurrido a nadie.

Lo ayudé a sentarse en su cama y con cuidado le limpié los restos de sangre seca de su boca. Me mordí el labio al ver el aspecto que ya presentaba su rostro, no cabía duda de que en un par de horas empeoraría y se le amoratarían los golpes.

—¿Quieres que te eche pomada?

—No, déjalo así —gruñó, con evidentes signos de dolor. Me miró unos segundos y al no poder quedarse callado, estalló—: ¿Cómo pudiste sentirte atraída por semejante gilipollas? Ese tío es un chulo y un agresivo.

—Rober, la pelea la empezaste tú —señalé con seriedad.

—Te estaba molestando —se defendió.

—Si me hubieras dejado a mí lo hubiese arreglado sin necesidad de llegar a este extremo.

—¿Y dejar que te lastimase?

—Johnny jamás me pondría una mano encima, de eso estoy segura —lo defendí sin pensar—. Es verdad que es algo brusco, pero nunca me haría daño. Créeme, lo conozco y sé que en el fondo no es malo.

—¿Y yo sí? —ladró enfadado.

—¡Yo no he dicho eso! No pongas en mi boca palabras que no han salido de ella —grité.

—No lo has dicho, pero lo piensas. Todos pensáis que soy un asesino y un delincuente —exclamó con dolor en la voz.

—Rober... ¿pero qué tonterías estás diciendo? Nosotros te queremos y sabemos que nunca quisiste matar a aquel hombre, fue un accidente.

—¡Pero tuve la culpa! Iba borracho y destrocé una familia, dejé a unos niños sin su padre. —Le temblaba la voz y una lágrima salió despedida de su ojo. Nunca había visto derrumbarse a mi hermano, pero eso era exactamente lo que estaba pasando—. El que debería estar muerto soy yo, y no un hombre inocente.

—No digas eso —supliqué.

—Tengo que irme de aquí —dijo con ahogo en la voz—. Voy a hacer las maletas.
—¡Qué! ¿Pero dónde vas a ir? —En mi semblante se percibía el pánico.
—Hace unos días me inscribí por internet a una especie de campamento, un retiro espiritual. Necesito salir, meditar sobre todo, pensar qué voy a hacer con mi vida. Y eso no puedo hacerlo aquí, en este pueblo, donde todos me miran como a un delincuente.
—No te vayas por favor, podemos pasar este bache juntos, entre los tres podremos —le pedí con las manos unidas como en oración.
—Lo siento peque, necesito desconectar, ya está decidido. Aquí no voy a poder continuar con mi vida.

Mi hermano se marchó al día siguiente. Ni yo, ni mi padre, fuimos capaces de conseguir que reconsiderase la opción de quedarse, así que con resignación nos despedimos de él. Con el paso de los días tuvimos que admitir que su partida había sido la mejor opción. Nos llamaba todas las noches, feliz y tranquilo, hablando maravillas del entorno y de los talleres de meditación.
Pero con su marcha la casa quedó vacía. Mi padre salía bastante, pues la esclerosis le daba pequeñas treguas en las que podía hacer casi una vida normal, y yo intentaba ocupar mi tiempo con cualquier tarea.
Tal y como le pedí, Johnny no regresó. Casi una semana después de la pelea, todavía tenía que repetirme que no había sido un sueño, que de verdad vino a buscarme. No sabía de qué quería que hablásemos, entre

nosotros ya estaba todo dicho. Pero de todas formas, y para mi desesperación, me descubría paseando por el mismo lugar en el que lo encontré con Rober, rememorando lo sucedido una y otra vez. Acostada en la cama, recordaba su cara sonriente, sus manos sobre mi cuerpo, su pasión al hacerme el amor… Guardaba nuestra fotografía bajo mi almohada y me quedaba horas mirándola, sufriendo por lo que nunca podría ser. Por mucho que lo quisiese, no era capaz de perdonarlo por su engaño y acababa metida en un círculo vicioso que solo terminaba cuando el llanto conseguía dejarme exhausta y caía rendida en un profundo sueño.

Tenía la esperanza de que con el tiempo mi estado de ánimo mejorase, pero frustrada descubría que sucedía justo al contrario, conforme pasaban los días más lo echaba de menos.

Delante de mi padre disimulaba lo mejor que podía, intentaba reír, gastar bromas con él, mantener el grifo de las lágrimas cerrado… pero era tan mala actriz que no tardó en darse cuenta, y una mañana, mientras desayunábamos, comenzó a hablarme.

—Por cierto, —comentó de forma casual—, siempre se me olvida mencionártelo, hace unos días vino un joven a buscarte a casa.

—¿Ah, sí? —pregunté sin mucho interés, mientras removía sin parar el tazón de café. La verdad era que tenía muy descuidadas a mis amistades—. ¿Le dijiste que viniese otro día?

—No, lo invité a pasar. —Levanté la mirada de la mesa y lo observé extrañada—. Nunca había visto a ese joven por el pueblo. Me dijo que no era de Alicante.

Suite veintiuno

Mis ojos se abrieron de par en par y se me cayó la cucharilla al suelo. El corazón me bombeaba a un ritmo vertiginoso.

—¿Te... te dijo cómo se llamaba? —pregunté, intentando que no sonase muy desesperada, cuando en verdad notaba temblar todo mi cuerpo.

—Sí, me dijo que se llamaba... —se dio un par de golpecitos en la cabeza intentando recordar—. Se llamaba... Jonathan, eso.

—Y...y... ¿qué quería? —pregunte tragando saliva sin parar. ¡Johnny había estado en casa!

—Primero preguntó por ti, y cuando le dije que no estabas preguntó por tu hermano, me dijo que tenía que aclarar un asunto con él.

—Qué bien —asentí con nerviosismo. No me atrevía a preguntar nada más, tenía los sentimientos a flor de piel, prefería vivir en la ignorancia.

—Miriam, hija, lo sé todo. No hace falta que disimules delante de mí.

—¿Qué es lo que sabes?

—Ese joven me contó que os conocisteis en Menorca. Me dijo que estabas enfadada con él y había venido a que lo perdonases.

—Tiene cargo de conciencia —suspiré con tristeza, al saber que lo único que quería Johnny era mi perdón.

—También me contó lo que pasó con Rober, se siente fatal por la confusión.

—Gracias por contármelo —respondí taciturna.

—Parece un buen chico, creo que merece una oportunidad, todo el mundo nos equivocamos y por tu forma de actuar, al hablar de él, se nota que sientes algo más que una simple amistad.

—¿Ahora vas a hacer de celestina?

—Hija, últimamente estás muy triste, se te nota en la mirada.

—Lo que ocurre, es que me da pena marcharme a Madrid y dejarte solo —mentí para que olvidase el tema.

—¿Y la foto que guardas bajo la almohada también es por pena?

—¡Papá, no me digas que espías entre mis cosas! —grité enfadada.

—Un padre hace lo que sea para ayudar a sus hijos —sentenció.

—Pues lo que más me ayudaría, en este momento, es que olvidásemos el tema.

—No quiero que vuelvas a estar triste como hace cuatro años, cuando te enfadaste con Nelson.

—No sabes de lo que hablas, tú no tienes ni idea de lo que pasó.

—Claro que lo sé, estoy enterado de todo lo ocurrido —aseguró—. Sé que no fue un robo lo que te dejó los moratones por el cuerpo.

Aquello me cayó igual que un jarró de agua fría.

—¿Te lo ha dicho la Juani? —pregunté enfadada.

—No, ella no ha abierto la boca. Quien me lo contó fue Rober. Me dijo lo que intentaron hacerte esos malnacidos.

—¡Rober no estaba allí!

—Claro que estaba, él y la Juani te encontraron atada y con una venda en los ojos. ¿Quién crees que echó a la calle a Nelson y al otro hombre? ¿La Juani? Pero si no puede ni

Suite veintiuno

con el peso de una bolsa llena de naranjas. Tu hermano por poco los mata de una paliza.

—Pero entonces...

—Lo sabíamos todo desde el primer día, pero no te dijimos nada para no incomodarte. —Me tapé la boca con las manos y comencé llorar—. Miriam, sé que lo que te pasó fue horrible pero no puedes estar atormentándote siempre. No debes cerrarte por algo que es pasado y no se puede cambiar. No tengas miedo a sufrir, la vida a veces nos da algunos palos, pero todo el dolor merece la pena si decidimos aguantar con valentía, después siempre ocurre algo bueno que hace que nos olvidemos de ello.

—Lo sé.

—Creo que deberías darle una oportunidad a Jonathan.

—No puedo, no confío en él, me engañó.

—¿Estás segura?

—Sí —asentí con dolor—. Además, él no me quiere.

Mi padre suspiró con aceptación y se levantó de la silla. Abrió un tarro de barro cocido, que se encontraba sobre una leja de la cocina y de él sacó algo. Alargando la mano, me lo ofreció.

—Toma, son tuyos.

Dejó caer en la palma de mi mano unos pequeños objetos que reconocí e inmediato.

—¡Los pendientes de perlas de Manacor! ¿Por qué los tienes tú? Los tiré a la basura en el hotel.

—Los trajo Bego hace un par de días, me dijo le daba pena que algo tan bonito acabase en un vertedero.

Bego. Sonreí al recordar que no permitió que se los quedase Maite, sabía lo que significaban para mí. Miré aquellos pequeños abalorios, con tristeza, eran un regalo de Johnny, un regalo de cuando fui feliz a su lado. Los llevé a mi habitación y los guardé con el resto de mis joyas. Decidí quedármelos de recuerdo, un recuerdo muy triste, pues con ellos siempre recordaría las maravillosas semanas a su lado en Ciutadella. Pero tenía que seguir adelante con mi vida, no podía continuar llorando por un hombre que me había engañado.

Faltaba apenas una semana para irme a Madrid y todavía no tenía una casa en la que vivir cuando llegase a la capital. El pensar que todavía tenía casi todo por hacer, me agobiaba. Reconocía que siempre solía dejarlo todo para última hora, pero esta vez aunque hubiese querido hacerlo antes, hubiera sido imposible. El trabajo en la tasca pasó a ser diario y permanecía allí desde que amanecía hasta el anochecer.

Pero ese día estaba libre y pensaba dejarlo todo solucionado. Buscaría por internet pisos de alquiler, comenzaría a meter trastos en las maletas y me acercaría a casa de Maite para despedirme de ella, pues esa misma tarde mi amiga partía rumbo a Menorca de nuevo.

La mañana pasó volando, encontré un céntrico pisito de cincuenta metros cuadrados, con un precio aceptable, y amueblado. Hice la reserva a través de la red y suspiré aliviada, una cosa menos.

Llegué a casa de Maite y allí descubrí a Bego llorando a moco tendido. Lo primero que me vino a la cabeza fue que había ocurrido alguna desgracia y corrí a su lado para preguntarle.

—¿Por qué lloras, cielo?

—Es que... es que me da mucha pena que nos separemos —sollozó con las manos en la cara—. Vosotras os vais, ya no podremos vernos tan a menudo.

—Bueno, piensa que yo no voy a quedarme en Madrid toda la vida —la intenté calmar—. Cuando termine el máster vuelvo a casa, y Maite... ya sabes que es un culo inquieto, cuando menos te lo esperes la tenemos por aquí de visita.

Pero, a pesar de mis palabras, Bego continuaba llorando como una magdalena.

—No te esfuerces —me aconsejó Maite con los ojos en blanco—, ya he intentado que dejase el drama, pero no hay manera.

—Bego, a pesar de la distancia siempre vamos a estar juntas —la tranquilicé—. Somos un equipo.

—¿Cómo los tres mosqueteros? —preguntó ésta sollozando, provocando que Maite y yo comenzásemos a sonreír.

—Sí, o los Ángeles de Charlie —añadí divertida.

—Eso, o también como Shrek, Fiona y Burro —saltó Maite para rematar—. Venga tía, deja ya de llorar. No quiero que mi despedida sea triste.

Bego asintió y se secó las lágrimas con el dorso de la mano. Intentó sonreír un poco y le salió una extraña mueca en los labios, pero era eso o tenerla todo el día con el pañuelo en a mano.

—Vale, se acabó el llorar, tenéis razón —asintió ésta más conforme—. Pero yo me pido a Fiona y Maite que sea Burro.

Aquello nos hizo estallar en carcajadas.

—¡Oye! ¿Entonces me dejáis a mí el papel de ogro? —exclamé con fingido enfado.

—Claro, te viene como anillo al dedo —rio Bego.

—Chicas, tengo que reconocer que os voy a echar muchísimo de menos —dijo Maite, con un pequeño temblor en los labios—. Ciutadella sin vosotras no va a ser lo mismo.

Y entonces le tocó el turno a ella de ponerse a llorar, pero en esta ocasión, en vez de tranquilizarla, nos unimos, abrazadas, gastando todos los Kleenex de su habitación.

Varias horas después, y agotada la reserva de agua de mis lagrimales, tomé rumbo a casa. Debía continuar con los preparativos para mi marcha a Madrid.

Me apetecía cambiar de aires, salir de aquella monótona rutina y despejar mi cabeza conociendo gente nueva, nuevas amistades. La única pena que tenía era el dejar a mi padre solo, pero también estaba la Juani para hacerle compañía. De hecho últimamente pasaban bastante tiempo juntos. Se llevaban bien, los dos eran viudos y con los hijos ya mayores.

Doblé la esquina que llevaba a mi edificio y al hacerlo lo primero que vi fue un lujoso BMW aparcado enfrente. Paré de andar de golpe e intenté tranquilizar mis nervios. Conocía ese coche, sabía quién era el dueño. La puerta del conductor se abrió y de él salió Johnny, con un enorme ramo de flores en las manos.

No pude dejar de admirar lo guapo que estaba. Vestía un traje gris hecho a medida, evidenciando sus musculosos hombros y su fuerte torso. Se acercó a mi lado, con confianza, caminando con seguridad, algo muy típico en él. Me sonrió al llegar junto a mí y tuve que hacer un

Suite veintiuno

esfuerzo considerable para no ponerme a babearle los zapatos. Deseaba arrojarme en sus brazos y perderme en ellos, besarlo y olvidar todo el dolor. Pero me contuve. Ni le devolví la sonrisa, ni lo saludé. Nada. Lo único que hice fue observarlo con recelo y enfado, con los brazos cruzados sobre el pecho en actitud desafiante.

—¿Qué estás haciendo otra vez aquí? —exigí con cansancio—. La última vez te dije que no volvieses.

—Tenemos que hablar y no me pienso ir hasta que no me perdones —contestó muy seguro de sus palabras.

—Pues, entonces, estás perdonado, ¿no era eso lo qué querías? —respondí. Si lo que necesitaba era mi perdón, se lo daría—. Ahora sal de una vez de mi vida y déjame tranquila.

Empecé a caminar, para intentar deshacerme de él, pero antes de conseguirlo Johnny se interpuso en mi camino. Alcé la cara y lo miré con odio, él en cambio parecía muy calmado.

—¿Pero qué coño te pasa? ¡Quítate de en medio! Esta vez no está mi hermano, pero te aviso que sé defenderme a la perfección yo sola.

—Siento mucho lo que pasó con Rober, jamás hubiese imaginado que era él quien te acompañaba —alzó la mano y me ofreció el ramo—. Te he traído unas flores, son gladiolos silvestres, una vez me dijiste que eran tus favoritos.

Se las cogí de un tirón para después tirarlas al suelo y pisarlas con una sonrisa malvada. El precioso ramo quedó aplastado, irreconocible.

—¿Has visto lo que les ha pasado a tus preciosas flores? Pues eso mismo fue lo que tú hiciste conmigo, me pisaste como si fuese igual importante que una mierda.

—Eso no es verdad —ahora le tocó el turno a él sentirse molesto.

—Mira, vamos a dejarnos de estupideces. —Puse una mano en mi frente para intentar calmar el dolor de cabeza—. No quiero volver a verte, adiós.

—Espera, Miriam. —Me agarró del brazo para impedir que me fuera—. Todavía no me he explicado.

—¿Cómo quieres que te diga que no me interesan tus putas explicaciones?

—Puedes decir lo que quieras, pero me vas a escuchar —me informó con seriedad.

—Pues venga, terminemos con esto de una vez por todas —dije cansada.

Asintió con seriedad y se pasó una mano por su cabello. Me miró a los ojos y comenzó a hablar.

—Yo no toqué a Damaris la noche que nos viste entrar en la sala de juegos.

—Ya, claro. Y tampoco le comiste la boca en el pasillo —respondí con sorna a sus mentiras—. No voy a permitir que te sigas riendo de mí. Me voy a casa a…

—¡Miriam, cállate y déjame hablar! —me instó perdiendo parte de su paciencia—. Lo que acabo de decirte es cierto, no hicimos nada dentro de aquella sala.

—¿Y entonces qué hacíais allí? ¿Jugar al parchís? —reí con desprecio.

—La verdad es que mi intención era follar con ella, quedamos en aquel lugar para eso. Pero no pude hacerlo.

Cada vez que la tocaba aparecías en mi cabeza y al final fui incapaz de continuar.

—Fantástico, una confesión muy emotiva —escupí carente de emoción.

—Yo siempre he sido un hombre libre, nunca me he sentido atado a ninguna mujer, hasta que apareciste tú, con tu preciada monogamia y tu repulsión por los fluidos ajenos. —Alargó una mano para tocarme, pero me aparté—. Así que, cuando comencé a sentir algo diferente por ti me asusté, lo confieso. Me resistía a aceptar todas aquellas emociones nuevas.

—¿Ya has terminado? Tengo muchísimas cosas que hacer, así que si me disculpas... —comenté mirando mi reloj como si nada. Pasé por su lado y me encaminé hacia el portal de mi edificio.

Johnny, al ver que nada de lo que decía lograba el efecto deseado en mí, se comenzó a poner nervioso. Se pasó por segunda vez una mano por el cabello, intentando pensar con rapidez.

—Miriam, joder, te juro que todo lo que he dicho es verdad —continuó con desesperación, colocándose a mi lado mientras me acercaba a la puerta de mi edificio—. Eres tú quien ocupa mis pensamientos a todas horas. En Menorca viví los mejores momentos de mi vida. ¡Te quiero! Y si no me perdonas pienso volver cada día con un ramo de flores hasta que te rindas.

—¿Cómo? —Paré de golpe y lo miré a los ojos con un débil temblor en los labios. El corazón me brincaba y agitaba en el pecho igual que unas maracas.

—No pienso permitir que salgas de mi vida. Estas semanas sin ti han sido las más tristes y oscuras que he vivido hasta ahora. Me faltaba tu risa, el despertar a tu lado, el temblor de tu cuerpo cuando te toco, los sonidos que emites al besarme, incluso nuestras discusiones. —Dejó de hablar unos segundos y observó mi reacción. Pero no dije nada, de hecho casi no era capaz ni de parpadear. Johnny entendió aquel silencio como una nueva negativa y la angustia se instaló en su bello rostro—. ¿Recuerdas cuando me preguntaste si creía en el destino?

Asentí con la cabeza, mientras las imágenes de aquella tarde regresaban a mi memoria.

—Pues sí creo en él —me aseguró con ahínco. Mis ojos se abrieron de par en par—. Cuando regresé a mi casa, después del viaje, no había día que no escuchase en la radio la canción que bailamos en la suite. Al salir a la calle, veía tu nombre escrito hasta en los autobuses, mi empleada del hogar comenzó a comprar la misma marca del café que bebes. Y... ¿sabes de qué forma reprendía mi vecino a su hija pequeña? —Negué con la cabeza, con una imperceptible sonrisa en los labios—. La llamaba revoltosa.

—Quiero que...

—No me pidas que salga de tu vida —me interrumpió con una súplica—, ya sé que no he sido la mejor persona, pero te prometo que si me das una oportunidad te voy a hacer muy feliz. Voy a ser el hombre más monógamo del mundo y te demostraré cada día lo mucho que te quiero.

Entre nosotros se hizo el silencio. Johnny me miraba con fijeza, esperando mi contestación, pero temiéndola a la vez. En sus ambarinos ojos se percibía el temor al rechazo, a que decidiese terminar de una vez por todas con aquello.

La garganta me ardía por todo lo que había escuchado. Miles de palabras se agolpaban en mi boca, pero ninguna salió, no podía ni hablar. Tragué saliva, expulsé el aire que había estado reteniendo en los pulmones y eligiendo bien mis palabras, contesté al fin.

—Quiero que me repitas eso que has dicho.
—¿Que lo repita?¿Te refieres a eso del destino?
—No, a lo otro.
—¿E...eso de que voy a ser el hombre más monógamo del mundo? —su confusión iba en aumento, fruncía el ceño intentando adivinar qué era a lo que me refería.
—Lo que me has dicho a continuación.
—¿Qué... te quiero? —dijo conteniendo el aliento.
—Sí, repíteme eso.
—¡Oh, Dios, Revoltosa, te quiero! —La angustia desapareció de su rostro y una gran sonrisa lo ocupó. Colocó sus manos sobre mis mejillas y acercó su cara a la mía—. Te quiero, te quiero, te quiero, te quiero...
—Yo también te quiero, Johnny, con todo mi corazón —declaré feliz.

Juntamos nuestros labios en un dulce beso de bienvenida. Nuestras lenguas se saborearon como si hubiesen estado toda la vida sin hacerlo, sin sentir aquel agradable calor. Enlazamos nuestros cuerpos con pasión, con ese deseo tan fuerte que experimentábamos solo estando en brazos del otro, con nadie más. Sentir de nuevo el fuerte torso de Johnny contra mi pecho era como regresar a casa, sentía que aquel era el sitio al que pertenecía, donde debía quedarme para siempre. Despegamos con desgana nuestras bocas y nos miramos sonrientes, con el amor reflejando en las pupilas. En un travieso juego le mordí el labio inferior provocando que comenzase a reír.

—Si desde el principio me hubieses dicho que me querías, habría bastado.

—¿Entonces el discurso no valía para nada? —preguntó, haciéndose el enfadado. Apretó sus manos sobre mi trasero y me acercó a su erección.

—Ha sido muy bonito, pero con que me declarases tu amor ya me daba por satisfecha —le informé excitada por la presión que sentía contra mi estómago. Estaba deseando que nos marchásemos de allí para poder tenerlo para mi sola.

Como leyendo mis pensamientos, Johnny me cogió de la mano y me condujo hasta su coche. Me apoyó contra el capó y allí arrasó mi boca con otro beso, esta vez más morboso y sensual.

—¿Sabes que esperaba que me lo pusieras más difícil? —susurró en mi oído.

—¿Ah… sí? —fruncí el ceño como si aquello me hubiese molestado, aunque en esos momentos nada podía molestarme.

—No he tenido que sacar la artillería pesada. La tenía guardada a buen recaudo por si te ponías en plan imposible —bromeó, golpeando mi nariz con su dedo índice.

—¿Y se puede saber cuál era la artillería pesada? —le insté divertida.

—Espera un segundo y te la enseño. —Se alejó de mí y abrió la puerta del maletero. Sacó algo que se escondió en su espalda—. Toma.

Al darme aquello, mis labios se curvaron en una enorme sonrisa. Lo cogí entre mis manos y lo miré con adoración.

Suite veintiuno

—Un ramo de piruletas. Son iguales que las de Menorca.

—No son iguales, sino que son de Menorca.

—¿Has ido a Menorca expresamente por las piruletas? —exclamé alucinada.

—Bueno, por eso y porque tenía que hacer un par de gestiones por allí antes de regresar a Madrid.

—¿Eres de Madrid? —pregunté sorprendida.

—¿No lo sabías?

—No, nunca hablamos sobre ello en el hotel. Y ahora que lo pienso… yo te dije que era de Alicante pero no te especifiqué el pueblo ni la dirección. ¿Cómo has podido encontrarme?

—Tengo amistad con cierto encargado del hotel y no fue difícil que me facilitase tus datos.

—¡Oye, eso es trampa! —reí.

—Trampa o no, lo volvería a hacer mil veces más —Me besó con ardor—. Te quiero, Miriam.

—Repítemelo otra vez.

Mita Marco

EPÍLOGO

Las olas rompían con furia contra los acantilados. Desde la pequeña ventana se podía contemplar aquella maravilla de la naturaleza a la perfección. Era sobrecogedor pensar que el viento era capaz de influir de aquella forma sobre las mareas. El cielo estaba nublado y amenazaba tormenta. Hacía una noche para quedarse al resguardo del hogar y eso era exactamente lo que nos habíamos propuesto hacer. Apoyé la punta de la nariz sobre el frío cristal y sentí que un estremecimiento recorría mi columna.

Unos brazos rodearon mi cintura y me apretaron contra un acogedor torso. Sonreí por el cosquilleo que me proporcionó aquella simple acción y apoyé la cabeza sobre el hombro de Johnny.

—¿Te gusta el paisaje? —me preguntó al oído.

—Es precioso —asentí feliz—. Todavía no sé cómo has podido conseguir que nos dejasen este lugar solo para nosotros un fin de semana al completo.

—Todo tiene un precio, y el Faro de Punta Nati también.

—No deberías haberte gastado el dinero en esto. A mí, con estar contigo me sobra, lo mismo da que sea en un faro o en el hueco de una escalera.

—Cuando vinimos aquí por primera, vez me dijiste que te parecía romántico el pasar un tiempo aislada del mundo junto con tu pareja.
—Pero a ti no. También recuerdo tu respuesta —le refresqué la memoria.
—Pues reconozco que me equivocaba. —Me hizo girar para poder mirarme a los ojos, y me besó de forma intensa en los labios—. Me encanta estar aquí contigo, tenerte solo para mí y hacerte el amor cada vez que me venga en gana. Además, si a mi revoltosa le hace ilusión, no hay más que hablar.
—¿Fue el alquiler del faro una de esas gestiones por las que tuviste que venir a Menorca?
—Sí, por eso, por tu ramo de piruletas...
—¿Y por mi anillo? —levanté la mano derecha y miré la preciosa alianza de oro con pequeñas perlitas de Manacor engastadas. Me la dio la pasada noche, mientras hacíamos el amor en el suelo, entre susurros de amor y promesas futuras sobre nuestra vida juntos.
—Espero ser capaz de hacerte muy feliz —me dijo con intensidad.
—Ya lo haces, cada vez que me miras con los ojos llenos de amor.
—También espero conseguir que tu hermano me acepte en la familia, después de lo ocurrido.
—Lo hará. Rober quiere mi felicidad por encima de todo y sabe que mi vida eres tú. —Apoyé la cabeza sobre su pecho—. ¿Te he dicho que ahora quiere retomar sus estudios? El retiro espiritual le ha hecho mucho bien. Me dijo que quería empezar la carrera de psicología.

—Me alegro por él, porque al fin puede seguir hacia delante. —Besó mi sien y me apretó con fuerza contra su cuerpo, como temiendo que desapareciese en cualquier momento—. Por cierto, ¿qué te dijo Maite, ayer, cuando fuiste al hotel a visitarla?

—Se quedó alucinada —reí—, me estuvo contando que está muy a gusto y que tiene a un nuevo superhéroe calentándole la cama. ¡Esta amiga mía es la leche!

Sin dejar de reír, nos alejamos de la ventana cogidos de la mano y nos dirigimos hacia la torre del faro. Subimos despacio sus empinadas escaleras y entramos a la sala donde se encontraba la enorme bombilla, que daba luz a la oscuridad del mar Mediterráneo.

Desde allí, parecíamos las únicas personas que habitaban el mundo. La oscuridad del mar, solo alumbrada por la luz de la luna y el parpadeo del faro, dotaba a la noche de un aire misterioso, ideal para los amates.

—Quiero hacerte el amor aquí —susurró Johnny en mi oído—, mirando hacia el infinito, mostrándole al mundo que eres mi mujer.

—Pues, entonces, no te detengas. Que este faro sea nuestra propia suite, nuestra particular suite veintiuno.

FIN

Mita Marco

AGRADECIMIENTOS

Millones de gracias a mis niñas Gloria y Silvia, por los ánimos y las risas por WhatsApp, sois geniales y me alegra muchísimo haberos conocido.

A mis lectoras cero del grupo ¡Socorro! Por aguantar mis comidas de cabeza e inseguridades. Sin vosotras este libro no habría salido a la luz.

Mi eterno agradecimiento a Alex García, por explicarme, con mucha paciencia, todas y cada una de mis dudas respecto a la maquetación y otras curiosidades sobre Amazon. Padrino mío, ¡te voy a poner un piso en Torrevieja!

Y por último, gracias a ti, por confiar en esta desconocida que un día decidió comenzar su particular cruzada en el mundo de las letras. Espero que el libro te guste y divierta tanto como a mí, mientras lo escribía.

Mita Marco

OTROS TÍTULOS

Puedes encontrar las novelas de Mita Marco en todos los mercados de Amazon, tanto en digital como en papel. Tan solo debes escribir su nombre en el buscador.

-Cuando me miras (Amores de verano 2)
-Reina de corazones
-Wing, ¿juego limpio?
-Las noches contigo
-Los besos que nos quedan
-Salvajes
-El nombre de Edrielle
-Mi lugar cerca del cielo
-Mil de amores
-El roce de tu piel (Pasión escocesa 1)
-Alma de dragón (Pasión escocesa 2)
-Corazón nevado
-Noches blancas

Printed in Great Britain
by Amazon